马里奥·普佐与弗朗西斯·科波拉终稿
全彩插图评注版

[美] 珍妮·M·琼斯 编
高远致 译
黄尤达 校订

后浪

电影全剧本

教父

The
Annotated
Godfather

北京联合出版公司

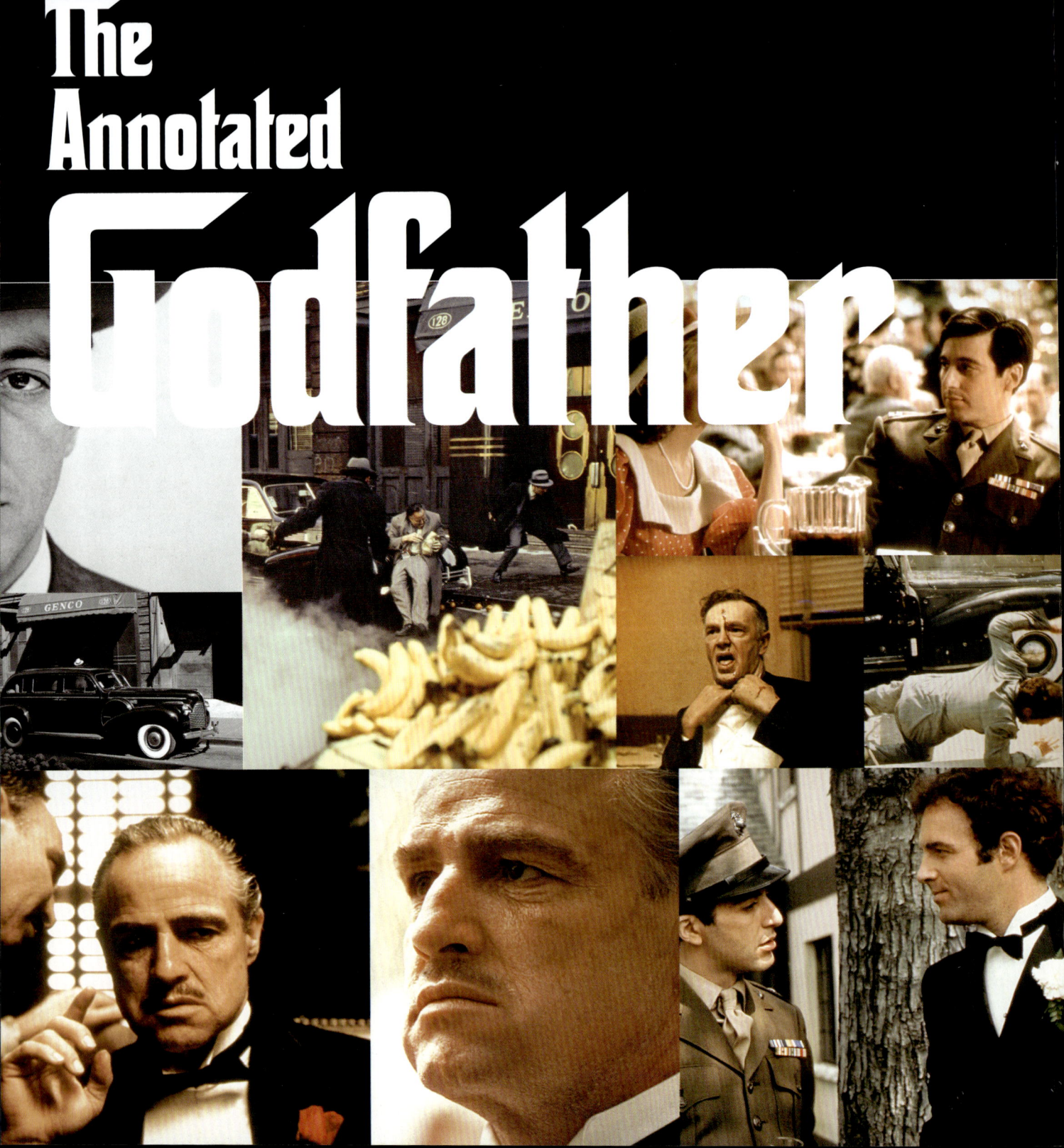

图书在版编目（CIP）数据

教父电影全剧本：马里奥·普佐与弗朗西斯·科波拉终稿：全彩插图评注版/（美）珍妮·M·琼斯编；高远致译. -- 北京：北京联合出版公司, 2019.12

ISBN 978-7-5596-2542-7

Ⅰ. ①教… Ⅱ. ①珍… ②高… Ⅲ. ①电影文学剧本—美国—现代 Ⅳ. ①I712.35

中国版本图书馆CIP数据核字(2018)第212602号

Trademark and Copyright©2007 by Paramount Pictures.
Originally Published in English by Black Dog & Leventhal Publishers.

本简体中文版版权归属于银杏树下（北京）图书责任有限公司。

教父电影全剧本

编　　者：［美］珍妮·M·琼斯
译　　者：高远致
选题策划：后浪出版公司
出版统筹：吴兴元
编辑统筹：陈草心
特约编辑：徐小棠　梁　媛
责任编辑：管　文
营销推广：ONEBOOK
装帧制造：墨白空间·陈威伸

北京联合出版公司出版
（北京市西城区德外大街83号楼9层　100088）
北京盛通印刷股份有限公司印刷　新华书店经销
字数341千字　889毫米×1194毫米　1/16　16.5印张
2019年12月第1版　2019年12月第1次印刷
ISBN 978-7-5596-2542-7
定价：138.00元

后浪出版咨询(北京)有限责任公司 常年法律顾问：北京大成律师事务所　周天晖 copyright@hinabook.com
未经许可，不得以任何方式复制或抄袭本书部分或全部内容
版权所有，侵权必究

本书若有质量问题，请与本公司图书销售中心联系调换。电话：010-64010019

目　录

前　言 —— 6	附录 Ⅲ　主要获奖荣誉记录 —— 255
缘　起 —— 8	附录 Ⅳ　参考文献 —— 256
剧　本 —— 22	附录 Ⅴ　经典台词 —— 259
余　波 —— 244	致　谢 —— 261
附录 Ⅰ　演职员表 —— 251	译后记 —— 262
附录 Ⅱ　大事记时间表 —— 253	出版后记 —— 264

前　言

"他们兴奋个什么劲？这只是又一部黑帮片而已。"——马龙·白兰度，1971

《教父》从公映到现在已经三十五年了，现在回头看看，不得不惊讶这部电影是怎么拍出来的，因为几乎你能想到的每一个环节都障碍重重。

一位不想写它的编剧。

马里奥·普佐（Mario Puzo）没钱了，所以需要写点更商业化的东西，以供他去完成那些他真正想写的书。

一家不想拍它的制片厂。

由于之前派拉蒙（Paramount）出品的黑帮片票房不佳，公司一直对《教父》项目犹犹豫豫，但小说所获得的巨大成功，以及其他制片厂对这个故事的虎视眈眈，使得派拉蒙最终没有让这个机会溜掉。

一部没导演想碰的电影。

12名导演谢绝执导本片，弗朗西斯·福特·科波拉（Francis Ford Coppola）本人一开始也没答应。但科波拉同样也没钱，所以他需要一份好莱坞导演工作的薪水，以供他去拍那些他真正想拍的电影。

一群无名之辈的出演。

除了大名鼎鼎的马龙·白兰度（Marlon Brando）。不过，在派拉蒙的高层眼中，他是出了名的票房毒药。

一个抵制此片的族群。

甚至在电影开拍前，美国的意大利裔族群就抗议本片所描绘的意式黑帮文化，他们甚至筹措资金以阻止本片的拍摄。

然而，哪怕想象力最泛滥的人，也没能料到《教父》的成功，这部电影成了电影史上最伟大的杰作之一——以至于电影公映数十年后，仍不断有观众为其折服。

《教父》是一部独特的电影，它跨越了圈层，对阅片无数的影迷和被称为"沙发土豆"（couch potato）的普通观众来说具有同样的吸引力。正如影评人肯尼思·图兰（Kenneth Turan）所说，这部电影的魅力无可抗拒，"就跟吃薯条一样，你不可能只吃一根就停下了。《教父》就是那种只要看到片头或是在电视换台时瞥见一眼，就会一鼓作气看到结尾的电影。它是那么架构精巧、引人入胜、无与伦比的杰出"。甚至阿尔·帕西诺（Al Pacino）也承认，用遥控器胡乱换台时只要撞见在播《教父》，他就会无可救药地看下去。

但是为何这部影片直到今天仍如此引人入胜？当然，深入了解《教父》所探究的独特的黑手党亚文化的兴奋感，与电影中紧张的动作场面和戏剧性场景一起，一直让观众回味无穷。除此之外，还有两个重要原因让影迷们如此喜爱这部电影。首先就是这部电影的细节。每重看一次《教父》，总会有些不一样却又不寻常的细节浮出水面：卡洛被杀后，迈克尔脚下碎石摩擦的声音；斯特林·海登（Sterling Hayden）大开大合的表演；尼诺·罗塔（Nino Rota）为片中盛大婚礼所做的曼妙音乐，以及西西里的绝美风光。这些细节并非无意为之的巧合。科波拉除了竭力将自己作为意大利裔美国人的生活风俗和日常经验着意注入电影中，他还集结了一批惊世天才参与创作：从摄影师到美术师，从化装师到特效师，从服装指导到选角导演，从白兰度到帕西诺——我们可能直到今天才能充分意识到，协力拍摄出这样一部电影作品的是怎样一个才华横溢的梦幻团队。

《教父》之所以是如此强大的一部电影，还在于它一方面营造了恢宏的史诗感（以其出色的摄影、精湛的表演，以及对战后美国和资本主义兴起的隐喻），另一方面又讲述了一个私密的家族故事。父子关系、兄弟情义，还有在家庭内部求求自身身份，这些主题并非简单地彼此相关，而是具有被无限开掘的内蕴。迈克尔从冷眼相对、反感拒斥他的家族，到下定决心，最终成为家族的一部分，这是一场经年累月的灵魂挣扎，每看一次便会更加令人唏嘘。

本书致力于伴随着《教父》剧本的展开，同步提供幕后轶事与对影片的深入考察，向读者讲述《教父》的故事。本书中的1972年公映版电影剧本也纳入了弗朗西斯·福特·科波拉和马里奥·普佐开拍前终稿（即拍摄剧本，官方称之为"第三稿"，于1971年3月29日完成）中他们自己的场景描述。本书对这部不朽佳作进行回顾的同时，追溯剧本的发展过程，并探究1972年之后几个后续版本及重剪版的演变。这些不同版本包括：美国全国广播公司（NBC）于1977年播出的四集迷你剧《教父传奇》（*The Godfather Saga*），它将《教父》与其续集《教父2》（*The Godfather: Part II*）大致按照时序剪辑在一起，并还原了一部院线发行版中被删减的镜头；于1981年发行的盒式录像带套装《教父1902—1959：完全史诗》（*The Godfather 1902-1959: The Complete Epic*，又名 *Mario Puzo's The Godfather: The Complete Novel for Television*），该套装与《教父传奇》规格一致，只是还原的删减镜头略少；于1992年发行的《教父三部曲：1901—1980》（*The Godfather Trilogy*: 1901–1980），这是大体将三部《教父》电影按照故事时序再剪的重制版，并加入了更多删减镜头。

本书通过分析大量原始材料，为读者提供了一幅《教父》拍摄前后的完整图卷。同时，除了诸多版本的剧本、备选与删减镜头以及发行时做出修改的地方，本书的材料还参考了马里奥·普佐的小说原作、存放在加州拉瑟福德的美国西洋镜电影公司研究图书馆（American Zoetrope Research Library）所收藏的电影制作文献，以及对主演和剧组成员的访谈。派拉蒙前高管彼得·巴特（Peter Bart）曾把《教父》的拍摄制作过程比作黑泽明的《罗生门》，不同的当事人每次描述同一个事件，总会有截然不同的版本。经时间沉淀后，在各方观点相互映照下，当我们重新审视这部电影时会发现，正是性格各异的主创们激烈的碰撞，与努力按照科波拉的设想完成电影的奋战，最终在使《教父》获得如今的地位——美国电影史里程碑——的过程中发挥了举足轻重的作用。

缘 起

I.
马里奥·普佐和他的小说

"我认识的成年人里,没有一个是有魅力、关爱他人或者通情达理的。相反,他们个个看上去都无比粗鄙、庸俗、缺乏教养。所以后来每当人们一遍遍向我重复那些意大利人是多么有爱、多么热爱歌唱、多么无忧无虑的陈词滥调时,我总是很好奇那些电影制作者和编剧到底是从哪儿产生这些想法的。"
——马里奥·普佐,《教父文件以及我的自白》(*The Godfather Papers: and Other Confessions*)

马里奥·普佐1920年生于曼哈顿岛贫穷的"地狱厨房"地区(Hell's Kitchen),父母都出生于意大利。他的前两部小说《黑暗竞技场》(*The Dark Arena*,1955)和《幸运的朝圣者》(*The Fortunate Pilgrim*,1965)口碑不错,但销量欠佳,两本书加起来给普佐的银行账户也仅仅增加了6500美元。在《幸运的朝圣者》一书中,普佐刻画了一个受到有组织犯罪集团"朝圣者"影响的人物。出版社编辑跟他说,如果再给这个人物添加一些"黑手党做派"那就更好了。45岁那年,普佐欠了2万美元的赌债,为了还钱他写了10页的小说大纲,小说的题目就叫《黑手党》(*Mafia*)——志在写成一本更商业化的小说。前后8位出版商拒绝了他。

在一次与普特南家出版社(G. P. Putnam's Sons)的会面上,普佐终于用他的黑手党故事打动了编辑,他们答应给他5000美元的预付款。普佐这辈子都不认识什么悍匪或帮会分子,所以他为了准备写书做了详尽无遗的调研。

距离小说写完还有两年的时候,普佐的经济状况依然捉襟见肘。派拉蒙影业创意事务部门副总彼得·巴特从一名叫乔治·韦泽(George Weiser)的自由职业剧本编审(story editor)那里得知了这本小说的消息,韦泽的工作是为派拉蒙四处搜罗一些好的故事素材。针对这个只有60页的故事,巴特在制片公司安排了一场与普佐的会面。在接受本书作者访问时,巴特称:"这不是一份真正意义上的手稿,而是只有几章的内容,普佐将一堆情节填满在其中。那时我就对鲍勃·埃文斯(Bob Evans)说:'你看,即使你对这个故事没太大兴趣,但它早已不单单是一个黑帮故事了。'所以我为派拉蒙买下了它的改编权。"当时普佐身无分文,所以他不顾经纪人的建议,接受了区区1.25万美元的故事改编期权价格,如果故事被拍成电影的话,他的所得将涨至8万美元,可上下浮动。派拉蒙还一直给他支付一些微不足道的预付金——派拉蒙资深副总裁罗伯特·埃文斯(即上文的鲍勃)对《综艺》(*Variety*)杂志说:"普佐写书的时候,我们得不时给他点面包让他活着。我们从没料到它后来会取得那样巨大的成功。"

1967年3月,派拉蒙对外公布了这笔交易,以支持普佐的小说,并希望最终将其

马里奥·普佐，1970年6月在好莱坞，彼时正在创作《教父》的剧本

打磨《教父》剧本

普佐对他在派拉蒙的办公室感到异常兴奋，因为冰箱里永远放满了不限量供应的苏打水。他将446页的小说删减成150页的剧本初稿（1970年8月10日），然后将剧本的副本寄给了扮演他心目中教父维托·柯里昂最合适的人选——马龙·白兰度。剧本的开场是迈克尔和凯开车前往婚礼，紧接着是一场法庭的戏，殡仪馆老板博纳萨拉女儿被袭案的被告被宣判无罪。而（根据制片厂的建议）重新修改后的剧本则以迈克尔和凯的爱情场面开场。当科波拉第一次看到剧本时，他十分震惊。故事的场景被设置在20世纪70年代，弥漫着一股浓浓的嬉皮风。科波拉是这样跟《时代》（Time）杂志说的："普佐的剧本完全沦为了一个行活，一部无足轻重的黑帮片。这不是普佐的错。他只是按照指令办事罢了。"

在对这部小说进行深入的分析和拆解之后，科波拉自己写了一个详细的大纲，交给了普佐，他们继续交换剧本，各自在对方的版本基础上进行编辑修改。剧本的第二稿就这样逐渐成型了，共173页，完成日期是1971年3月1日。第三稿也是开拍前终稿（在这本书中被称为拍摄剧本），于3月29日完成，长达158页——表明这部影片比派拉蒙预想的要长。

马里奥·普佐在剧组

普佐感到自己被排除在了整个电影摄制过程之外，而且当他表示想看看终剪版电影时，派拉蒙影业拒绝了他的请求。他很不情愿地意识到，自己对于这部电影根本没有最终决定权，他对《好莱坞报道》（The Hollywood Reporter）说："尽管剧本是我写的，不过鉴于他们（制片厂）用我的小说改编电影的方式上，我也根本谈不上有多高兴。"他甚至誓向派拉蒙副总裁罗伯特·埃文斯进行西西里式复仇（但这更像是一种玩笑）。有猜测称，普佐在电影公映前出版了回忆录《教父文件以及我的自白》就是想愤怒地揭露自己受到的不公平遭遇，但实际上书中的批评却相当克制。虽然他郑重表示，除非拥有最终决定权，否则他不会再碰电影了，但之后普佐还是继续写了《教父2》、《教父3》、第一版的《超人》以及其他一些剧本。

拍摄成电影。两年之后，《教父》出版。小说的出版是轰动性的，足足在《纽约时报》（The New York Times）的畅销书榜上停留了67周。出版后三个月，其他制片厂就开始对小说表现出浓厚的兴趣，派拉蒙不得不声明只有他们才有权将这部小说改编成电影。根据《综艺》的报道："派拉蒙影业最多只支付给马里奥·普佐的畅销书《教父》8万美元，这笔交易足以名垂青史。"《综艺》如是说，用词无比精准："这是一笔以抄底价成交的文字买卖。"

虽然于成规不符，制片人阿尔伯特·S·拉迪（Albert S. Ruddy）想让普佐也能参与到电影计划当中。他们一起在某个广场边午餐，拉迪提醒普佐要避免陷入太在意作者身份的误区。普佐一直强调他写《教父》是为了挣足够的钱去写他自己想写的小说，他把书扔在地上，宣称这本书他都不想读第二遍。所以到了1967年4月，普佐签署了一份合同，将《教父》的剧本以10万美元的价格和很少利润分成的方式卖掉了。然后派拉蒙花了长达5个月的时间签下了一个导演来启动整个项目。

II.
派拉蒙影业及其管理层

"从任何一个方面来说,拍摄《教父》的过程都是一段极度不愉快的经历,这三十年来我都避免回想、谈论那些事。"——彼得·巴特,在2006年西南偏南电影节

整个20世纪60年代,好莱坞都处于低迷之中,上座率节节下降,电影产量也不断降低。大宗收购成为市场主流:MCA和环球影业合并,华纳兄弟影业被金聂全国服务企业(Kinney National Company,此前主要经营殡葬和停车场)收购;庞大的联合企业海湾与西部工业集团(Gulf+Western)收购了派拉蒙影业。20世纪70年代初,派拉蒙在各大制片厂中只能悲惨地屈居第九。

1968年,派拉蒙影业由大明星柯克·道格拉斯(Kirk Douglas)主演的大预算黑帮电影《天伦劫》(The Brotherhood)公映,影片票房惨败。虽然《教父》小说卖得很好,但《天伦劫》惨淡的票房让派拉蒙影业对犯罪电影望而生畏,于是他们将《教父》的电影企划束之高阁。

在当时大预算投入的票房灾难中,派拉蒙影业也占有相当程度的份额,将此称为"滑铁卢"并非言过其实。然而,1970年圣诞节,《爱情故事》(Love Story)取得了轰动性的成功。220万美元的投资换来了1.06亿美元的回报,《爱情故事》改善了派拉蒙的处境。派拉蒙通过资助写作计划培植畅销小说,通过小成本、无明星的电影计划一路高歌猛进。普佐小说的巨大成功和销量迫使派拉蒙重新审视他们的电影项目选择,他们计划以《爱情故事》的模式来制作《教父》,以复制前者的成功。1969年末,派拉蒙就宣布了会拍摄这部电影,正如制片人阿尔伯特·拉迪后来说:"在他们看来,这个计划是一部低成本的黑帮电影。"

玩 家

派拉蒙新进的年轻管理层想努力让公司的计划符合当时好莱坞的风气,制作数量更精、预算更小、明星更少的电影。

查理·G·布卢多恩(Charles G. Bluhdorn),海湾与西部工业集团公司创始人、董事会主席 布卢多恩傲慢而又粗鲁,他接手了一家濒临倒闭的汽车配件批发公司,然后将之打造成了下辖65家子公司的海湾与西部工业集团,其中就包括派拉蒙影业。梅尔·布鲁克斯(Mel Brooks)在电影《默片》(Silent Movie)中影射了这家公司,片中将其称之为"吞噬公司"(Engulf and Devour)。布卢多恩有个绰号叫"奥地利疯子",

查理·G·布卢多恩,海湾与西部工业集团总裁,摄于1971年

因为他是一个脾气很火暴、口音很重的管理者,喜欢大吼大叫着下命令。虽然派拉蒙只是海湾与西部工业集团的一小部分,但是他却对其兴趣浓厚。他将科波拉为《教父》做的工作比作可口可乐的秘方一般的法宝。

斯坦利·贾菲(Stanley Jaffe),派拉蒙影业CEO　28岁的时候,斯坦利·贾菲就成了《再见,科隆博》(*Goodbye, Columbus*)的制片人,之后不久他就被任命为派拉蒙影业的执行副总裁和首席运营官。贾菲在1971年4月初离开了派拉蒙,彼时《教父》的拍摄正要开始。传言他的离职(或说被解雇)与《教父》的拍摄有着千丝万缕的联系,但是罗伯特·埃文斯和彼得·巴特都认为贾菲的离开是因为他就另一部影片中女主演的选角问题与布卢多恩干了一仗。奇怪的是,贾菲于1991年以CEO的身份重回派拉蒙。

弗兰克·雅布兰斯(Frank Yablans),营销总监/北美市场销售副总裁,后成为派拉蒙影业总裁　雅布兰斯年纪轻轻却精明务实,他治下的那四年被称为"派拉蒙的黄金时代",在那期间公司制作发行了一系列非常重要且票房大卖的电影,如《教父》、《教父2》、《冲突》(*Serpico*)、《纸月亮》(*Paper Moon*)、《唐人街》(*Chinatown*)、《东方快车谋杀案》(*Murder on the Orient Express*)和《最长的一码》(*The Longest Yard*)。他一手策划了《教父》具有开拓性的发行计划，使这部电影成了历史上最成功的电影之一。

罗伯特·埃文斯，派拉蒙资深副总裁，主管全球制片业务 埃文斯一生挥霍无度。年轻时，他在Evan-Picone运动服装公司供职（用他自己的话说，就是"我就一头扎在女人裤子里了"），之后他在贝弗利山酒店的游泳池被诺尔玛·希勒（Norma Shearer）"发掘"。在参加了一些演出活动之后，他决定成为一名制片人。布卢多恩将他在派拉蒙委以重任的时候，他还没有制作过一部电影。《纽约时报》将这次任命称为"布卢多恩干的蠢事"，在那时这评价已经算是不错了。在亲力亲为开展制片工作时，埃文斯与同样固执己见的科波拉在《教父》的拍摄过程中一直冲突不断。埃文斯同时也主持了派拉蒙历史上一些最佳影片的项目。

彼得·巴特，派拉蒙制片部副总裁 巴特原是《纽约时报》的西岸记者，他曾为报纸的周日版写过一篇关于罗伯特·埃文斯的文章。埃文斯认为正是这篇文章让他获得了布卢多恩的关注，但巴特却觉得很好笑，因为那篇文章对埃文斯其实相当不善。埃文斯刚成为副总，就提拔巴特成为他的得力助手。巴特是整个团队中创意最多的人，在《教父》拍摄制作与发行过程中，他一直默默地守护它。在前后八年间，他先后开发了《纸月亮》、《哈洛与慕德》（*Harold and Maude*）、《大地惊雷》（*True Grit*）和《罗丝玛丽的婴儿》（*Rosemary's Baby*）等电影。他那种书本式的智慧与埃文斯的商业敏感和直觉相辅相成、珠联璧合。邀请科波拉来做导演正是巴特的主意："我支持让科波拉来做导演，是因为我觉得弗朗西斯是一个无比聪明的年轻导演，即使那时他还没像后来那样光芒四射。他绝顶聪明，也能言善辩——所以其实是我在竭力提议让他来执导这部电影。"（2007）

阿尔伯特·S·拉迪，阿尔弗兰制片公司（Alfran Productions）制片人 拉迪为人和善，他在娱乐业一步步高升靠的不是资历而是胆识。在一次与华纳兄弟公司管理层人员的偶然会面后，他就作为联合制作人打造了一部成功的电视剧《霍根英雄》（*Hogan's Heroes*），以及三部电影《无名小卒勇斗大英雄》（*Little Fauss and Big Halsy*）、《野种》（*Wild Seed*）和《造娃》（*Making It*）。这三部电影的票房虽然不算成功，但是每部的制作费用都极低，完全控制在预算之内，而这正是派拉蒙一直希望《教父》能够做到的。拉迪并未长篇大论地展望他将如何使这本畅销书变成电影，相反他一句话就说服了布卢多恩，从而得到了这份工作："查理，我想拍一部关于你爱的人的电影，一部忧伤而令人生畏的电影。"布卢多恩嘭的一拍桌子："这太棒了！"然后跑出了房间。拉迪说到做到了，但电影公映不久，他就表示："这是我能想象到的制作过程最为灾难性的一部电影了。没有谁哪怕一天是好过的。"如今，他承认虽然拍摄过程非常艰辛，但这仍然是"一次伟大的历程，我们每个人都由此开启了自己的事业，十分美妙"。

上图：制片人阿尔伯特·S·拉迪，摄于1971年

下图：派拉蒙影业的新闻发布会上，马里奥·普佐、弗朗西斯·福特·科波拉、罗伯特·埃文斯和阿尔伯特·S·拉迪共同宣布《教父》的电影计划（照片由Ruddy Morgan Organization提供）

III.
缔造者：弗朗西斯·福特·科波拉

"我就是想拍一部真正关于意大利帮派的电影，拍拍他们的生活，他们的举手投足，他们如何对待家庭、如何庆祝节日的电影。"——弗朗西斯·福特·科波拉，《时代》杂志

当派拉蒙影业给《教父》项目开了绿灯之后，找谁做导演就变成了头等难题。总共12位导演拒绝了这份工作——数量可观，其中包括：彼得·耶茨（Peter Yates，《警网铁金刚》）和理查德·布鲁克斯（Richard Brooks，《冷血》）不希望将黑手党浪漫化，阿瑟·佩恩（Arthur Penn，《邦妮和克莱德》《小巨人》）工作繁忙无暇他顾，科斯塔-加夫拉斯（Costa-Gavras，《焦点新闻》）则认为这部电影太过美国了。

派拉蒙制片主管罗伯特·埃文斯与他手下创意方面的二号人物彼得·巴特对坐一处，一起琢磨为何之前拍摄有组织犯罪的电影都没获得成功，他们的结论是这些电影都是犹太人而非意大利人拍的。所以，他们就想找一个意大利裔的美国导演，然而这可是稀缺品。巴特想起了当他还在给《纽约时报》写小文章时写过的一个有志于当导演的29岁年轻人，他以拍"黄片"（就是不穿衣服的那种片子）的方式支付完了大学学费。

弗朗西斯·福特·科波拉1939年生于底特律。他的父亲卡尔米内（Carmine）是《福特周日晚间》（*Ford Sunday Evening Hour*，这也是导演中间名的由来）这档广播节目的指挥和编曲。因为科波拉的父亲是一位颇具野心的音乐家，一直旅行演出，所以科波拉一家经常举家搬迁。小科波拉从小就完全受到意大利式文化教育的熏陶。

9岁时，小科波拉感染了脊髓灰质炎，于是被隔离了整整一年。在这段时间里，他开始对机械产生兴趣。他得到了一架8毫米摄影机，开始拍摄起小电影，就这样，在他还很小的时候，他就意识到自己想当一名导演。科波拉本科在霍夫斯特拉大学（Hofstra University）主攻戏剧艺术，其后又去加州大学洛杉矶分校（UCLA）攻读了美术硕士的学位。在UCLA就读期间，高产的B级片导演罗杰·科尔曼（Roger Corman）将其招至麾下，就这样，科波拉像其他那些有潜力的年轻电影人一样入了行，拍摄一些劣质电影。1963年，科波拉与他在UCLA的研究生同学埃莉诺·尼尔（Eleanor Neil）结为夫妻，彼时科波拉正初执导筒，拍摄一部由科尔曼出资的电影《痴呆症》（*Dementia 13*）。

在某次编剧比赛获奖之后，科波拉开始从事编剧工作，为不少电影撰写了剧本，包括《巴顿将军》（*Patton*）。他导演了《如今你已长大》（*You're a Big Boy Now*），该片获得了戛纳电影节金棕榈奖提名，也算是《毕业生》（*The Graduate*）的先声。华纳兄弟又聘请他执导歌舞片《菲尼安的彩虹》（*Finian's Rainbow*）。年轻的乔治·卢卡斯（George Lukas）当时是该片的制片助理，在片场做学徒的同时也想在制片厂体系外打出一片天地。

上图：科波拉和剧组成员在波利·加托被谋杀的那场戏的拍摄现场查看刚拍好的素材

下图：科波拉与阿尔·帕西诺讨论谋杀毒枭索洛佐、警长麦克拉斯基的那场戏

科波拉继续编剧并拍摄自己的电影《雨族》(The Rain People)，电影讲的是一位怀孕的年轻妻子[雪莉·奈特(Shirley Knight)]和她寻求个人价值实现的故事。1969年，科波拉为了梦想起航：他卖掉了房子，搬到了旧金山，从华纳兄弟公司贷了一笔款，与乔治·卢卡斯和其他一众充满理想的年轻电影人开始创办独立电影公司——美国西洋镜就是抱着这样一种要创造个性化、艺术化的乌托邦电影理想而成立的。

公司第一个制片项目是卢卡斯的未来主义科幻电影《五百年后》(THX 1138)。电影非常失败，这对于美国西洋镜来说是毁灭性的。华纳兄弟进行了重剪，最终在没有太多营销支持的情况下公映了这部影片。华纳兄弟经历了一轮大重组，新的当权者对于西洋镜提出的企划项目兴味索然。他们要讨回60万美元的投资。科波拉只得去拍广告和科教片来筹钱，但没过多久，他就无路可走了，只得听取劝说，接受执导《教父》。

彼得·巴特最先是在1970年春天接触了科波拉，并表示想让他来导演《教父》。科波拉尝试着读完了原书，觉得它写得无比低陋。他的父亲忠告他，那些来钱的活儿可以资助他去拍想拍的艺术电影。他的商业伙伴卢卡斯央求他多少在书中找到一些喜欢的地方。科波拉跑去图书馆专门研究黑手党，终于开始着迷于那些将纽约分而治之然后把黑道当成一门生意去经营的家族。科波拉重读了小说，找到了小说的核心主题：家庭——一个父亲和他的三个儿子——这简直就是一部古希腊或莎士比亚式的悲剧。他把柯里昂家族在20世纪40年代的崛起看作对美国资本主义的隐喻。他接下了这活儿。

据埃文斯回忆，由于"没有别的人选"，1970年9月28日，科波拉被宣布将成为《教父》的导演。科波拉初出茅庐，经验不多，派拉蒙以为雇了一位能把成本控制在预算内的好摆弄的意裔美国导演。科波拉确实是意裔美国人，但却完全不是制片厂期待的那种导演。

第一仗是关于该片是否应是年代戏。科波拉顽固地坚持将故事设定在20世纪40年代。在最近一次访谈中，他解释："我想说服派拉蒙把电影设置在40年代而非70年代的一个重要原因是，故事中有太多细节与美国那个年代的历史背景相关："二战"后美国的重生，迈克尔海军服役的经历，对美国的想象，那里发生的事情，美国企业的崛起。这些都是故事的重要组成，我很难想象按照他们的方式要怎样才能讲好这个故事。"派拉蒙要求普佐把剧本设定在20世纪70年代，因为拍摄同时代电影更便宜：不用去找40年代的汽车，不用特别置景，也不用特别化装。最终，科波拉保留原书年代设定的愿望胜出了。

第二仗是关于取景地。科波拉希望在纽约拍摄，但因为工会的规定，这将非常昂贵。制片人拉迪提议将克利夫兰、堪萨斯城和辛辛那提作为备选——也提过制片厂的外景场地。[在作者的一次采访中，拉迪指出找其他拍摄地是因为"有些'小混混'（其实是指黑手党）告诉我们最好别来纽约"。]科波拉在1970年10月的《综艺》上表示："我非常想在纽约拍。我想要的氛围是极度纽约式的，鉴于我想把它做成年代戏，如果可能的话——我是说40年代——任何其他地方都很难具有纽约的那种独特神韵。"拉迪并不同意这种看法："我们资金吃紧，我们觉得如果能在别的地方拍摄的话，不必牺牲影片质量也能省下一大笔钱。"最终，制片厂妥协了，电影在纽约实景拍摄。

1970年9月，罗伯特·埃文斯代表派拉蒙宣布："《教父》将会是派拉蒙在1971年的重头制作。"此时，小说原作已经卖出了100多万本精装本和600多万本平装本，这让派拉蒙不得不重新考虑是否还按照普通的制作规格来拍摄整部电影。200万美元的预算被追增至300万，然后到400万，最终达到了600万。伴随着原作销量口碑的狂飙，科波拉的一意孤行最终盖过了制片厂大佬们的反对之声。

第三仗则发生在选角环节，漫长而惨烈。科波拉回忆，经过大规模的演员试镜（也花了大笔钱），布卢多恩开始怀疑，来试镜的50多个演员怎么可能都不行。他很自然地想到，导演只有科波拉一人，坏事肯定要算在他头上。科波拉自始至终有一套自己的原则。然而，关于选角的争吵让好斗的科波拉筋疲力尽，也让制片厂更提防他了。派拉蒙自拍摄始终都密切监督着科波拉的一举一动，这造成了各方都压力极大的局面。

《教父》的拍摄过程进展得十分艰难。科波拉不按计划，整天犹豫不决，东一榔头西一棒槌。（他整天忙于跟制片公司较劲，没时间做计划。）他不按照常规用拍摄剧本进行拍摄——整部电影已经在他脑中了。拍摄进展远远赶不上进度表，每天都要花掉4万美元。剧组许多成员都不配合，他们都觉得科波拉自不量力。有次在厕所隔间，他偶然听到剧组其他成员发牢骚："他们上哪儿找的这小子？你这辈子见过这么烂的导演吗？"更糟的是，从拍摄伊始，科波拉就和同样固执的摄影师戈登·威利斯（Gordon Willis）干上架了，摄制过程中他曾称科波拉"没干过一件对的事"。

当第一批工作样片（第一批拍摄当晚制作的正片拷贝，用于评估整个拍摄流程）运到派拉蒙时，派拉蒙的高管们一个个无动于衷。虽然科波拉和威利斯精心设计了间或出现的明暗场景，但是根据彼得·巴特的报告，早期的一些样片太暗了，以至于派拉蒙的高管们都很难看清拍了些什么。用巴特的话来说，这种工作方式激化了科波拉"与制片厂之间本就紧张的关系"。白兰度在拍摄与索洛佐会面的一场戏时，一直口齿不清。（根据科波拉的说法，白兰度说即便他是马龙·白兰度，在拍摄第一天也会紧张。）埃文斯听不清白兰度在戏里讲什么，他傲慢地建议应该给这一段加上字幕。

派拉蒙高管们对此表示担忧。他们将剧本寄给另一位导演伊利亚·卡赞（Elia Kazan），但是巴特劝诱卡赞的一位美术师朋友跟埃文斯说：卡赞有点老态龙钟了。这使得更换导演的计划受挫，但科波拉居然做了噩梦，梦见伟大的卡赞颇为尴尬地来通知他，他被解雇了。派拉蒙指派副总裁杰克·巴拉德（Jack Ballard）紧盯预算。科波拉说他是"一个荒唐的秃子，被派来折磨我的"。此外，剪辑师阿拉姆·阿瓦基安（Aram Avakian）和助理导演史蒂夫·凯斯滕（Steve Kesten）本都是科波拉招来的人员，他们却密谋想取代导演和制片人的位置，甚至有传闻说素材可能遭到了破坏。无论如何，就在这个节骨眼上，科波拉与派拉蒙之间的猜忌和反感一触即发。正如巴特所说："弗朗西斯变得疑神疑鬼。"

柯里昂家族

1971年3月17日，科波拉安排所有饰演柯里昂家族成员的演员在纽约的帕齐饭店（Patsy's Restaurant）一起吃饭，这是一次非正式的即兴"排练"宴。科波拉专门订了一个家庭味较浓厚的餐桌，也尽是家常菜。演员围站四周，一个个都非常焦虑犹疑。科波拉回忆道："这是演员们第一次正式见白兰度，虽然在派拉蒙高管们看来白兰度多少有点气数已尽了，但是对于阿尔·帕西诺和其他演员来说，白兰度可不单单是一位大神，他就是上帝本人。"

饰演二儿子的约翰·凯泽尔（John Cazale）在一次采访中回忆道："我们互相之间都不认识，站在那儿也不知道该做什么。白兰度打破了沉默。他走了过来，打开了一瓶酒，然后酒宴才开始。我想我们后来全都意识到了，那时他就像教父柯里昂对待自己的家人那样对待我们。"科波拉希望这样一个感性的家宴场合能给演员们提供一个像家人一样相处的机会——最终也确实做到了。白兰度坐在桌子一头，一言不发就进入了角色；塔莉娅·希雷（Talia Shire，女性家庭成员）负责忙里忙外；而"儿子们"[罗伯特·杜瓦尔（Robert Duvall）、詹姆斯·卡安（James Caan）和阿尔·帕西诺]每个人都在用自己的方式取悦作为"父亲"的白兰度。"詹姆斯·卡安在说笑话，希望给白兰度留下点好印象；帕西诺则想盖过卡安一头；而只要白兰度转过脸去，杜瓦尔就会模仿他，虽然他显然不是他们中的一员"，科波拉回忆道。在首次小聚的整个过程中，所有演员们都找到了自己所要表演的人物。

《教父》圣经：科波拉笔记本

《〈教父〉笔记本》(*The Godfather Notebook*)中的内页，里面有科波拉针对婚礼一场戏的笔记

当科波拉着手将《教父》小说改编成电影剧本时，他也顺手改出了一个类似舞台工作本的东西（科波拉有一些舞台剧经验）。他搞来了一本小说原著，然后把胶装线扯掉，留下散页，一页页地粘贴在一本空白笔记本上，白页边缘保留以做笔记。他将这本大笔记本称作《〈教父〉笔记本》，用这本资料集来分析整部小说，决定哪些部分要在电影中保留。

在这本笔记中，科波拉将故事进行了图解，以剖析整部小说——将小说中50个故事场景按照以下类别一一拆解：梗概、时代（如何留存20世纪40年代的时代质感）、影像与影调、故事核心（每一场戏的本质），以及注意事项（哪些要点需要注意，比如节奏或套路）。这种将戏剧故事逐一拆解的方式是受到了伊利亚·卡赞《卡赞论导演》(*Directors on Directing*)一篇文章的启发。

科波拉在这本笔记本里记满了他的改编想法，以及很多戏该如何表现才能让电影看上去在不改变普任原作的基础上真实反映意大利文化和黑手党文化。他也在笔记本上匆匆记下了很多给自己打气的话，比如关于某一角色对死亡的反应："这段很难！要仔细想想（如何处理），要做足准备，弗朗西斯！"科波拉后来回忆："事实上拍《教父》期间我每天去哪儿都带着这本笔记本。"

当真正开始执导《教父》时，科波拉的灵感大多来自这本笔记，而非拍摄剧本。科波拉在改编这部小说的时候有多么精雕细琢，这本笔记便是一个绝佳证明。

埃文斯和科波拉之间的故事在此出现了罗生门。埃文斯说他觉得科波拉拍的工作样片非常精彩，所以他将那些不相干的人清理出了门户。而科波拉有不同的说法，协同制片人格雷·弗雷德里克森（Gray Frederickson）告诉他阿瓦基安在派拉蒙的高层主管面前对这些样片吹毛求疵。此外，制片厂还不允许科波拉重拍索洛佐谈判的场景——这无疑是向科波拉暗示他们要解雇他。科波拉不相信派拉蒙会在周中就解雇导演，因为他们需要花一个周末再找其他导演来接手整个项目，所以他决定自己先下手为强。他周中就解雇了凯斯滕、阿瓦基安和一大群剧组成员，然后迅速重拍了索洛佐谈判那场戏，这使制片厂若想另雇一个导演再重拍，拍摄成本会高到难以承受。

毫无疑问，派拉蒙也被科波拉清理门户的反击之举给镇住了。他们看了最新重拍的戏，觉得比之前的版本强多了（虽然科波拉觉得最初拍的那版可能最终用在了成片中）。派拉蒙也担心解雇《教父》导演的消息传出引起的公关风波可能恰遂了科波拉之愿。此外，根据白兰度的自传，科波拉当时坚持让白兰度来出演教父，白兰度于是投桃报李，表示若科波拉被解雇，他也甩手不干，以此来要挟派拉蒙。尽管白兰度表示科波拉不怎么给演员表演上的指导，但他大体上是肯定科波拉的艺术水准的。科波拉于是留了下来。彼得·巴特后来在西南偏南电影节上说，他很多年都故意不去回想那些事，但最终他意识到，"《教父》拍到第三周时，确实潜藏着一个旨在搞掉科波拉的密谋"。在最近的一次采访中，他坦言："电影拍摄到第二周时，我确实感到一部杰作正在诞生，但看工作样片的人数却在减少。"他解释道："当制片厂对某部影片失去信心的时候，你是能感觉出来的——当你环顾办公室四周，却发现没什么人。"科波拉总计五次差点被

解雇——执意要起用白兰度时，派拉蒙看到第一批工作样片时，科波拉坚持要去西西里拍摄外景时，当他们预算超支时，以及最后进入剪辑阶段时。

1971年8月，科波拉回到旧金山的家进行第一轮初剪。影片时长达165分钟，但他知道派拉蒙不打算发行时长不符合观影习惯的史诗巨片，同时他被埃文斯告知假如影片长于135分钟，派拉蒙将拿回胶片由公司在洛杉矶的部门重剪。科波拉不想去洛杉矶，因为他的控制权会被削弱，他更喜欢在自己的大本营工作。所以他的初剪把影片压缩到140分钟。

埃文斯看完缩减版之后勃然大怒，因为支撑影片的结构通通被剪掉了。据阿尔伯特·拉迪说，埃文斯一个电话打给了派拉蒙总裁弗兰克·雅布兰斯，说这140分钟的版本看上去比3个小时的版本都长。而据他那本充斥了自吹自擂但却极有可读性的回忆录《流连片场的孩子》（*The Kid Stays in the Picture*）中讲，他警告科波拉："你拍摄了一部巨作，却把它缩成了一个预告片。现在，你得还我一部真正的电影。"所以派拉蒙还是把胶片带回了洛杉矶（正如科波拉推测的那样，他们一直打算这样做）。在剪片的过程中，埃文斯的坐骨神经痛犯了，不得不被轮椅推到了医院病床上。

于是，关于谁应该对电影成片负责的争论急剧白热化。影片放映后不久，科波拉通过《时代》杂志声明："鲍勃（埃文斯）总会逼你尝试各种可能性。他会一直逼着你做这做那，直到他满意为止。最后，也不知道怎么回事，奇迹突然出现了，他收回了那些馊主意，开始从善如流。"而埃文斯则抱怨自己花了太多时间在剪辑上，以致他和妻子阿里·麦格劳（Ali MacGraw）的婚姻走向破裂。

但是科波拉对埃文斯的说法颇为不快，他甚至给埃文斯发了一封后来很有名的电报（据传埃文斯把它裱起来挂在浴室里），电报的部分内容还登上了《纽约时报》："你这个蠢货四处叨叨是你剪了《教父》，这话已经传到我这儿了，你这不着边际的胡吹乱侃真让人火大。你自己说你深度介入了《教父》的制作，我没跟你发火那真是我涵养好……除了把我惹毛、拖慢进度外，你对《教父》全无半点贡献。"在最近的一次采访中，科波拉又说："你先是跟我在用不用白兰度的问题上较劲，然后是帕西诺，然后是音乐较劲，然后是要不要拍成年代戏，然后是要不要在纽约拍——现在你说就是因为你往电影里扔回了半小时的戏，所以就是你造就了这部电影！"

而《教父》拍摄时任派拉蒙影业总裁的斯坦利·贾菲后来总结道："派拉蒙在这部电影的制作过程中做过的最正确的行动就是，雇了科波拉……埃文斯对电影制作过程的监管可谓事必躬亲，而弗朗西斯的己见和个性又非常强悍，真的有很多时候双方都是剑拔弩张，但最终这些转化成了让电影变得更好的因素。"

贾菲所言非虚：埃文斯为了更长的版本与派拉蒙高层据理力争，也为更好地重剪争取了额外时间（电影原本计划在圣诞节公映），的确有功。同样清楚的事实是，拥有了完全控制权的科波拉拍出了辉煌的《教父2》，这证明科波拉在《教父》中所显露的才华绝非昙花一现。正如阿尔伯特·拉迪所言："弗朗西斯就是为拍这部电影而生的。"

剧 本

拍摄细节

电影开场时缓慢的镜头运动,从博纳塞拉的脸部特写开始,到唐·柯里昂的头部后方结束,历时超过2分钟。这种视觉效果是用当时新发明的计算机控制时间的镜头完成的,它可以通过编程精确控制变焦的速度,不过当时只能用于商业广告中。事实上电影中用变焦镜头拍摄的场次极少——无论是导演科波拉还是摄影师戈登·威利斯都尽量避免使用变焦镜头,以实现更加现实主义的创作意图。

改编与删减

科波拉原来的设想是用婚礼作为电影开场,这样就可以迅速交代清楚所有主要人物。然而他的一位朋友跟他说他之前编剧的电影《巴顿将军》的开场非常有趣——巴顿在国旗前发表激励人心的演讲。于是科波拉重写了博纳塞拉这场重头戏,并将其作为开场。他的笔记中写道:"这一段更为清晰地点明了教父的权力,以及彰显他是多么看重他所说的'友谊',即对他宣誓效忠。"比起原著中以博纳塞拉在美国法庭上没有得到应有的公道作为开篇,以这场戏作为开场实际上更符合原著小说的主题。原书中还包含了克莱门扎的手下波利·加托教训伤害博纳塞拉女儿的两个青年以帮其讨回公道的段落。

拍摄细节

制片笔记表明《教父》中约有10%的镜头是在位于纽约东哈莱姆(East Harlem)127街的Filmways制片公司的摄影棚完成的。柯里昂的家是专门为拍摄电影而建造的,包括两处住宅,均配备客厅、餐厅、设施齐备的厨房、镶木板的书房、有台阶通向卧室的门厅,一应俱全。

教 父

室内白天:唐·柯里昂的办公室(1945年夏)

派拉蒙的厂标静静地出现在黑色的背景上。之后短暂停顿片刻,然后出现简单的白色字母:

马里奥·普佐的

《教父》

之后银幕仍为黑底,一个声音传来:"我相信美国。"突然间镜头切到特写,阿梅里戈·博纳塞拉出现,他60多岁,身着黑色西装,情绪非常激动。

博纳塞拉

我相信美国,是美国让我变得富有。

在他说话时,镜头在不知不觉中缓缓变焦拉开。

博纳塞拉

我用美国式的做派把女儿抚养成人。我给她自由,但是我也教她,永远不要做有辱门风的事。她自己找了一个男朋友——不是意大利人。她和他一起去看电影;在外面待到很晚还不回家。我也没说什么。两个月前,他开车带她出去兜风,同行还有另外一个男孩儿。他们灌她喝威士忌,然后……他们就要……占她的便宜。我女儿反抗了,她保住了自己的名节。于是他们打了她——像对待动物一般。我到医院的时候,她鼻梁已然折了,下巴也碎了——只能用铁丝绑着固定住。她甚至没法儿哭,因为太疼了。

博纳塞拉在啜泣,几乎说不下去了。

"权力,权力,权力,权力,权力——永远别忘了,对于限制权力、操控权力的痴迷,是人们对这本书如此感兴趣的原因。"
——科波拉《〈教父〉笔记本》

博纳塞拉

但是我哭了。我为什么哭?她是我生命中的阳光。她是多么美的一个姑娘。现在她再也美丽不起来了。对不起。我——我去找过警察,像个正经的美国公民那样。法庭审判了那两个男孩。法官判了他们三年徒刑,缓期执行。缓期执行!宣判当天他们就被释放了!我站在法庭里活像个傻子,而这两个混蛋居然冲我笑。我对我老婆说:"为了讨个公道,我们必须得去找柯里昂阁下。"

此时,镜头已至全景,我们得以看见唐·柯里昂家中的办公室。百叶窗是闭合的,所以房间里面非常幽暗,只有一些光透过百叶窗缝隙打出的阴影。我们可以越过唐·柯里昂的肩头看见博纳塞拉。

唐·柯里昂

为什么你要去找警察?为什么不先来找我?

博纳塞拉

您要我做什么?告诉我,我全都照做,但是求您帮帮我。

唐·柯里昂

你想怎么办？

博纳塞拉起身，在柯里昂耳畔低语。

博纳塞拉

我希望他们死。

唐·柯里昂

（摇了摇头）

那个我办不到。

汤姆·黑根坐在临近的一张小桌子上，检阅着一些文书。桑尼·柯里昂不耐烦地站在靠近他父亲的窗边，啜饮着一杯红酒。

博纳塞拉

您要什么我都给您。

唐·柯里昂

（轻抚着膝盖上的猫）

我们相识多年了，但这是你第一次来我这里，要听听我的建议或向我求助。我都不记得上次你请我去你家里坐坐喝杯咖啡是什么时候了，哪怕我妻子还是你独生女的教母。就这么说吧。你从未想和我做朋友，你怕欠我人情。

博纳塞拉

我那是不想招惹麻烦。

唐·柯里昂

我都懂。你觉得美国就是天堂。你有你自己的买卖，也过得不错，有警察保护着你，还有法庭；所以你也不需要一个像我这样的朋友。但是现在你来找我，然后对我说："柯里昂阁下，给我主持公道。"但你不是出于尊敬而求我；你并不愿让我成为你的朋友；你甚至都不愿称我为教父。相反，你在我女儿大喜的日子，到我家来找我，叫我去为你杀人——冲着钱。

博纳塞拉

我只是求您主持公道。

唐·柯里昂

这不是公道；你女儿还活着。

博纳塞拉

那就让那俩小子受尽折磨，就——就像我女儿受的罪那样。我应该付您多少钱？

黑根和桑尼都做出了反应。

唐·柯里昂

（站起身）

幕后

出现在这场戏中的猫，是寄居在Filmways制片公司的众多猫之一。在拍摄期间，科波拉将其抱起来，放到马龙·白兰度的膝上。这就是科波拉如何与白兰度共事的一例——不是与后者讨论该如何表演，而是经常给白兰度提供一些片场随手可得的道具，任其自由发挥。这些即兴表演的细节丰富了每一场戏的质感，暗示了维托·柯里昂的角色是一个像猫一样隐藏起利爪的绅士。但即兴表演带来的负面影响是那些不可避免的技术问题：猫的咕噜声过于响亮，甚至盖过了白兰度的话，以至于不得不之后补配音。

幕后

萨尔瓦托雷·科尔西托（Salvatore Corsitto）扮演了殡仪馆老板阿梅里戈·博纳塞拉一角，在此之前他并没有表演经历，是在一个公开选角中被选中的。据科波拉说，白兰度觉得科尔西托的表演是整部电影中最棒的，因为非常真实。在粗排时，白兰度建议修改对白，于是科波拉重写了整场戏，并计划安排在第二天就拍摄。在电影拍摄过程中，各种荒谬的临场回炉重写情况屡见不鲜——对白修改之频繁，让科波拉不得不时常大早上就带着为白兰度新准备的提词卡到片场，因为白兰度拒绝提前记台词。

意大利人的刻板印象

博纳塞拉浓厚的意大利口音在该片的美国部分中极为罕见，而这就是演员实际的说话方式。在《教父》拍摄过程中，科波拉一直都追寻真实感，并在他称之为《〈教父〉笔记本》的资料本中一直强调，不能掉入为口音而口音的意大利人刻板印象陷阱中："谁会辣样缩话呢？（Who-a talk-a like-a-dis.）"

博纳塞拉，博纳塞拉，我到底做了什么让你对我如此不尊重？如果你以朋友身份来找我，那现在那俩毁了你女儿的浑小子早就痛不欲生了。如果像你这样实诚的人无意中有了敌人的话，那么他也会是我的敌人。

（摇了摇手指）

那样，他们就会怕你。

博纳塞拉缓缓低下头，咕哝着。

博纳塞拉

您能做我的朋友吗？……教父？

博纳塞拉亲吻唐·柯里昂的手。

唐·柯里昂

很好。

（移步要送博纳塞拉出门）

搞不好有一天，或许这天永远不会来，我会求你帮点忙。但是在那一天到来之前，收下这份公道，就当是在我女儿大喜之日给你的礼物。

博纳塞拉

谢谢，教父。

唐·柯里昂

别客气。

博纳塞拉退出房间，黑根把房门关上。

唐·柯里昂

把这事交给……克莱门扎去做。我要可靠的人处理这件事——那种不会擦枪走火的人。毕竟，我们也不是杀人犯，不要……像这个殡葬老板说的那样置人于死地。

柯里昂嗅了嗅胸前纽扣孔上别着的玫瑰花。

室外白天：庄园（1945年夏）

俯拍镜头，明媚阳光下的柯里昂家庄园尽收眼底。至少500名宾客将院落和花园填得满满当当。音乐声伴着笑声和舞蹈，数不清的酒桌上摆满了食物和美酒。

整个柯里昂家族身着婚礼宴会的正装，准备拍一张全家福：唐·柯里昂，柯里昂夫人，长子桑尼和他的太太桑德拉及他们的孩子，还有汤姆·黑根和他的太太特蕾莎及孩子，还有次子弗雷多，以及新娘康斯坦齐娅（康妮）和新郎卡洛·里齐。所有人都摆好了照相姿势，但是柯里昂显得心事重重。

唐·柯里昂

迈克尔在哪儿？

桑尼

啊？别担心，现在还早呢。

唐·柯里昂

迈克尔没到,我们就不照相。

(对着摄影师说意大利语)

黑根

怎么了?

桑尼

是因为迈克尔……

唐·柯里昂热情地跟朋友来宾握手,打成一片,向他们的到来表示欢迎。柯里昂夫人在和客人一起跳舞。康妮和卡洛在婚桌上笑着说话。俯拍宾客们跳舞。

室外白天:庄园入口(1945年夏)

庄园大门外,几个西装笔挺的人,与坐在黑色轿车里的人明显是一伙的,他们在一排排停放的车辆之间来回走动,在笔记本上记下车牌号码。我们能够听见远处传来的音乐和笑声。

🔷 拍摄细节

在普佐的小说中，康斯坦齐娅·柯里昂的婚礼请柬表明婚礼于1945年8月最后一个周六，在纽约长岛长滩举行。

🔷 拍摄细节

柯里昂大院（即庄园）的拍摄地点位于纽约市史坦顿岛（Staten Island）居住区内朗费罗街（Longfellow Road）的一条安静小巷内。虽然地点非常偏僻，剧组还是修建了约2.5米高、泡沫做的人工石墙，进一步隔离了这一区域。婚礼场景被安排在墙后院中的一大片草坪上。制片厂报告上计划的临时演员数量一变再变（最高达到750人），包括当地居民、他们的孩子、科波拉家族的一帮人，以及其他演员的家属。婚宴上准备了无数食物，包括大量饼干、大盘千层面、大篮水果、桶装啤酒、无数加仑葡萄酒，以及一个1.8米高的四层蛋糕。四天拍摄过程中，每天都要不断补充食物。Richmond Floral公司提供了超过200束纯白的兰花婚礼花束和数百株用作胸花的卡特兰（一种在20世纪40年代非常流行的花）。

室外白天：庄园

彼得·克莱门扎高兴地跳着塔兰泰拉舞。

室外白天：庄园入口

一个男人在一辆豪华轿车旁边抄车牌号。

室外白天：庄园

萨尔·泰西欧轻巧地抛接橘子。

剪接：

院子中，巴尔齐尼手中拿着一顶黑色软毡帽显得气度不凡，在身边两个保镖警觉的注视下，他迈步上前拥抱唐·柯里昂。

唐·柯里昂

巴尔齐尼阁下。你认识我儿子桑蒂诺的。

剪接：

克莱门扎流着汗，跟跟跄跄地结束舞蹈。

克莱门扎

嘿，波利！

给我们拿点酒！波利！多拿点酒。

波利硬挤过来，拿给他一大杯冰黑葡萄酒。

波利

对不起，借过。嚯，你在舞池里跳得真不赖！

克莱门扎

（上气不接下气）

厉害啊，你当你是跳舞评委？

（说意大利语）

去附近转一圈，别忘了本职工作。

波利穿过人群。

剪接：

桑尼捏了一下伴娘露西·曼奇尼的脸颊，后者回以一个甜甜的微笑。然后桑尼走向妻子。

桑尼

嘿，桑德拉，上点心，帮帮忙——好好看着孩子。别让他们到处乱跑，好吗？

桑德拉

（生气）

你管好你自己，好吗？

剪接：

泰西欧，个子很高，看上去非常绅士，他与一个九岁的小姑娘一起跳舞，小姑娘的白色宴会鞋踩着他大号的棕色皮鞋。

剪接：

柯里昂与夫人一起跳舞。

剪接：

新娘康妮·柯里昂感谢着众多宾客，将装了礼金的白色信封投入她手中的白色大袋子中。卡洛紧紧盯着那些鼓鼓囊囊的信封，在猜里面装了多少钱。

波利

（直勾勾地看着）

两三万小钞，全是现金——就在那个丝制"小"口袋里。唉，如果这是我的婚礼，那该多好！

旁人

（向波利的方向扔了一个香肠三明治）

嘿，波利！

（说意大利语）

🟦 意大利文化

小说中，普佐笔下的康妮为了安抚对夫婿选择极为不满的父亲，最终同意举行一个"意大利佬"（guinea）式的婚礼。片中多处片段真实还原了意大利人的婚礼习俗：克莱门扎跳的塔兰泰拉舞；康妮装满钱的丝制口袋；安装在花边线路网上的彩色灯泡——不禁让人想起意大利的街头集市，比如圣热内罗节上的；抛出包好的肉三明治（来自科波拉童年记忆中的婚礼）。科波拉在笔记中概述了他对这场戏的感觉："会有非常非常多的客人……场面越大越好。各界人士都到场了，毕竟唐·柯里昂是个主持公道的人。客人大部分来自城里，他们坐火车，或是自己开车前来。他们带自己的孩子，所以所有宾客中要有1/4是各年龄段的儿童，甚至婴儿。意大利人从不会把孩子丢在家里，只要能走的孩子，都要穿着小西装或漂亮的衣服，相当一部分小男孩穿着短裤和擦得亮亮的鞋子。或许还有一两个穿着传统礼服的。连孩子们都喝葡萄酒。"

🟧 拍摄细节

共有六架摄影机拍摄婚礼，其中还有四个在花园里捕捉纪录真实感的灵活机位，收音师游走在现场录来一些即兴对谈。还有一台摄影机在直升机上，但因为那些镜头的素材抖动得太厉害，最终未被采用。

改编与删减

无论是在小说中,还是在电影开拍前完成的拍摄剧本中,"西西里人不会在女儿婚礼当日拒绝别人的请求"这一传统是由迈克尔告诉凯的。原设计更为合理,因为特蕾莎·黑根本人也是西西里人,无须别人跟她解释这一传统。

演员与剧组:泰雷·利夫拉诺

泰雷·利夫拉诺(Tere Livrano)是派拉蒙电视音乐部的助理音乐编辑,她的一个朋友把她的照片寄给了科波拉,科波拉于是选她来饰演特蕾莎·黑根。

波利

(接住了三明治)

你个笨蛋!

剪接:

一个摄影师给坐在桌边的巴尔齐尼照了一张相。巴尔齐尼示意手下两个保镖把相机里的胶卷抢过来,然后巴尔齐尼毁掉了胶片。

摄影师

嘿,这是干什么?

剪接:

黑根亲了一下他的太太。

黑根

我还有点正事要忙。

特蕾莎

哎,汤姆!

黑根

这也是婚礼的一部分。西西里人在女儿的婚礼当天不会拒绝任何人的请求。

黑根走回屋子,一大群男士正在紧张地等待。黑根向纳佐林勾了勾手指,后者飞快地跑上前跟黑根进了屋。

卢卡

(口中练习着)

柯里昂阁下,您能邀请我来参加您女儿的婚礼,我感到非常荣幸和感激……

室外白天:庄园入口

穿着西装的数个男士不停游走在停放的车子之间。桑尼气势汹汹地走出大门,他的脸因为愤怒而涨得通红,他身后跟着波利和克莱门扎。

桑尼

嘿,怎么回事?快滚出去!这是私人聚会。快滚!怎么回事?

嘿,这是我妹妹的婚礼。

穿着西装的男士没有作答,而是指着车内的司机。桑尼红着脸恶狠狠地看向司机。司机一言不发,只是打开一个皮夹子,给他看里面的工作证。桑尼退后几步,朝地上吐口痰,转身走开,身后跟着克莱门扎和波利。

桑尼

该死的FBI一点也不懂得尊重。

在回院子的路上,桑尼看到路边的摄影师,逮个正着。

"婚礼这场戏非常漂亮地在多个功能层面上给整部电影开了个好头。首先,这是一个非常温馨且非常真实的意大利式婚礼,每一个镜头都非常注重细节的呈现。同时,也借这场婚礼向我们——介绍了影片的主要角色,所有既在婚礼的公共场合中现身同时也在维托·柯里昂私人书房幕后商谈的角色全都照顾到了。公开场合与私密场合在此泾渭分明,什么可以公之于众,什么只能心知肚明,这是这部电影最重要的主题之一。"

——肯尼思·图兰,影评人

 改编与删减

电影中的婚礼场景比开拍前完成的拍摄剧本多了更多镜头:康妮与卡洛跳舞、柯里昂夫人唱歌、柯里昂夫妇跳舞、泰西欧向空中抛接橘子——这些设计让电影变得更加轻快、富有生活气息。后添加的这些戏,使表面上的欢乐与背地里的剑拔弩张的对比更为凸显,比如镜头在FBI查车牌和婚礼上舞蹈之间的交叉剪辑。一些原本拍摄剧本中没有的颇为暗黑的小设计,也出现在了最后的成片中,比如敌对家族的首脑巴尔齐尼毁掉了摄影师相机里的胶片,以及迈克尔关于其父是如何帮助约翰尼开展事业的那段令人骇然的陈述。

演员与剧组：戈登·威利斯和《教父》的视觉风格

《教父》开拍时，摄影师戈登·威利斯在拍摄情节片上还只能算是个新人。他当时只拍过6部电影，入行也只有2年。威利斯和科波拉在拍摄《教父》的过程中关系一直极为紧张。他们都属于固执、一根筋的那种人，经常冲着对方大吼大叫，每次吵完总还要摔坏几个道具。一次吵完后，科波拉办公室突然爆出一声巨响，剧组员工都以为科波拉开枪自尽了（其实他只是摔坏了门）。他们俩还经常为打光的事起争执，因为威利斯的打光非常不利于演员走位——他的布光亮度太低，如果演员走错位置的话，就只能在一片黑暗中表演。另一方面，科波拉认为自己是演员们的保护者。他觉得呵护演员可以让他们发挥出最佳状态。

如果除去科波拉和威利斯两人之间的剑拔弩张，他们足以称得上黄金搭档：威利斯做事沉稳、态度谨慎，是一个完美主义者，也是一个理性主义者；而科波拉则充满了汪洋恣肆、鸿篇巨制的想法。他们两人联手的结果，是开创了违反传统好莱坞电影制作方式却熠熠生辉的全新电影摄影手法。威利斯低调光的拍摄手法，以及有选择性地利用化装将白兰度的眼睛隐于暗中，让观众一看到柯里昂出场的镜头就会感到一股涌动在暗处的不祥潜流——这一手法在当时极具争议性。威利斯的意图是向观众隐藏维托·柯里昂这个人物的内心活动，用黑暗将他的邪恶具象化。在幽暗的环境下摄影为威利斯赢得了"暗黑王子"的称号。威利斯也给影片注入了一层泛金琥珀色的光晕，这是对那个已然逝去年代的视觉上的隐喻。无数年代片都复制了这一技艺。

1971到1977年对于威利斯而言是无比美妙的七年，他参与的7部电影总计获得了39项奥斯卡提名，其中19个最终获奖。科波拉也承认他从威利斯那里获益良多，直到现在拍电影还受到威利斯的某些影响。

桑尼

嘿，过来，过来——过来，过来——过来。过来！把它给我！

桑尼把摄影师往车的方向一推，然后把他的照相机扔在地上。克莱门扎把桑尼往回拽，波利趁机踢了一脚地上的照相机。桑尼扔了几张钞票到摄影师的脚边，快步回身，波利和克莱门扎跟在他身后。

室内白天：柯里昂的办公室

唐·柯里昂安静地坐在他幽暗书房的那张厚重的办公桌后。在他对面的，是纳佐林、汤姆·黑根和恩佐（纳佐林未来的女婿）。

纳佐林

……但是到了最后，他被假释了，去为美国要打的这场仗做贡献——所以，过去六个月，他一直在我的糕点店里帮忙。

唐·柯里昂

纳佐林，我的朋友，你想让我帮你做些什么？

纳佐林

这个，现在战争已经结束了，他们又想把这个叫恩佐的男孩遣返意大利。教父，我有一个女儿。你知道的，她和恩佐……

唐·柯里昂

你想让恩佐留在这个国家，你希望你的女儿嫁给他。

纳佐林如释重负，起身紧紧握住柯里昂的手，充满感激。

纳佐林

您真是洞若观火。

唐·柯里昂

不客气。

纳佐林

（起身）
谢谢。
（转向黑根）
黑根先生，谢谢你。
（满心欢喜地退出房间）
等会儿您就能看见那个漂亮的婚礼蛋糕，是我为您女儿做的。啊哈！像这么高。
（笑）
上面有新娘和新郎，还有天使……

纳佐林满面笑容、点头哈腰地退出房间。唐·柯里昂起身走向活动百叶窗。

 **改编与删减**

在小说原作中,柯里昂还见了另一位名字凑巧叫作安东尼·科波拉的年轻人,他是为了开一家比萨饼店而向柯里昂请求帮助的。

黑根

这活儿应该给谁?

唐·柯里昂

别放到我们选区。交给别的选区的犹太议员。单子上还有谁?

柯里昂透过百叶窗向外窥视。

室外白天:庄园

柯里昂看到:

迈克尔·柯里昂身穿海军上尉军装,领着凯·亚当斯走进参加婚礼的人群之中,时不时停下来招呼亲朋好友。

女孩声音

你好啊!

女孩声音

迈克尔!

柯里昂在办公室里透过百叶窗窥视外面,看着迈克尔和凯。迈克尔搂着凯共舞。

室内白天：柯里昂的办公室

黑根

卢卡·布拉西虽然不在会面名单上，但是他想见您。

柯里昂转向黑根。

唐·柯里昂

有……有这个必要吗？

黑根

他没料到会受邀参加婚礼，所以想对您表示感谢。

唐·柯里昂

好吧。

室外白天：庄园

卢卡·布拉西一个人坐着，与周遭显得格格不入，他静静地练习着要对柯里昂说的话。在他不远处，凯和迈克尔正在婚礼主台边上的桌边吃饭。凯正在抽烟。

卢卡

柯里昂阁下，能在您女儿大喜的日子……受邀来您家……我感到万分的荣幸和感激。祝两位新人早生贵子。

卢卡

阁下……

凯

迈克尔……

卢卡

柯里昂……阁下……

凯

……那边有个男的在自言自语。

她示意自己指的是卢卡·布拉西。

卢卡

您能邀请我来，我备感荣幸和感激……

凯

你看到坐在那儿的那个可怕的家伙了吗？

卢卡

……在您女儿大喜的日子……

迈克尔

他确实很吓人。

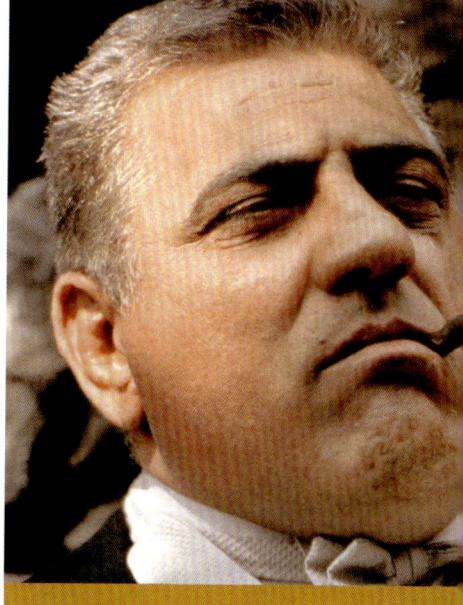

演员与剧组：伦尼·蒙塔纳

伦尼·蒙塔纳（Lenny Montana）——身高近两米，重达290斤——是摔跤项目的前世界冠军，诨名"斑马仔"（The Zobra kid）。电影开拍伊始，制片人拉迪从一群旁观者中"发现"了他。蒙塔纳并非职业演员，他只能笨拙重复自己记得的台词。于是这也启发了科波拉，他加进了布拉西对柯里昂讲话前进行排练的几个片段——这些场景能体现出布拉西的紧张，这样他之后在面见教父时的手忙脚乱也就变得顺理成章。但是显然蒙塔纳虽然紧张，也没妨碍他开玩笑：一次他张嘴跟教父讲话，然而演到一半却伸出舌头，舌头上贴着一个"我去你妈的"（fuck you）的便条。平日就爱耍宝的白兰度也不由得哈哈大笑起来。

🎬 **穿帮**

注意凯手里的香烟时有时无。

下图：迪克·史密斯（Dick Smith，左一）和白兰度的私人化装师菲利普·罗兹（Philip Rhodes）一起协作将白兰度变成教父

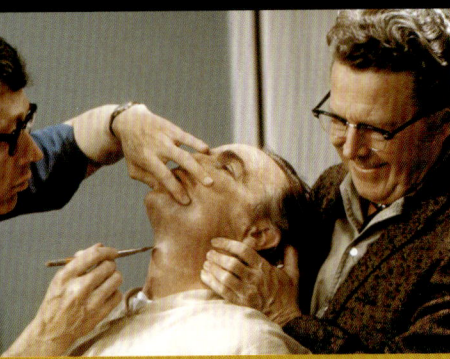

演员与剧组：
迪克·史密斯与马龙·白兰度的化装

迪克·史密斯是1945—1959年美国全国广播公司纽约区化装部门的老大，也是电视行业第一位有分量的化装师，他参与过近100部影视作品的创作。在拍摄《教父》之前，他凭借在电影《小巨人》中成功为达斯汀·霍夫曼（Dustin Hoffman）化了121岁的妆而声名鹊起。他一生共参与了50部电影的化装工作，包括《驱魔人》（The Exorcist）、《莫扎特传》（Amadeus），正是这两部作品让他赢得了奥斯卡奖。在《教父》一片中，史密斯创造性地使用卡洛牌糖浆作为血浆［他曾首先在《午夜牛郎》（Midnight Cowboy）中试验了这一手段］。史密斯的职业生涯可谓丰富异常，他开发了无数新材料和新技术，还写了一本关于化装的书，至今仍启发着无数化装从业者，他被认为是当代特效"教父"。在采访中，他讲述了如何将马龙·白兰度变为柯里昂阁下：

"我被要求去了趟英格兰，跟马龙·白兰度协商究竟用何种方式为他在电影中的角色上妆。我们一起共进午餐，然后他一直只让我说我的想法。他没有明确表示同意我的设想——真的非常狡猾，这个家伙。我觉得他是赞同我的，只是嘴上什么都不说。过了一阵子，他回到美国，我们做了一次真正的试妆。我试着安装一些器械，他并不急于这样做。（接下页）

凯
是吗，他是谁？叫什么？

迈克尔
他的名字叫卢卡·布拉西——他有时会帮我父亲做事。

凯
（紧张地笑了下）
嗨，迈克尔，等一下，他过来了。
卢卡朝他们的方向走过去，想在半道上迎住汤姆·黑根，后者正好也在往迈克尔和凯的桌边走。

黑根
（走向迈克尔和凯）
小迈克！

迈克尔
嗨！汤姆！

黑根
嗨！
两人拥抱。

黑根
你气色真好。

迈克尔
这是我哥哥汤姆·黑根，这是凯·亚当斯小姐。
凯与黑根握手。

黑根
你好。

凯
你好。

黑根
（转向迈克尔悄声说）
你爸想见你。

黑根
（转向凯）
很高兴见到你。

凯
我也很高兴见到你。
黑根微笑着转身回房间，卢卡不安地紧随其后。

女孩声音

（说意大利语）

凯

他是你哥哥，为什么你们不同姓？

迈克尔

是这样的，我哥哥桑尼小时候在大街上发现了汤姆·黑根——他无家可归——所以我父亲收留了他。自此他就和我们生活在一起。他是一个很好的律师。虽然不是西西里人，但是……我想他会成为"家族参谋"（consigliere）吧。

凯

那是什么？

迈克尔

就类似于顾问吧，出谋划策的。对家族来说非常重要。你喜欢千层面吗？

<u>室内白天：柯里昂的办公室</u>

卢卡

柯里昂阁下……

<u>柯里昂</u>让正式到全身僵硬的<u>卢卡</u>上前亲吻他的面颊。<u>卢卡</u>从上衣中掏出一个信封，准备交给<u>柯里昂</u>，但在做完正式的表态之前，他抓信封的手一直没有松开。

卢卡

（艰难地说道）

您能邀请我参加您女儿的婚礼……我非常荣幸和感激。在她婚礼这一天，我谨希望他们的第一个孩子……会是一个壮小伙。我发誓……对您——

一群<u>小孩</u>跑进办公室。<u>黑根</u>安静地把他们请出办公室。

卢卡

——永远忠诚。

（他递上信封）

这是给您女儿的一份薄礼。

唐·柯里昂

谢谢，卢卡，我最宝贵的朋友。

<u>柯里昂</u>接过信封，然后握着<u>卢卡</u>的手。他们握手，然后相互点头致意。

卢卡

柯里昂阁下，我先告辞了，因为我知道您非常忙。谢谢。

<u>卢卡</u>后退离开，<u>黑根</u>将他送出去。

（接上页）从化装的角度看，他希望尽量什么也别弄。肯定需要一个东西'撑起腮帮子'，他还得戴上为确保效果特制的假牙套。类似一个可拆卸的牙桥，卡在下牙床外，外侧附着两块粉色塑料，这两块的形状正好让他的面颊和下巴看上去鼓起来。我还给他的上下牙齿做了铸模，让一位牙医据此制作出合适的器具。唯一的麻烦是马龙要前往好莱坞忙些别的事，这事超出了我的安排，他没时间试戴假牙套，我就让他随身带走了。下一次见到他就是在史坦顿岛上的电影开拍日了，那段的戏份还真是不少。马龙早上九点钟就到了，从他的口袋里拿出假牙套，我发现牙医把凸起全都弄平了，所以这副牙具算是毁了。修牙具又花了几个小时。整个摄制进程因此耽搁了3个小时，而我则把一些牙具用丙烯塑料附着在牙模上，让它尽量鼓起来，然后再将其打磨好。差不多快到中午才修好，于是拍摄继续。我觉得马龙活像一只老鹰，当然，我是看了样片才这么说的。样片上看起来都很好，但感觉凸起有点过了。这倒不是很严重——马龙演得还是一样好——但是我还是会每天磨掉一点凸起，这样就不至于看上去立刻大不相同。影片在史坦顿岛拍摄的所有部分，马龙都戴着这个有点过膨的牙具。如果你眼尖的话，会发现一开始确实有点过，之后则有微小的变化……顺便说一下，很多人，无论是专业人士还是普通观众，都把马龙通过独特的说话方式来塑造人物的功劳归结于这个撑起腮帮子的牙套，但事实完全不是这样。那种独特的声音是他个人的创造。"

"在意大利式的婚礼上，孩子就是要到处乱跑乱窜。"——科波拉，在前期筹备会上

拍摄婚礼场景一瞬

塔莉娅·希雷和伊塔利亚·科波拉（Italia Coppola）、卡尔米内·科波拉（Carmine Coppola）夫妇

🎬 幕后

这场意大利式婚礼是十足的家庭活动。科波拉的父亲指挥现场乐队，科波拉的侄子们在现场唱了很多意大利歌谣，科波拉的其他亲戚都是群众演员。理查德·卡斯泰拉诺（Richard Castellano，即饰演克莱门扎的演员）的兄弟也出现在几场戏的后景中。甚至为拍摄提供警力支持的桑尼·格罗索（Sonny Grosso）也声称他全家都在片场做群众演员。

演员与剧组：卡尔米内·科波拉

弗朗西斯的父亲卡尔米内·科波拉为婚礼现场组织了一个六人乐队，并营造了气氛非常活跃的现场（本来要花更多钱才行）。他为婚礼开场的塔兰泰拉舞曲谱了曲，之后的狐步舞和玛祖卡舞曲也都是他作的曲。卡尔米内极具音乐天赋，曾经在阿图罗·托斯卡尼尼（Arturo Toscanini）就任总监的NBC交响乐团演奏。弗朗西斯一针见血地指出，《教父》对卡尔米内职业生涯的帮助是巨大的，之后他还做了其他很多跟电影相关的工作。他凭借《教父2》中的作曲工作获得了1975年奥斯卡最佳原创音乐奖，在领奖时他（非常准确地）表示，没有他，就不会有弗朗西斯。[卡尔米内的妻子伊塔利亚在接受《加利福尼亚》（California）杂志采访时尖锐地回应道："哈，卡尔米内……我希望他也能经历一下分娩的滋味。"]

室外白天：庄园

康妮与卡洛跳舞。

桑尼坐在婚礼主台上。他时不时瞥向院子，他老婆正和一帮女宾在那里聊天。他躬身在伴娘露西·曼奇尼的耳边说了些什么。

桑德拉和女宾们粗俗地大笑。桑德拉用手比画着不同的长度，越比画越长，然后跟朋友们一起哈哈大笑。就在她比画的时候，她看见了婚礼主台。桑尼和露西正一起起身离去。

人群

（唱歌）

啦啦啦啦啦啦……

某宾客

（说意大利语）

一些男宾环绕着柯里昂太太，求她唱歌。他们把柯里昂太太推到台子上让她唱歌，她则开玩笑般地连说不要。

柯里昂太太

不要！……不要！

柯里昂太太

（唱了起来）

月圆之夜……（Sera Luna...）

人群也跟着一起唱了起来，边唱边鼓掌。

柯里昂太太

纳佐林！

室内白天：柯里昂家门厅和楼梯

桑尼穿过家里的门厅，走上楼。

室外白天：庄园

老者

（唱着意大利语歌曲）

人群对着老者的歌声鼓掌，大喊大叫，大肆笑闹。

室内白天：柯里昂家门厅和楼梯

露西·曼奇尼提着自己的衬裙，紧张地四下张望，趁着没人注意赶紧跑上楼，桑尼正站在二层楼道上，看着她上来。

室外白天：庄园

老者在跳舞。

演员与剧组：莫尔加纳·金

剧组一开始考虑过很多女演员来饰演柯里昂夫人一角，从安妮·班克罗夫特（Anne Bancroft）到阿莉达·瓦利（Alida Valli）。莫尔加纳·金（Morgana King），原名为 Maria Grazia Morgana Messina de Berardinis，是一名西西里裔爵士歌手。《教父》是她参演的第一部电影。

<u>室内白天：柯里昂的办公室</u>

黑根

考利参议员对不能前来婚礼表示歉意，说您会谅解的；还有几个法官也一样，他们都送了礼物。

   （举杯示意）

干杯。

屋外<u>尖叫声</u>大作。

唐·柯里昂

外面怎么了？

<u>室外白天：庄园</u>

<u>约翰尼·方坦</u>来到了<u>庄园</u>。在那些尖叫着要他签名的女粉丝们的前追后堵中，他一路走向婚礼主台。

康妮

   （跑着迎上去拥抱<u>约翰尼</u>）

约翰尼！约翰尼！我爱你！

<u>康妮</u>领着<u>约翰尼</u>登上主台。

<u>室内白天：柯里昂的办公室</u>

<u>柯里昂</u>站在窗边，从百叶窗里看是谁来了。

✎ 改编与删减

在拍摄剧本中，汤姆·黑根是在和教父提及参议员和法官时向后者讲述了索洛佐和他的毒品买卖。在成片中，这段陈述被放置在了柯里昂家族会见索洛佐之前。

很多在剪辑室被舍弃掉的婚礼场景镜头

改编与删减

小说中花了不少篇幅来展开约翰尼·方坦的故事线：他和女人们的关系；杰克·沃尔兹与他之间的世仇；他如何进入电影业；以及让从前的邻家玩伴（一个爱唱歌的意大利朋友）和他一起去好莱坞工作。

拍摄细节

虽然拍摄时光线渐暗，但制片厂还是命令科波拉继续拍摄。迈克尔坐在凯右侧的镜头都是在晚间拍摄的，照明灯全都照在当场，以确保这些夜间镜头和其他明亮的日光镜头保持一致。摄影师戈登·威利斯对此功不可没，夜间拍摄的场景几乎不露任何破绽。

唐·柯里昂

（非常高兴）

他大老远地从加利福尼亚也赶来参加婚礼了。我告诉过你他会来的。

黑根

两年没来了，他可能又惹上麻烦了。

唐·柯里昂

他是个好教子。

室外白天：庄园

柯里昂夫人

约翰尼！约翰尼！

（说意大利语）

……唱首歌！

人群冲着约翰尼叫喊着鼓掌。

凯

（在桌边陪着迈克尔）

迈克尔，你从没告诉过我你认识约翰尼·方坦。

迈克尔

是认识啊。你想见他吗？

凯

嗯？哈……当然了。

迈克尔

（抓起她的手）

我父亲曾在事业上推了他一把。

约翰尼

（唱《水手之恋》）水手啊……（O Marenariello）

凯

是吗？他都做了些什么啊？

约翰尼·方坦站在乐队台上，向无比欢乐和兴奋的婚礼宾客唱歌。

约翰尼

（伴随着间或响起的女孩们的尖叫）

（唱）我有一颗心……

迈克尔

我们先听他唱歌。

　　　　　　　　凯

不，迈克尔。

　　　　　　　　约翰尼

（唱）我把心带给你
我只有一颗心
我要将它与你分享
我只有一个梦
可以抓住
你就是这个梦
我愿这个美梦成真

　　　　　　　　凯

求你了，迈克尔，跟我讲讲吧。

　　　　　　　　约翰尼

（唱）我亲爱的，直到我见到你……

　　　　　　　　迈克尔

　　（约翰尼唱歌的同时）
那好，约翰尼刚出道那会儿，他跟一个大牌乐队的领班签了一份……私人雇佣合同。随着约翰尼的事业越来越好，他就想摆脱这份合同。约翰尼是我父亲的教子。所以我父亲去见了这位乐队领班。他要给领班一万美元，让他放约翰尼走。领班拒绝了父亲。所以第二天，父亲又去见他，这次他带了卢卡·布拉西。不到一个小时，领班只收了一千美元的支票，就签字同意放约翰尼走人。

　　　　　　　　约翰尼

　　（歌声一直伴随着迈克尔的讲述）
……靠近海边……（Vicino mare...）

马里奥·普佐遭遇弗兰克·辛纳屈

约翰尼·方坦的人物形象显然参照了意大利裔男歌手弗兰克·辛纳屈（Frank Sinatra），他的职业生涯也是通过一部电影中的角色而起死回生的[《乱世忠魂》(From Here to Eternity)]。《教父》出版之后，普佐被邀请参加富豪蔡森（Chasen）的生日派对。这位百万富翁执意要把普佐介绍给辛纳屈，结果闹得不可收拾。普佐在他的《教父文件以及我的自白》一书中详细记录了事情经过："……辛纳屈开始大吼大叫、口出恶言……但让我有些伤心的是，他作为一个意大利北方人，居然以肢体暴力来威胁我这么一个意大利南方人。这就像爱因斯坦要拿刀捅黑帮大佬'疤脸'阿尔·卡彭（Al Capone）。所以其实也没发生什么。意大利北方人是不敢跟南方人乱来的，除非把他们一起投入监狱，或是放逐到荒无人烟的小岛上。辛纳屈嘴里还在骂骂咧咧，而我拿眼瞪他。他低头看着盘子，嘴里依然骂骂咧咧，眼皮却再也没往上抬过。"不过据说约翰·韦恩（John Wayne）就坐在旁边，如有必要的话，随时能给普佐一拳。

> **幕后**
>
> "给他提了一个他无法拒绝的条件。"这句普佐写的著名台词以不同形式出现在了电影里的其他三处地方：柯里昂跟约翰尼谈及沃尔兹时，桑尼跟迈克尔谈及塔塔里亚家族的条件时，以及迈克尔告诉弗雷多他要买下莫·格林（Moe Greene）的所有股份时。美国电影学会（AFI）将这句台词列为影史百大经典电影台词第二名。[第一名是《乱世佳人》（*Gone with the Wind*, 1939）中克拉克·盖博的台词——"Frankly, my dear, I don't give a damn."（坦白说，亲爱的，我一点也不关心了。）]

凯

他是怎么办到的？

迈克尔

我父亲给他提了一个他无法拒绝的条件。

凯

什么条件？

迈克尔

卢卡·布拉西拿枪指着他的头，我父亲跟他说合同上要么留下他的签字，要么留下他的脑浆。

（一阵暂停）

这是真事。

约翰尼

（唱）但是，为了幸福（Ma p'allerezza）

我不惜死去……（Stong'a muri...）

凯沉默了。

迈克尔

这就是我的家庭，凯；但这不是我。

约翰尼一曲唱完，人们开心地尖叫着。

柯里昂夫人

唱得太美了。

人群

太棒了！

柯里昂和黑根鼓着掌走到人群边，柯里昂拥抱约翰尼。人们举杯祝酒。

柯里昂示意约翰尼跟着他去办公室，在那儿比较不惹人注目。他转向黑根，音乐在此时又一次响起。

改编与删减

迈克尔关于其父是如何力挺约翰尼事业的描述在拍摄剧本中并不存在。同样不存在的还有弗雷多的亮相部分。

演员与剧组：珍妮·利内罗

饰演露西·曼奇尼的珍妮·利内罗（Jeannie Linero）是一位舞者，《教父》是她参演的第一部电影。

唐·柯里昂

汤姆……帮我找一下桑蒂诺。告诉他来一趟办公室。

他们径直离开，留下黑根一个人扫视全场寻找桑尼。
醉醺醺的弗雷多走近迈克尔和凯所在的桌子，给迈克尔来了个惊喜。他跪下来，与两人平视。

迈克尔

你好吗，弗雷多？
（转向凯）
弗雷多？我的哥哥弗雷多，这是凯·亚当斯。

凯

嗨，你好。

弗雷多

（倾下身子亲吻一下凯）
你好。

凯

（笑着说）
你好。

弗雷多

这是我弟弟迈克尔。

迈克尔

你玩得开心吗？

弗雷多

啊？是啊。这是你朋友吗，啊？

室内白天：柯里昂的办公室
柯里昂坐在办公桌后，听着约翰尼说话。

约翰尼

我不知道该怎么办。我的嗓子……不行了。非常差。不管怎么说，如果我能拿到这部电影的角色，您知道吗？这能让我重回巅峰。但是只要那个人在，那个制片厂的头儿，他就绝不会给我机会。

唐·柯里昂

他叫什么？

约翰尼

沃尔兹。沃尔兹，他——他不会把这个角色给我的，而且他说连门儿都没有。门儿都没有。

室内白天：柯里昂家门厅

黑根望向楼梯。

黑根

桑尼？桑尼！

黑根走上楼。

室内白天：柯里昂家楼上房间

桑尼和露西正在楼上房间内；他撩起了她的长裙，让她背对着门站着。她的脸在掀起的层层裙摆中若隐若现，如痴如醉。

露西

（喘着气）

啊啊啊……

她的头随着身体的律动有规律地撞击着门。但是敲门声也同时响起来。他们停下来，姿势僵住了。

黑根

（从门厅处）

桑尼。桑尼，你在里面吗？

桑尼

什么事？

室内白天：柯里昂家楼上走廊

门外，黑根靠着门。

黑根

老头子要见你。

室内白天：柯里昂家楼上房间

桑尼

好的。等一下。

室内白天：柯里昂家楼上走廊

黑根犹豫了一下。又可以听见露西头撞击门的声音。黑根笑着离开。

露西

（呼哧呼哧喘气）

啊啊啊……啊，桑尼尼尼尼！啊啊啊……

幕后

在拍摄桑尼和露西苟且这段戏的时候，科波拉的太太埃莉诺正要生第三个孩子。这场戏拍完之后，科波拉赶到医院，未来的电影导演索菲亚出生了。桑尼和露西乱来的结晶是后来《教父3》中的重要角色文森特，由安迪·加西亚（Andy Garcia）饰演，文森特在剧中还与迈克尔的女儿玛丽有一段感情纠葛，而玛丽的扮演者不是别人，正是长大了的索菲亚·科波拉（Sofia Coppola）。

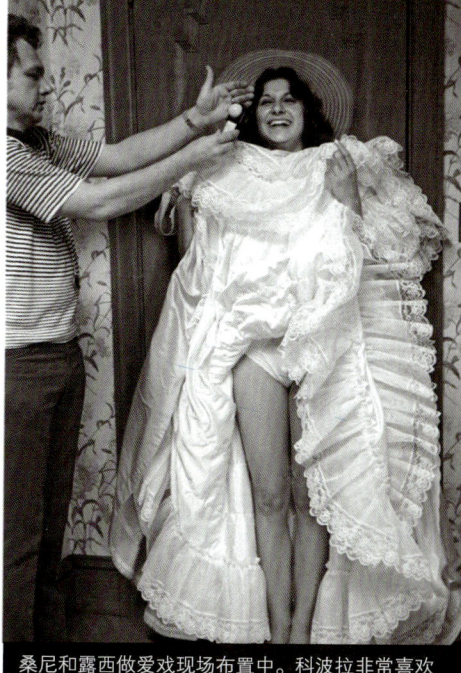

桑尼和露西做爱戏现场布置中。科波拉非常喜欢普佐小说中露西的裙摆被举在空中的这一画面

改编与删减

小说中露西·曼奇尼的故事线有头有尾，但是在电影中被舍去了。在小说中，她与桑尼的情事浓墨重彩。在柯里昂家族的帮助下，她最终搬到了拉斯维加斯。她后来与朱尔斯·西格尔（Jules Segal）开始了一段关系，后者是一位医生，热情地帮她修复了盆骨底衰弱的问题——不过普佐对她下体松弛状况的描述并没有用什么医学术语，而是充满了性暗示。科波拉觉得这条故事线太过累赘，也正是这类猥亵的细节描写一开始让他不想接手拍摄这部电影。

演员与剧组：约翰尼·方坦

科波拉想要一个真正的意大利裔歌手来出演约翰尼·方坦这一角色，比如弗朗基·阿瓦隆（Frankie Avalon）或博比·文顿（Bobby Vinton）。维克·达莫内（Vic Damone）也试镜了，但后来退出了，因为他觉得自己没办法很自然地去饰演一个反意大利的美国人。他后来承认是因为嫌片酬太低。罗伯特·埃文斯选择了阿尔·马蒂诺（Al Martino）来饰演这一角色，他是唱片界和俱乐部表演秀圈子的明星，也确实曾因为黑帮的压力被迫从美国逃到了国外。他唱过不少大家耳熟能详的歌曲，美国20世纪六七十年代的"40佳歌曲"榜单上，收录过11首他的歌。

马蒂诺的戏份拍摄得很艰难——因为他不太会调动自己的情绪，他的台词一直被反复改写，他的大多数镜头是从后背拍摄的，白兰度不得不在一场他们的戏中扇他巴掌（这是因为马蒂诺戴了一顶假发，而这场戏本来是白兰度要抓他的头发）。

意大利文化

Finocchio是意大利语中对"同性恋"的贬称。

幕后

阿莱士·罗科（Alex Rocco）饰演莫·格林一角，在约翰尼和教父拍摄扇巴戏这天他正好也在现场。据他说，阿尔·马蒂诺（饰演约翰尼·方坦）在开机前走近马龙·白兰度，颇为谄媚地称他为一位伟大的演员，并向他寻求如何调动情绪来演戏的建议。白兰度告诉他不必担心，"我会帮助你的"。当他们拍摄这场戏时，白兰度真的给马蒂诺一巴掌——还真把马蒂诺打出了眼泪。

室外白天：庄园

女人

（唱着意大利咏叹调）

室内白天：柯里昂的办公室

黑根从外面悄无声息地走进办公室，约翰尼正说着话。

约翰尼

一个月前，他买了那本书的电影版权，一本畅销书。主人公完全就是我的写照。您知道吗，我都不用演——只要做自己就行了。

约翰尼把脸埋在双手里。

约翰尼

但是，噢，教父，我不知道该怎么办。我不知道该怎么办。

柯里昂突然从座位上跳起来，扒拉开约翰尼的手，打了他一巴掌。

唐·柯里昂

你要像个男人！你怎么了？！你在好莱坞就混成这样了？像个好莱坞的娘娘腔（finocchio），哭得跟娘们儿似的？（模仿约翰尼的哭声）我该怎么办，我该怎么办？这都是哪门子话？荒唐。

黑根和约翰尼都忍不住笑了。柯里昂也露出笑容。桑尼吵吵嚷嚷走进屋，还在整理着自己的衣服。柯里昂看了一眼桑尼，后者正想尽量看上去低调一些。柯里昂非常严厉。

唐·柯里昂

你会花时间陪家人吗？

约翰尼

当然会了。

唐·柯里昂

很好。一个人不能花时间好好陪家人，他就不是一个真正的男人。过来。你看上去糟透了。我想让你去好好吃饭，好好休息，一个月后，这个好莱坞大佬就会把角色给你。

约翰尼

太迟了，他们一周后就开拍了。

唐·柯里昂

我会给他提一个他无法拒绝的条件。

柯里昂把约翰尼送出门。

唐·柯里昂

现在，你到外面去，好好开心一下……这些事就都交给我好了。

> **穿帮**
>
> 约翰尼离开柯里昂办公室的时候,注意门外有一个女群众演员出现在走廊上,她紧张地笑了一下,然后退到镜头之外。

约翰尼

好的。

两人拥抱在一处,然后<u>柯里昂</u>关上门。

唐·柯里昂

好吧……

<u>室外白天:庄园</u>

所有的宾客兴奋地鼓掌,迎接婚礼蛋糕入场。<u>纳佐林</u>推着蛋糕车进场,车上放着他所做过的最大、最花哨、最奢侈的婚礼蛋糕——是他对教父感恩的最直接的表现。<u>人群</u>的注意力都被这个蛋糕给吸引过去了:人们用刀叉敲打着杯子,这是一种传统仪式,旨在要求新娘切蛋糕、吻新郎。

"每一个角色,每一个书中的主要角色,都应该有'一次登场亮相',除了索洛佐,因为没什么可行性。但饶是这样,在婚礼场景中,也有一句台词交代他的出场。所以之后观众看到他时,会有一点模糊的印象,像巴尔齐尼、克莱门扎或泰西欧这样的角色,观众看到后面也总能回想起他们是在婚礼那场戏里出场的。"
——科波拉,在前期筹备会上

科波拉给杜瓦尔和白兰度讲戏

室内白天：柯里昂的办公室

唐·柯里昂

我女儿什么时候和新郎一起离开？

黑根

（看了一眼表）

还有一小会儿，他们切完蛋糕就走了。那么，您的新女婿……需要给他什么要职？

唐·柯里昂

绝不要。给他一个能糊口的生计，但是绝不要跟他讨论家族生意。还有什么事？

黑根

维吉尔·索洛佐打电话来了。我们下周约一天跟他碰面。

唐·柯里昂

等你从加利福尼亚回来之后我们跟他谈谈。

黑根

（轻轻笑了一下）

我什么时候要去加利福尼亚了？

唐·柯里昂

我要你今晚就走。你去跟那个影业大亨聊聊，帮约翰尼把事摆平。如果没什么别的事，我就去参加我女儿的婚礼了。

室外白天：庄园

柯里昂全家人又站在一起准备拍照，这次迈克尔站在最边上。

柯里昂夫人

卡洛，我们要拍照了。

迈克尔

等一下。

迈克尔快步走向凯，抓住她的手，拉她一同照全家福。

凯

（抗议道）

不，迈克尔，我不能去照。

摄影师

好的，就这样。就像现在这样，保持住。

镜头溶至：

唐·柯里昂领着康妮走上舞台。他们在宾客的掌声中起舞。

淡出。

"殿月之光"照耀纽约城[①]：《教父》拍摄现场的恶作剧

《教父》剧组开起恶作剧玩笑可谓百无禁忌，但是最经典的可能是露臀（完全展示光屁股），这后来在片场几乎成为传统。一开始只是詹姆斯·卡安和罗伯特·杜瓦尔向科波拉、白兰度和饰演博纳塞拉的科尔西托亮屁股，以此打破电影第一幕现场排练时的紧张气氛。他们孩子般的闹剧遭到了无数白眼和沉默，他们自己多少也觉察到了。詹姆斯·卡安在1972年接受《时代》杂志的采访时说："我最棒的一次亮臀是在第2大道。杜瓦尔和我在一辆车上，白兰度在另一辆车上，所以我们把车开到了他的车边，然后我脱下裤子，屁股冲着车窗。白兰度在车里笑翻了。"理查德·布莱特［Richard Bright，在片中饰演迈克尔的保镖阿尔·内里（Al Neri）］说最后这种恶作剧发展到了你每推开一扇门都要做好看到一个光屁股的准备。就连较为矜持和正经的帕西诺也加入了亮臀队伍，他在接受《妇女之家》（*Ladies' Home Journal*）杂志1972年的采访时说："有一场戏我坐在办公桌后，负责服装的人出了错，我穿的衬衫领子太小了。所以就当所有人看衬衫的时候，我脱下了裤子。当我从桌子后走出来的时候，人人都在笑我，因此我们还得重拍一次。"终极亮臀秀发生在拍摄婚礼全家福时，白兰度和杜瓦尔对着四百多位演员和剧组成员亮了屁股。他们计划得非常仔细，卡安听到了他们的密谋，大嚷着："不行，不行，不能在这儿！"参与摄制的所有人以及大部分群众演员都开心地大吼（当然很多年长女性并不能欣赏此情此景）。卡安本人是亮臀恶作剧的始作俑者，但这次却要与搞怪二人组划清界限。最终教父白兰度本人被加冕搞怪之王，并获得了一条重量级拳王风格的皮腰带，上面装饰着授予他的称号——"亮臀冠军"。

[①] 原文为 moon over New York，"moon"在英文中有"露臀"的意思。——译注

被删掉的戏

黑根

医院打电话来了。参谋真科,他可能挺不过今晚了。

唐·柯里昂

桑蒂诺,跟你的弟弟们说,让他们跟我一起去探望真科,表表心意。告诉弗雷多开大车去。

桑尼

爸,那迈克尔去吗?

唐·柯里昂

所有的儿子都要去。

室外白天:庄园

沉默。

俯拍镜头照着当天晚些时候的庄园。宾客都已散尽。一辆黑色的车孤零零停在院中。

中景镜头:车外,柯里昂望着迈克尔。

唐·柯里昂

你的美国女朋友回城了,是吗?

迈克尔

汤姆说他会带她回去。

众人上车。

室内白天:医院走廊

白色的医院走廊尽头站着五位妇人,有年轻的,也有年长的,但都很丰满,身穿黑色的衣服。唐·柯里昂和他的儿子们、约翰尼·方坦一起走向走廊尽头。但迈克尔突然停步,去自动饮水机处喝水,柯里昂于是慢下脚步。两人对视一眼,柯里昂指指迈克尔的军装。

唐·柯里昂

这些圣诞缎带是干什么用的?

迈克尔

是代表军人的勇气。

唐·柯里昂

你们为不相干的人当炮灰还真是了不起啊。

场景剖析:真科·阿班曼多的临终病床

1971年4月21日,在纽约眼耳医院,《教父》剧组根据拍摄剧本摄制了一场非常重要的戏,但是在1972年的电影中却未出现。婚礼之后,维托·柯里昂和他的儿子们以及约翰尼·方坦去看望躺在病榻上的真科·阿班曼多[Genco Abbandando,由弗兰科·科萨罗(Franco Corsaro)饰],他是教父的战时参谋。在小说中,年幼的维托在来美国的路上与阿班曼多家一起搭伙吃饭。他在纽约地狱厨房阿班曼多家的一家杂货店工作,之后被黑手党成员的侄子挤走。

这一幕结束时,柯里昂留下来陪真科,普佐是这么写的:"(柯里昂)握着真科的手,在他头边耳语了几句,外人都听不到,好似他们在一同等待死亡。"根据小说,真科死于午夜。柯里昂跟汤姆说,他是新的家族参谋。这是对传统的彻底颠覆,汤姆·黑根是被收养的,并不是一个血统纯正的西西里人。这段戏后来被收录在《教父三部曲:1901—1980》中。

迈克尔迈步离开。

唐·柯里昂

等一会儿，迈克尔，我想跟你谈谈。你退役之后有什么计划吗？

迈克尔

我想把书念完。

唐·柯里昂

很好。我很赞成你的决定。迈克尔，你在我面前从不像一个儿子应有的样子。你知道的，是吧？但当你念完书后，我希望你能来找我聊聊，因为我对你有一些安排。你明白吗？

柯里昂轻轻拍着迈克尔的脸。

迈克尔

当然。

室内白天：医院房间

柯里昂走进医院房间，站在最靠近镜头的地方。他身后跟着儿子们和约翰尼。

唐·柯里昂

（小声说）

真科，真科，我把孩子们都带来了，他们都来看你——约翰尼也从好莱坞来看你了。

真科已经骨瘦如柴、形同废人。柯里昂拉着他瘦骨嶙峋的手。

真科

教父，教父，今天是您女儿大喜的日子，您一定不能拒绝我。把我治好，您有办法的。

唐·柯里昂

真科，我没这种能力。别害怕死亡。

真科

一切都安排好了吗？

唐·柯里昂

别瞎想了，安心上路吧。

真科

你需要我这个老参谋。谁来接班呢？

（突然地）

留下来，留下来陪我，教父。带着我去见死神。如果他看见您，他看见您就会害怕，然后我就平安无事了。您能说句话，做些安排，对吗？留下来陪我，教父。您不能背叛我啊。

柯里昂示意其他人离开房间。所有人都照做了。

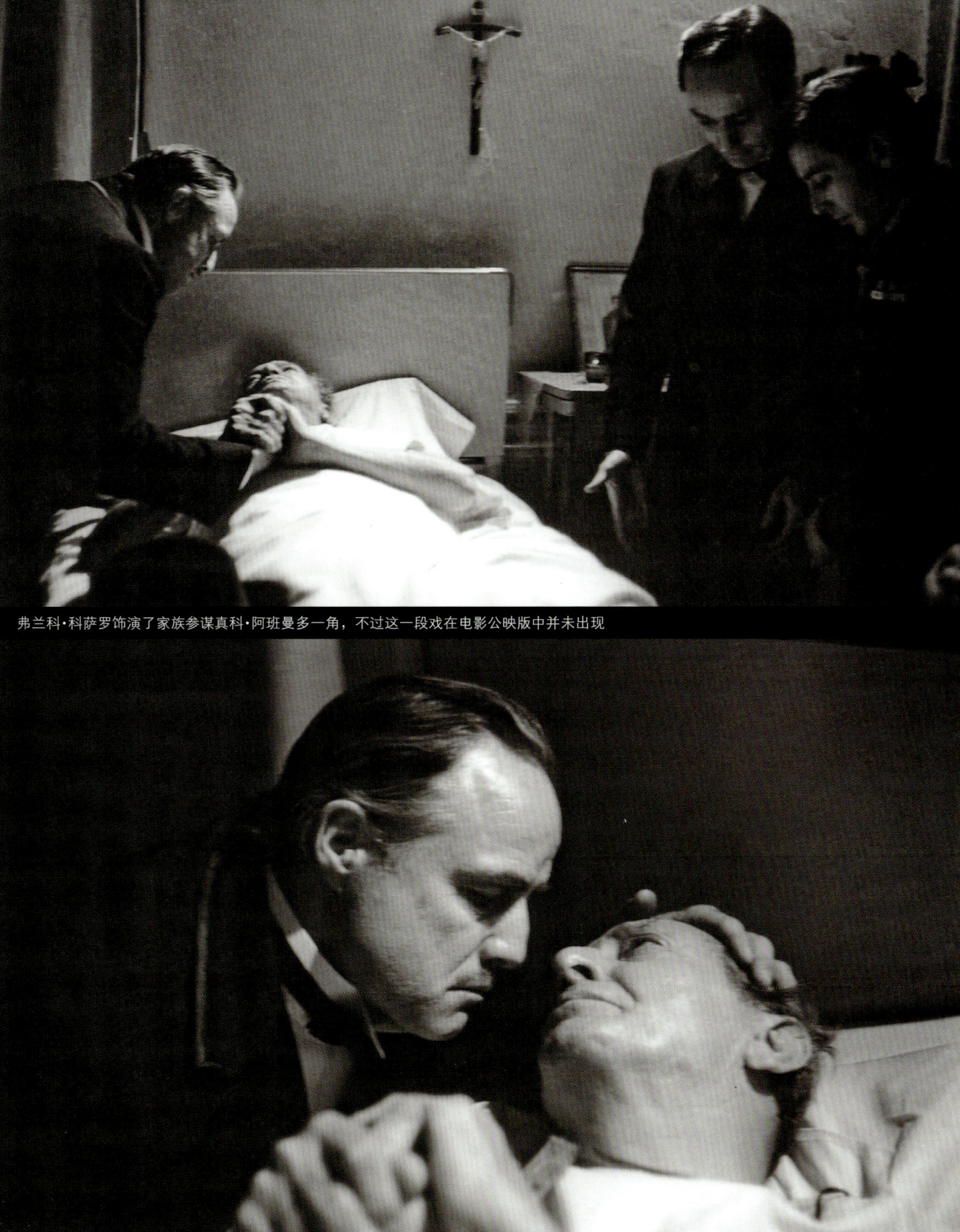

弗兰科·科萨罗饰演了家族参谋真科·阿班曼多一角,不过这一段戏在电影公映版中并未出现

改编与删减

电影故事进行至此,有很多小细节在拍摄剧本中写了,但在1972年公映版中都没有出现:

- 汤姆·黑根在去加利福尼亚的飞机上
- 卡洛和康妮的新婚之夜
- 桑尼造访露西·曼奇尼的公寓
- 唐·柯里昂深思的特写镜头
- 迈克尔和凯在去新罕布什尔州的列车上
- 卢卡·布拉西乘地铁去见塔塔里亚家族
- 唐·柯里昂拥抱黑根,祝贺他成为新参谋

拍摄细节

沃尔兹国际影业的拍摄地其实就是派拉蒙位于好莱坞布朗松大道马拉松街的制片厂。这并不是美术师迪恩·塔沃拉里斯(Dean Tavoularis)的首选——他非常不喜欢派拉蒙制片厂的样子,甚至建议把华纳兄弟制片厂列作候选取景地——但最终因为预算问题放弃了。这里也是派拉蒙拍摄《日落大道》(Sunset Boulevard)的外景场地。

科波拉对沃尔兹这场戏的笔记,收录在他的《〈教父〉笔记本》中

淡入:

室外白天: 机场

一架飞机着陆。

镜头溶至:

对好莱坞的俯拍镜头。

镜头溶至:

室外白天: 沃尔兹制片厂

制片厂前门上写着"沃尔兹国际影业"(WOLTZ INTERNATIONAL PICTURES)。

出租车停下来,黑根走下出租车。

镜头溶至:

室外白天: 制片厂片场

黑根拿着公文包,穿过整个片场。

镜头溶至:

室外白天: 片场窄巷

黑根穿过窄巷,走进摄影棚。

镜头溶至:

室内白天: 7号摄影棚

男子

孤光灯还需要再亮一点。

杰克·沃尔兹在一堆闪光灯镜头前亲吻一位年轻女演员，然后他将注意力转向站在后台处的黑根。一位助理举着文件让沃尔兹边谈话边签字。

沃尔兹

好吧，你说。

黑根

我是约翰尼·方坦的一位朋友派来的。这位朋友是我的客户——如果沃尔兹先生可以帮我们……一个小忙的话，他将终生将您看作他的朋友。

沃尔兹

（头都没抬）

我听着呢。

黑根

让约翰尼来演下周就要开拍的那部战争片的男主角。

沃尔兹抬眼看了下助理，然后笑起来。他把文件签完，回手挽着黑根的胳膊，领着他穿过摄影棚走向出口。

沃尔兹

哈！那你的朋友能给沃尔兹先生带来什么好处呢？

黑根

您会遇到一些工会方面的麻烦，我的委托人能摆平这个问题。另外，您旗下的某个大牌明星现在不抽大麻，改吸海洛因了。

他们走到门口。沃尔兹突然把脸转向黑根。

沃尔兹

你在向我示威吗？

黑根

当然不是。我是代表一位朋友来向您表达请求的。

沃尔兹

（打断黑根的话）

现在你给我听好了，你这个油腔滑调的蠢货！跟你和你的老板说清楚，不管他是谁。约翰尼·方坦永远不可能出演这部电影！我可不管有什么拉丁佬、意大利货、南欧仔、油头粉面的家伙突然冒出来。

黑根

（镇定地）

我是德裔爱尔兰人。

 改编与删减

普佐非常喜欢小说中的一句话，以至于使用了两次——第一次是"一个腋下夹着公文包的律师可以抵得上一百多个荷枪实弹的人"，第二次是"律师们用他们的公文包就可以偷到一千个戴着面具、荷枪实弹的绑匪都抢不来的钱"。他非常坚定地要把这句台词放进电影中，但这句台词没有通过演员之口说出来。在拍摄剧本中，这句台词出现在柯里昂拥抱汤姆·黑根表示后者成为他的新参谋时，但是白兰度觉得这句词太过啰唆，跟科波拉商量不用它。普佐对于删掉这句台词非常不爽，他在自己《教父文件以及我的自白》一书的扉页上引用了这句话。

"我非常喜欢汤姆和这个电影大亨说话时都没法坐下来聊这一设计。你必须见缝插针才能跟他搭上话，就是那种在我赶路时跟我谈事儿我没工夫搭理你的感觉。这就让汤姆显得被忽视了。"

——科波拉，与剧组成员进行的前期筹备会上

改编与删减

普佐原著中沃尔兹说的话一点都不婉转。他嚷嚷道："我他妈压根不怕会有意大利黑手党小混混突然冒出来"，以及"这是黑手党做派"，还有"如果黑手党他们敢来硬的……"。"黑手党"（mafia）这个词在全片中都没出现。

拍摄细节

从好莱坞这部分戏中我们可以看到电影制作预算的紧张程度。比如汤姆·黑根进入制片厂、黑根和沃尔兹在庭院中漫步的外景远镜头,第二摄制组拍摄的都是戴了假发、帽子的替身演员,这样就不用支付演员罗伯特·杜瓦尔和约翰·马利(John Marley)片酬了。柯里昂家布景的后台也被用作了沃尔兹国际影业布景的后台。马厩这场戏也是第二摄制组在摄影棚拍摄的。

沃尔兹

好,让我来告诉你,我的德裔爱尔兰小老弟。你大祸临头了,你都不知道是怎么死的。

黑根

沃尔兹先生,我是一名律师。我不是来威胁您的。

沃尔兹

我认识几乎所有纽约的大律师,你算哪根葱?

黑根

我的业务比较特殊。我只负责一位客户。现在,给您我的电话号码,我等您的电话。

黑根上前握了握沃尔兹的手。

黑根

顺便说一句,我非常欣赏您的片子。

黑根走出摄影棚。助理走近沃尔兹。

沃尔兹

查查他的底细。

镜头溶至:

室外白天:杰克·沃尔兹庄园

一辆轿车沿着蜿蜒的道路一路上行,进入一座豪华的庄园。俯拍镜头下,轿车驶近庄园的某座房前。轿车停下来,黑根走下车。

镜头溶至:

室外白天:沃尔兹的花园

黑根和沃尔兹惬意地漫步在漂亮而又规整的花园中,手中拿着马蒂尼酒。

黑根

真是非常美。

沃尔兹

喏,看这个。这个过去是用来装饰王宫的。

黑根

是啊。非常漂亮。

沃尔兹

为什么你不告诉我你是给柯里昂先生办事的呢,汤姆?我以为你是约翰尼找来装腔作势吓唬人的那种下九流、不上道的骗子。

黑根

如果不必要的话,我不喜欢提他的名字。

沃尔兹

酒怎么样,汤姆?

黑根

非常好。

他们一起穿过花园,走向马厩。

沃尔兹

嗨,跟我来,我想给你看看真正的好东西。你是有眼光的,是吧?

<u>镜头溶至:</u>

<u>室内白天:马厩</u>

他们在马厩的一个小隔间停下来。两个<u>马倌</u>牵出一匹马。

沃尔兹

就是他——60万美元的四蹄美人。我敢打赌俄国沙皇也不会为一匹马花这么大钱。

这匹马真是异常俊美。<u>沃尔兹充满感情地对它耳语几句,轻抚着它的脸。</u>

> ◆ **拍摄细节**
>
> 沃尔兹庄园的外景镜头确实是在好莱坞拍摄的,具体地点是贝弗利山庄的格林埃克斯庄园,这是默片时代演员哈罗德·劳埃德(Harold Lloyd)的房产。内景部分拍摄于长岛金沙角保护区的古根海姆庄园中。剧组必须雇用保安来保护那些无价的艺术珍品。此外,那张床不用说也是租的。

"沃尔兹一定要八面玲珑,就像希区柯克说的那样,杰出的反派成就杰出的电影。他高于生活,但是他的形象也真实可信,我们能看见他还有别的方面的爱好。他对喀土穆的爱,是绝对的真爱……"

——科波拉《〈教父〉笔记本》

幕后

1885年,英国驻喀土穆(苏丹首都)总督查尔斯·戈登(Charles Gordon)将军想将埃及武装赶出辖区内,却被反叛组织斩首。苏丹叛军首领迈赫迪·穆罕默德·艾哈迈德(Mahdi Mohammed Ahmed)的士兵将戈登的头颅挂在长矛上,宣示胜利。

穿帮

晚餐这场戏中,侍者给汤姆的空杯续水,这一镜头从不同角度出现了两次。

改编与删减

在小说中,约翰尼向柯里昂陈情时已经清楚地解释过为什么沃尔兹不喜欢他。科波拉做了改动,他更喜欢在沃尔兹的长篇大论中把这个故事展现出来。这一改动更增强了这场戏核心台词的分量:"我这种有头有脸的人可受不了这样的难堪!"而下一场戏中,当沃尔兹在床上发现他的爱马喀土穆的头时,柯里昂再次让他蒙羞。

沃尔兹

喀土穆……喀土穆。我才不会用他来赛马。我要把他当成种马。

(对马倌说)

谢谢,托尼。

马倌

没事。来。

沃尔兹

我们吃点东西吧,好吧?

黑根和沃尔兹往外走。

镜头溶至:

室内夜间:沃尔兹家餐厅

黑根和沃尔兹坐在巨大的餐桌旁,身旁还站着几个侍从。墙上挂着巨幅油画。食物都是精心烹调、极尽奢华的美味。餐桌中央摆放着一大盆橘子做装饰。

黑根

……柯里昂是约翰尼的教父。对于意大利人来说,这是一种非常宗教性、神圣、亲密的关系。

沃尔兹

我对此倒很尊崇。请帮我转告他,提什么别的要求都行,但这个忙我是不会帮的。

黑根

如果第一次被拒绝了，他是绝不会提第二次要求的。您懂吗？

沃尔兹

是你不懂。约翰尼·方坦不可能出演那部电影。这个角色太适合他了。会让他成为大明星。但我要让他在这行混不下去！我告诉你为什么。

沃尔兹站起身，走向黑根，靠着桌子开始滔滔不绝地说。黑根继续吃饭。

沃尔兹

约翰尼·方坦毁了沃尔兹国际影业最有价值的苗子。五年来，我一直训练她——唱歌课、表演课、舞蹈课；我在她身上花了不知多少钱，啊——

（激动地挥着手）

我要把她变成大明星。说得更明白点吧——我就是想告诉你我不是一个铁石心肠的人，这不仅仅关乎花了多少钱。她是那么美！她那么年轻，那么无邪！她是我的心头肉，有了她就有了全世界！然后约翰尼·方坦甩着他磁性的嗓子和意大利范儿大摇大摆地来了，她就跟他跑了。她抛下了所有一切，这让我非常难堪，我这种有头有脸的人可受不了这样的难堪！所以你马上给我滚出这儿！如果意大利佬想来硬的，你就告诉他我可不是哪个乐队领班。

黑根有所反应。

沃尔兹

对，我听说过乐队领班那档子事儿了。

黑根

谢谢您的款待，我度过了一个美好的夜晚。

黑根起身。

黑根

或许您能派车送我去机场。柯里昂先生是那种有坏消息要第一时间知道的人。

黑根离开。

镜头溶至：

室外黎明：沃尔兹庄园

远景拍摄房子和泳池。

镜头溶至：

摇镜头扫过房子和庄园，然后摇至二楼窗户处。

镜头溶至：

喀土穆之死

"马头威胁确实源自西西里的民间传统，只是在西西里，你没交上（保护）费的话，黑手党会把你爱犬的头钉在你门上，作为第一次警告。他们的信条就是你破财便可消灾。"

——马里奥·普佐在1996年国家公共广播电台接受特里·格罗斯（Terry Gross）采访时说。

科波拉不喜欢小说中骇人听闻的马头场景，但他也知道这段太有名了，不能删掉——如果没有这段，或拍得不够劲，观众会失望。但是如果拍了这段，动物权益保护者会抗议。剧组一开始尝试用填充物马头来代替，但看上去太假，也没光泽。所以他们最终从新泽西的宠物食品屠宰场采购了一具马头。科波拉对这些顾虑满不在乎，后来接受《综艺》采访时说："电影里死那么多人，大家却只关心那匹马。在片场也是一样。马头运来时，剧组里很多动物爱好者都不太高兴，那些人都喜欢小狗。他们不知道，为我们运来马头的宠物食品制造商，每天要宰杀两百匹马，只为喂小狗。"

血的效果是用卡洛牌糖浆混合红色食物色素做出来的。拍这场戏耗时四小时，拍完后，床上已是一片血海。约翰·马利在《综艺》上承认，拍摄结束后数月，"我还是摆脱不了那天的阴影"。

科波拉一直知道这场戏中沃尔兹的尖叫声很重要。他在笔记中写到叫声一定要大（还画了四道下划线），然后直接剪到柯里昂表情沉静的镜头——极有效地展现了他的冷血。《教父》在电视播放时，为了降低暴力色彩，电视台掐掉了沃尔兹慢慢醒来的部分，但没删掉马头和尖叫部分。

这场戏最终的建构方式与小说和拍摄剧本都不一样。就像《教父》中很多暴力场面，这场戏一开始也被设计成闪回——换言之，在剧情被呈现前，观众已经提前知道了其影响。书中这一段开始时，暴怒的沃尔兹打电话给黑根，骂了一通脏话（如"意大利混球"），然后才交代放在床上的马头。同样，在拍摄剧本中，先是柯里昂收到约翰尼的花，得知他拿到了角色，然后才是沃尔兹在床上发现马头的戏。在科波拉的笔记中，他反复在探讨情节重合的问题，也一直想最高效、连贯地把情节组织到电影中。最后的公映版电影中没有闪回，而是以更直接、线性的方式一路进展，直到结局，使故事本身一直保持着前后贯通的张力。

"如果观众看到这一幕没能从座位上跳起来,那这段戏就拍失败了。但如果太像罗杰·科尔曼式的恐怖片,那也不行。必须要恐怖,但是又不能跟影片的主线基调相差太远,我们必须掌握好这种平衡。要恰到好处。"

——科波拉《〈教父〉笔记本》

🎥 幕后

沃尔兹床头柜上的奥斯卡小金人——只是一件道具吗?搞不好是在这场戏拍摄前一个月科波拉凭借《巴顿将军》获得的奥斯卡最佳剧本奖的小金人。

🎬 穿帮

一些观众认为沃尔兹卧室这场戏存在穿帮问题,因为马前额的白斑不是非常清晰可见,然而这可能仅仅是道具假血过量遮住了前额的白斑。但现场确实存在穿帮,长镜头中出现了一些来源不明的血迹。科波拉承认他误读了书中这一场景,以为马头在床上紧挨着沃尔兹。事实上在书中,普佐写的是"在床脚远端"。但科波拉想制造出一种沃尔兹(还有观众)一开始不确定是不是他自己受伤了的效果。

室内白天: 沃尔兹的卧室

宽敞的卧室中间摆着一张巨大的床,上面躺着一个人,想必是<u>沃尔兹</u>。柔和的晨光从窗外照进来,沐浴着整个房间。镜头渐移至<u>沃尔兹</u>,我们可以看见他的面庞,认出他就是<u>杰克·沃尔兹</u>。他不舒服地翻个身,自言自语地咕哝几下,觉得床单略奇怪,有些潮。

他醒来,觉得床单非常不舒服,太湿了。他看看自己的手,潮潮的全是血。他非常害怕,掀开被子,看见床单和睡衣上全是鲜血。他嘟囔几声,将床单掀开更多,害怕地看到床上更多浓稠的鲜血。他浑身发抖,向下挪,顺着血迹一路看下去,直到亲眼看到喀土穆被割下的头放在床尾。满床的血就是从马被砍断的颈部流出的。颈部<u>丛生</u>的白色筋腱显露无遗。他挣扎着在血泊中撑起身体想得看得更清楚一点。马的口鼻边满是泛起的白沫,黄色的眼睛瞪得老大,满是血丝。

最后,突然间,一声充满恐惧的刺耳尖叫从<u>沃尔兹</u>口中发出,他手脚全部僵住,满身是血。

沃尔兹

啊,上帝啊...

室外白天: 沃尔兹的庄园

<u>镜头溶至</u>:

一具真的马头,卡洛牌糖浆制造出的鲜血效果让整场戏变得毛骨悚然、让人难忘

室内夜间：柯里昂的客厅

柯里昂的近景，他耸了耸眉毛，点点头。

唐·柯里昂

你不会太累吧，汤姆？

黑根和桑尼坐在沙发上。桑尼大口嚼着坚果。

黑根

没事。我在飞机上睡过了。

唐·柯里昂

是吗？

黑根

我搞到了索洛佐的资料。这个索洛佐，道上人称"土耳其佬"。他应该非常善于玩刀……

室外白天：真科橄榄油公司

纽约城莫特街上一座不起眼的小楼，楼前挂着一个大大的老牌匾"真科"，街对面是一个水果摊。一辆黑色的别克车停在门口，车上坐着一个小个子，但因为距离太远所以我们看不清，他下车，走进楼内。这就是维吉尔·索洛佐。

黑根的声音

……但只有事关生意的时候他才会动刀，而且动刀都师出有名。他做的是毒品生意。

室内白天：橄榄油公司办公室

看向楼梯处，观众先听见索洛佐的脚步声，然后才看见他走入镜头视野中。他看上去很忧郁，一头黑发。他瘦长而结实，干练且强悍，一望可知是一个危险人物。桑尼在楼梯前头迎接他，两人握握手，开始做自我介绍。

黑根的声音

他在土耳其有自己的罂粟田，在西西里有把它们加工成海洛因的工厂。他需要现钱——也需要交易时受警察这边的保护。我查不到他会出多少保护费。在纽约，有塔塔里亚家族罩着他。现在他们是有求而来。

桑尼

（向索洛佐介绍自己）

桑蒂诺·柯里昂。

改编与删减

电影原来还拍摄了一段简短的戏，是沃尔兹玷污了一名想要当明星的少女，但在1972年公映版中被删去了。沃尔兹送给小女孩一匹小马的这一场戏在《教父三部曲：1901—1980》中有收录。这一改动意味着，在下一场戏中黑根向柯里昂汇报沃尔兹的段落也被相应剪了相关片段。被剪辑的部分还包括关于如何做一个西西里人的对话。在普佐的小说中，当柯里昂问黑根沃尔兹是否"真的有种"时，黑根试图重新界定柯里昂的意思："您是问杰克·沃尔兹是不是有种不惜一切代价，冒着失去一切的风险去守住他的底线，证明他的尊严而来报复？"黑根将这句话转化成了一个设问句："您是问他是不是一个西西里人？显然不是。"

还有一小段戏，是康妮跟母亲柯里昂夫人哭诉她又跟卡洛吵架了，这一段最后也被删去了。

拍摄细节

真科橄榄油公司的布景被建在了Filmways制片公司，之后建在了纽约小意大利（Little Italy，如今的唐人街）莫特街一座老阁楼房的四层。

这场戏中，罗伯特·杜瓦尔给马龙·白兰度拿着提词卡

演员与剧组：白兰度的提词卡

白兰度不想背他经常改来改去的台词。经常电影拍到第二天，白兰度就会收到修改了台词的分场剧本，科波拉就会带着提词卡来到拍摄现场。在他的自传《妈妈教我的歌》(Songs My Mother Taught Me)中，白兰度谈及了他职业生涯早期是如何记诵台词的，但当他发现过度排练会破坏他表演的效果时，他就再也不去硬记台词了。所以，他后来更关注台词背后的内涵，而非死记硬背台词。《教父》公映之后，白兰度和科波拉一起出席了电视节目《麦克·道格拉斯秀》(The Mike Douglas Show)。白兰度说："不用知道每一句台词，而是把台词写在提词卡上，真的对表演很有帮助——"

科波拉插嘴说："或者放在口袋里，或是其他演员身上。"科波拉还补充道，有一次他在想为什么白兰度在用一种奇怪的方式把玩一个甜瓜，之后他发现甜瓜上写着对白。

室内夜间：柯里昂的客厅

唐·柯里昂

他有犯罪记录吗？

黑根

有两次：一次在意大利，一次在这儿。大家都知道他是大毒枭。

唐·柯里昂

桑蒂诺，你怎么看？

桑尼

白粉生意非常有赚头。

唐·柯里昂

汤姆？

室内白天：橄榄油公司办公室

索洛佐进门，身后跟着桑尼。索洛佐被引见了一轮——先是跟黑根握手。众人一起走进四周嵌着玻璃的柯里昂办公室，克莱门扎、泰西欧和弗雷多都与索洛佐正式握手。

黑根的声音

我也赞成。毒品比任何其他东西都更有赚头。就算我们不加入，别人也会——可能是五大家族里任何一家，甚至是全部。现在就他们赚的钱来看……

室内夜间：柯里昂的客厅

黑根

……他们能买通更多的警察和政客。然后他们可能就要对付我们了。现在我们手里掌握着工会和赌场——这些现在是最来钱的东西——但未来是毒品的天下。如果我们现在不分一杯羹，以后可能就全盘皆输，我是说，也许不是现在，但是十年以后就完全说不准了。

桑尼

所以？爸，你说该怎么办？

室内白天：橄榄油公司办公室

众人环坐：柯里昂、索洛佐、桑尼、黑根、弗雷多、克莱门扎和泰西欧。柯里昂跟他的同伴比起来显得略有些迟缓。但如果透过现象看本质的话，这场戏很明显就围绕着两个人：索洛佐和唐·柯里昂。

索洛佐

这个，柯里昂阁下，我需要一个有很多实权派朋友的人。我还需要100万的现金。柯里昂阁下，您手里有那些政客——就像您兜里有大把的钱，我需要这些。

唐·柯里昂

我的家族能分到多少？

索洛佐

三成。第一年就能有三四百万美元的收益，之后还会更多。

唐·柯里昂

（呷了一口茴香酒）

那么塔塔里亚家族能分到多少？

索洛佐向黑根点点头，后者回点示意。

索洛佐

（向黑根）

我的一点心意。

（向柯里昂）

我会从我那一份里分一些给塔塔里亚家族。

唐·柯里昂

这么说，我来搞定现金、政府关系和司法保护就能拿三成。是不是就是这个意思？

"这场戏要演成风头正劲的辛辛那提小赌神与老赌客之间扑克牌对局的样子。"

——科波拉《〈教父〉笔记本》，这场戏要被设计成让观众体验一把"身在局中"的快感

意大利文化

这场戏中使用茴香酒这一道具是科波拉的主意。在他童年时，他的父亲也会酿制这种酒，科波拉认为这类酒一定得是家酿的，因为如果要看上去很逼真，酒一定要比较浊——如果茴香酒里掺进了一点水就会这样。

索洛佐

没错。

唐·柯里昂

（耸了耸肩）

你为什么来找我？我何德何能……担得起你如此慷慨的提议？

索洛佐

如果您能出一百万元现金，作为"投资"，那我感激不尽，柯里昂阁下。

索洛佐微笑着举杯示意。

长时间的静默，在场的每一个人都感到了紧张的气氛。柯里昂要拍板了。

柯里昂起身给索洛佐又斟上一杯酒，把酒瓶递给桑尼，坐回去。

唐·柯里昂

我说过我得见见你，因为我听说你是个做事严肃的人，值得以礼相待。

（坐下来）

但我还是得跟你说不。

整个房间的人都感受到否定的气息。

唐·柯里昂

我告诉你我的理由：没错，我有很多政界的朋友，但如果他们知道我开始做毒品买卖而非赌博了，他们就不再是我的朋友了，在他们看来，赌博只是——无伤大雅的小恶，但毒品是脏手的买卖。

索洛佐

这个，柯里昂阁下……

唐·柯里昂

（打断他）

这让我——在我看来只要能讨个生计，这些都没什么区别，我是理解的。但是您的生意……有些危险。

索洛佐

如果您担心的是您的资金安全问题，塔塔里亚家族会从中作保。

桑尼大吃一惊。

桑尼

（脱口而出）

你是说塔塔里亚家族会担保我们的投资……

柯里昂抬手止住桑尼。

唐·柯里昂

（打断谈话）

等一下。

房间里每个人都知道桑尼越线了。柯里昂气势凌人地扫了桑尼一眼。克莱门扎、黑根和索洛佐眼神里都带着一丝闪烁。

唐·柯里昂

我对我的孩子总是管教不严，您看到了，我把他们惯坏了。该他们听话时他们总要插嘴。不过不管怎么说，索洛佐先生，我说的就是我最终的决定。我也祝您事业顺利，您一定能大有作为。我也深感幸运，特别是您的生意和我的并不冲突。非常感谢。

索洛佐点点头，知道这就是逐客令了。他站起身，在场其他人也都起身。他向柯里昂欠欠身，握握手，然后正式离开会谈现场。其他所有人都退出房间，柯里昂转向桑尼。

唐·柯里昂

桑蒂诺，过来。你是怎么回事？我看你是跟那个姑娘瞎胡闹，脑子都进水了。永远不要再跟家族之外的人暴露你的想法。去吧。

一个巨大的花篮被从外面捧进来。

唐·柯里昂

汤姆，这是——这是什么鬼玩意？

黑根

这是约翰尼送的——他拿到那个角色了。

唐·柯里昂

哦。把花拿走吧。

黑根

（向镜头外的某人）

把它放到那儿。

花被挪走了。

唐·柯里昂

叫卢卡·布拉西过来一下。

卢卡进入房间坐下来。

唐·柯里昂

我有点担心索洛佐这家伙。你帮我查查他私底下到底在捣什么鬼，懂吗？投靠塔塔里亚家族，让他们觉得你和我们家族有些不和，看看能不能打听到点什么。

卢卡点头退出房间。

淡出。

改编与删减

1971年6月28日摄于圣雷吉酒店（St. Regis Hotel）的一场戏并未在1972年公映版中出现。凯和迈克尔一起躺在酒店的床上；他们打电话给黑根，装作还在新罕布什尔。这一幕在《教父1902—1959：完全史诗》和《教父三部曲：1901—1980》中被保留了下来。在拍摄剧本中，这幕戏中两人讨论即将到来的婚礼，并想办一个与康妮那样奢华的传统意大利婚礼不一样的婚礼："在市政厅举办一个安静而世俗的仪式，没有人吵吵闹闹，没有家庭成员，只有几对朋友作为见证人。"迈克尔也告诉汤姆，圣诞节前，他有些重要的事要跟父亲说。

"电影结束时我彻底呆住了,我是说我都不知道我是怎么走出影院的。它或许是虚构的,但是对我来说,这就是我们的人生……不只是结尾处的屠杀,也不单是片中那些暴徒、杀戮,还是别的那些乱七八糟的,而是还有开场婚礼,还有那些音乐、舞蹈,那就是我们,我们意大利人!"
——萨尔瓦托雷·格拉瓦诺(Salvatore Gravano,美国甘比诺犯罪家族的二当家),《二当家:公牛萨米·格拉瓦诺在黑手党的生活》(Underboss: Sammy the Bull Gravano's Story of Life in the Mafia)

老约瑟夫·安东尼·科隆博,意裔美国人公民权利联盟的负责人,1971年

幕后

联　盟

意大利裔美国人在纽约科隆博广场的"意裔美国人团结日集会"上抗议《教父》将意大利人都表现为暴徒，不久之后，美国司法部总检察长约翰·米歇尔（John Mitchell）下令司法部的正式文件中将不允许使用Mafia（黑手党）和Cosa Nostra（意大利语意为"我们的营生"，一般指代黑手党）这样的字眼。纽约州州长尼尔森·洛克菲勒（Nelson Rockefeller）对本州签发的文件也做了同样的规定。报纸、电影和电视也经常使用替代性术语，比如"组织"（the organization）或者"地下组织"（underworld）。

总部设在纽约的意裔美国人公民权利联盟（下文简称"联盟"）是美国成长最快的意裔美国人社会团体组织。早在《教父》选定导演前，联盟和其他很多意大利相关协会就开始展开运动抵制这部电影。他们的顾虑主要是电影对整个意大利族裔的污名化。

1970年7月，联盟在麦迪逊公园广场举行了抗议集会。他们总共募集到了60万美元以阻止这部电影企划，并号召所有人行动起来。

联盟的掌门人名为老约瑟夫·科隆博（Joseph Colombo Sr.），他用自己的名字成立公司销售地产，他威胁派拉蒙会遭到工会的麻烦、经济上的抵制，并向政府施压，要求其不合作。片方高层——主要就是罗伯特·埃文斯和查理·布卢多恩——收到了不少来自诸如"至尊至圣纽约州意大利之子共济会"组织的抗议信。派拉蒙还收到了近百封来自参议员、众议员和纽约州议员的抗议信。位于纽约的海湾与西部工业集团还收到了炸弹威胁。《教父》制片人阿尔伯特·拉迪的车窗被霰弹猎枪打碎。讽刺的是，反对者们用如此强硬的黑帮做派来阻止制片公司拍摄一部具有黑帮刻板印象的电影。

联盟的种种举措也确实收到了一些效果。长岛曼哈赛特社区（Manhasset community）本来被选作柯里昂庄园的取景地，但是镇区势力成功阻止了这一提议。他们拒绝了建造庄园围墙的请求，所在地居民还提出了很多不可能满足的要求。实际上，当地人就是想尽一切办法阻挠电影的拍摄，剧组为了更换拍摄地只能又花了10万美元，因为本来的建造已然开始。片方也觉得这一切可以适可而止了。阿尔伯特·拉迪想跟抗议组织者坐下来面谈。

拉迪与安东尼·科隆博（老约瑟夫的儿子）在西五十四街的斯卡拉饭店举行了会面。他解释说该片的创作者并没有任何污名化意裔美国人的企图，甚至建议科隆博过目剧本。数名联盟代表来到拉迪的办公室，但是没有一个人想通读一遍长长的剧本。在会面过程中，好脾气的拉迪给联盟成员留下了非常好的印象，联盟成员甚至开始想跟拉迪和解——当然首先还是要求做出诸多让步，包括把一些非常意大利化的名字改成更美国式的。拉迪同意了两项请求：Mafia 和 Cosa Nostra这样的字眼都不会出现在成片中，电影首映的收入将作为公益捐款定向捐给跟联盟关系最好的慈善基金。拉迪声称黑手党这个词在原剧本中也仅出现了一次（在杰克·沃尔兹相当长而又激烈的台词中）："就算删了这个词，也丝毫不会影响影片的质量，所以就这一点退步也丝毫没什么关系。"很明显，这部电影是关于黑手党的。而詹姆斯·卡安则认为："没人会觉得这是一部关于爱尔兰共和军的电影，我敢保证。"

拉迪还接受了邀约，与老科隆博一起在喜来登公园酒店与联盟会员会面。在那里他见到了大约1000名等待他出现的联盟代表。拉迪反复申明，电影只关注了个别人，并没有污蔑全体意大利族裔。他甚至指着一些联盟成员，建议他们去做群众演员。人群爆发出欢呼声，甚至还把联盟的"队长"徽章别到了鲁迪的西装翻领上。虽然拉迪后来质疑这次会面对剧组人员招募有任何影响，但联盟的一些成员似乎确实来当了群众演员，或做一些维持秩序的工作。

1971年3月19日，拉迪在联盟总部举行了新闻发布会，宣布两个与黑手党相关的字眼不会出现在人物对话中。全国媒体纷纷报道了这一消息，《纽约时报》和《华尔街日报》都发了头版新闻，批评派拉蒙迫于压力退缩了。

派拉蒙则在《综艺》上发表了声明，称这个协议"完全未获公司批准"，但也颇不情愿地承认派拉蒙出品的电影将遵守总检察长关于"犯罪组织"措辞的规定。海湾与西部工业集团CEO布卢多恩一开始甚至解雇了拉迪（所谓解雇，也就是拉迪拿起桌上的雪茄盒走出办公室）。但是派拉蒙都已经答应了联盟的要求，损失也已然造成，覆水难收。最后，还是科波拉保住了拉迪的工作，他让布卢多恩相信只有拉迪才能搞定这部电影，事实上，在拉迪和联盟达成谅解之后，所有制作上的问题也都一扫而空了——工会威胁没了，抵制抗议也没了。在笔者对拉迪的采访中，拉迪总结道："我宁愿跟那些人打交道，也不愿跟好莱坞制片公司谈事，因为一旦跟联盟那边达成协议，他们就责无旁贷、言出必行。"

1971年6月28日，当纽约这边的主要拍摄工作逐渐收尾时，约瑟夫·科隆博遭到了枪击，头部被打数枪。这场事件发生在另一场意裔美国人的抗议集会中——就在距离海湾与西部工业集团大楼一箭之遥的地方。剧组和演员们都极度震惊于他们所拍摄的这部电影对于当代美国社会的现实意义。

拉迪之后与联盟断绝了来往，联盟既没有被邀请参加首映礼，更别提之前答应捐献给慈善机构的首映收益了。当联盟威胁要起诉派拉蒙时，弗兰克·雅布兰斯表示他们应该起诉拉迪。不能再清楚的是，虽然拉迪在电影拍摄过程中成功地摆平了很多问题，但他成了派拉蒙公关噩梦的替罪羊。剧组还是忍不住跟他搞起了恶作剧：当拉迪第一次看《教父》的时候，他看的版本里，殡仪馆老板博纳塞拉第一场戏就说他相信"黑手党"。这场恶作剧差点让拉迪犯了心脏病。

上图：剧组工作人员在使用造雪机
下图：拍摄第一天，科波拉在给阿尔·帕西诺和黛安·基顿（Diane Keaton）讲戏

拍摄细节

这是本片拍摄的第一个镜头，拍摄于第5大道与五十一街的Best & Co.门口。商店本来已经歇业，为拍摄又重新开门。这个镜头由第二摄制组拍摄完成，为了赶上一场预期中的降雪，将计划提前了，不幸的是，暴雪并未如期而至。所以剧组只能用造雪机，但是造雪机只能在气温低于零下2摄氏度时使用。早上8点时，天气还很暖和，所以剧组又不得不用鼓风机和假雪。在前期筹备会上，科波拉表示想用大雪和冬天来暗示已然过去了三个月，同时也想利用圣诞节本身欢快的气氛来"误导"观众——与即将到来的枪击柯里昂这场戏的惊悚与暴力形成对比。

拍摄细节

商店的橱窗陈设都是按照1945年的物价和店面设计布置。这场戏共用了143名群众演员：士兵、船员、美军妇女队员、圣诞店员、一个圣诞老人、带着孩子的妈妈、修女和出租车司机，此外还有20世纪40年代的车。路灯、路标也被更换了，以符合时代特征，每盏路灯道具价值1000美元。为了这场戏，60名剧组成员没日没夜地在现场奋战了一整天。

淡入：

室外白天：第5大道（1945年冬）

第5大道下着雪。圣诞周。人们都裹得严严实实，一脸幸福地买着礼物。画面伴随着"祝你圣诞快乐"的歌声。

凯和迈克尔手挽着手走出第5大道的一家百货商店，拿着一大包包装得喜气洋洋的礼物。

凯

我给你妈、桑尼也买了些东西，给弗雷迪买了根领带，给汤姆·黑根买了支雷诺牌的钢笔。

迈克尔

你圣诞节想要什么？

凯

我？我只想要你。

两人接吻。

室内夜间：卢卡的房间

卢卡·布拉西的小房间。广播里的圣诞音乐还在继续响着。卢卡身上还没有穿好衣服。他从床底下拖出一个小箱子。他打开箱子，从里面取出一件厚厚的防弹背心。他把背心穿在羊毛汗衫外面，然后再穿上衬衫。他拿起枪，快速地拆开，检查之后又组装回去。

室内夜间：橄榄油公司办公室

弗雷多坐在角落的长椅上，读着晚报。柯里昂走向弗雷多，在他头上拍了一下，让他别再看报了。

唐·柯里昂

我们走吧（Andiamo），弗雷多。告诉波利让他备车，我们这就走。

弗雷多

好的，爸。我来开车，爸。波利早上来电话说他病了。

唐·柯里昂

是吗？

弗雷多

波利是个好孩子，我不介意代他开一天车。

弗雷多走出镜头，办公室经理帮柯里昂先生穿好衣服、戴上帽子。

唐·柯里昂

圣诞快乐……谢谢。（Buno Natalie...Grazie.）

室内夜间：大楼走廊

卢卡穿过一个装修极为华丽的楼道走廊，脱下外衣。他接着走过门厅，走近一家夜店门口，打开门，走进去。

室内夜间：夜店

一个男人在吧台后面收拾。

布鲁诺

卢卡！我是布鲁诺·塔塔里亚。

卢卡

我知道。

布鲁诺

来一杯（Sue bequero）威士忌？在谈事之前。

卢卡

我不想喝。（Io no bib'.）

在阴影中，索洛佐现身了。

索洛佐

你知道我是谁吧？

卢卡点头。

幕后

1943年春天，野心勃勃的年轻白兰度刚来纽约时，曾经做过几天Best & Co.的电梯操作员。

拍摄细节

卢卡·布拉西的房间镜头是在位于曼哈顿时代广场附近西47街和百老汇大街的爱迪生酒店拍摄的。

这里也是布拉西被杀一幕的拍摄地。为了节约时间和预算，剧组选用酒店房间而不是之前选定的莫特街外景场地作为拍摄地。

拍摄细节

夜店的前门上蚀刻着一条鱼，预示了布拉西将"与鱼长眠"的死亡桥段。

卢卡

（说意大利语，英文字幕）

我知道。

索洛佐

（说意大利语，英文字幕）

你和塔塔里亚家族谈过了……对吧？我觉得我们能一起做些生意。

卢卡在听。

索洛佐

（说意大利语，英文字幕）

我需要像你这样强壮的人。听说你和柯里昂家族相处得有点不愉快。想加入我们这里吗？

卢卡

（说意大利语，英文字幕）

那我拿多少？

索洛佐

（说意大利语，英文字幕）

刚开始五万起。

卢卡看了看他；他不相信条件会如此优厚。

卢卡

（说意大利语，英文字幕）

条件不坏。

索洛佐

（说意大利语，英文字幕）

那你同意了？

索洛佐伸出手，但卢卡假装没看见，相反拿出一根烟放到嘴里。站在吧台后的布鲁诺·塔塔里亚魔术般地变出一个打火机，举到卢卡的香烟前。接着，他做了一个奇怪的动作：他将打火机放在吧台上，把手轻轻地放在卢卡的手上，拍了拍。

卢卡

谢谢！

突然塔塔里亚死死抓住卢卡的手，把他的腕子牢牢地摁在吧台上。索洛佐拿出刀直接刺穿卢卡的另一只手，把它狠狠钉在桌上。

一条绞绳套住他的脖子，死命地勒紧。观众眼睁睁地看着他的脸变紫；他的舌头吐出来；他眼珠暴胀，痛苦地呜咽着。勒杀卢卡的人迫使想喘息的卢卡慢慢滑落到地上。

"观众可能会一直期待防弹衣能在电影中派上用场。这是一个非常漂亮的误导。"

——科波拉的《〈教父〉笔记本》

改编与删减

普佐原著小说对卢卡·布拉西之死描写得更为细致，也更残忍，就跟布拉西这一人物之前所做的暴行如出一辙。在大银幕上目睹一起死亡事件，会让观众感到异常逼真。这一段在电视上播放时，电视台删去了用刀刺穿布拉西手的镜头，但是保留了勒喉绞杀的部分。

拍摄细节

在发给全剧组的前期筹备特效备忘录中，科波拉说明了勒喉绞杀所需的特效："这可能是全片最困难的特效了。本质上，我所追求的就是要让一个人在观众面前被活活勒死。我们做的调研告诉我们如下内容：负责回血的外静脉被切断了，但主动脉还是会向头部充血。脸部会胀起来，然后出现暗紫色的斑块，最终完全变成黑色；眼球会暴胀；舌头会伸出来，伸出的程度要远超一个人主动吐出舌头。"为了能让演员伦尼·蒙塔纳的脸看起来呈紫色，化装部门尝试了不同的化装办法，比如用紫色喷雾剂。最终，更为真实的效果还是由蒙塔纳自己完成的，他使用了摔跤时学习到的技巧，将血液充向头部从而让肌肉紧张起来。

⬢ 拍摄细节

位于第5大道和第31大街的Polk's Hobbies（如今已经歇业了）的门口一直有很多围观者，以至于纽约警方的战术巡逻队不得不为影片拍摄驱散人群，现场的噪声太大，对话部分只能后期配音。

Polk's Hobbies玩具店，剧组第一天拍摄的第二个地点。科波拉戴着一顶类似圣诞老人的帽子在人群中指挥拍摄

⬢ 拍摄细节

真科橄榄油公司部分的外景镜头是在位于纽约下东区的莫特街拍摄的，这里属于小意大利（今为唐人街）。事实上，真科橄榄油公司的布景坐落在大楼的外面。

"窄窄的一条街，从世纪初开始就没变过，那时还是马车通行的年代，狭窄的人行道上满满地摆着本地商贩商铺的货品台子。窗口和消防梯上挤满了围观者，大家挤挤攘攘想看得更清楚一点。"

——派拉蒙的制片笔记

室外黄昏：Polk's Hobbies玩具店

汤姆·黑根走出商店，手里抱着一把儿童雪橇和一堆礼物，都用礼物纸包好了。他走过商场橱窗，正走着，有人挡住他的去路。黑根抬眼看一下。是索洛佐。

他抓起黑根的胳膊，拉着他一起走。

索洛佐

汤姆！汤姆·黑根。圣诞快乐。

黑根

谢谢。

索洛佐

嘿，很高兴碰见你了。我正想跟你谈谈。

黑根

我没有时间。

一个男人突然出现在他一侧。

索洛佐

（轻声说）

啊哈，那就挤出点时间吧，参谋先生。上车。你担心什么？如果我想杀你，你已经死了。上车吧。

黑根感到胃部一阵痉挛，只得跟着索洛佐的随从进车，观众眼前只能看到商店玻璃橱窗中喜气洋洋转圈的机械圣诞老爷爷和圣诞老奶奶。

室外黄昏：橄榄油公司

柯里昂走出公司大楼。弗雷多靠着车。

外面光线很冷，天色渐暗。弗雷多看父亲出来了，就走向他。柯里昂走近车子准备上车，但又犹豫一下，转向街角长长的开放式水果摊。

唐·柯里昂

嗯，等一下（aspetta），弗雷多。我去买点水果。

弗雷多

好的，爸。

柯里昂穿过街走到水果摊前，弗雷多进车。

摊主起身招呼柯里昂。柯里昂在水果摊果盘和果篮中转了转，仅挑了一些特定的水果。他在选橘子时，摊主小心翼翼地拿起水果放进纸袋子中。

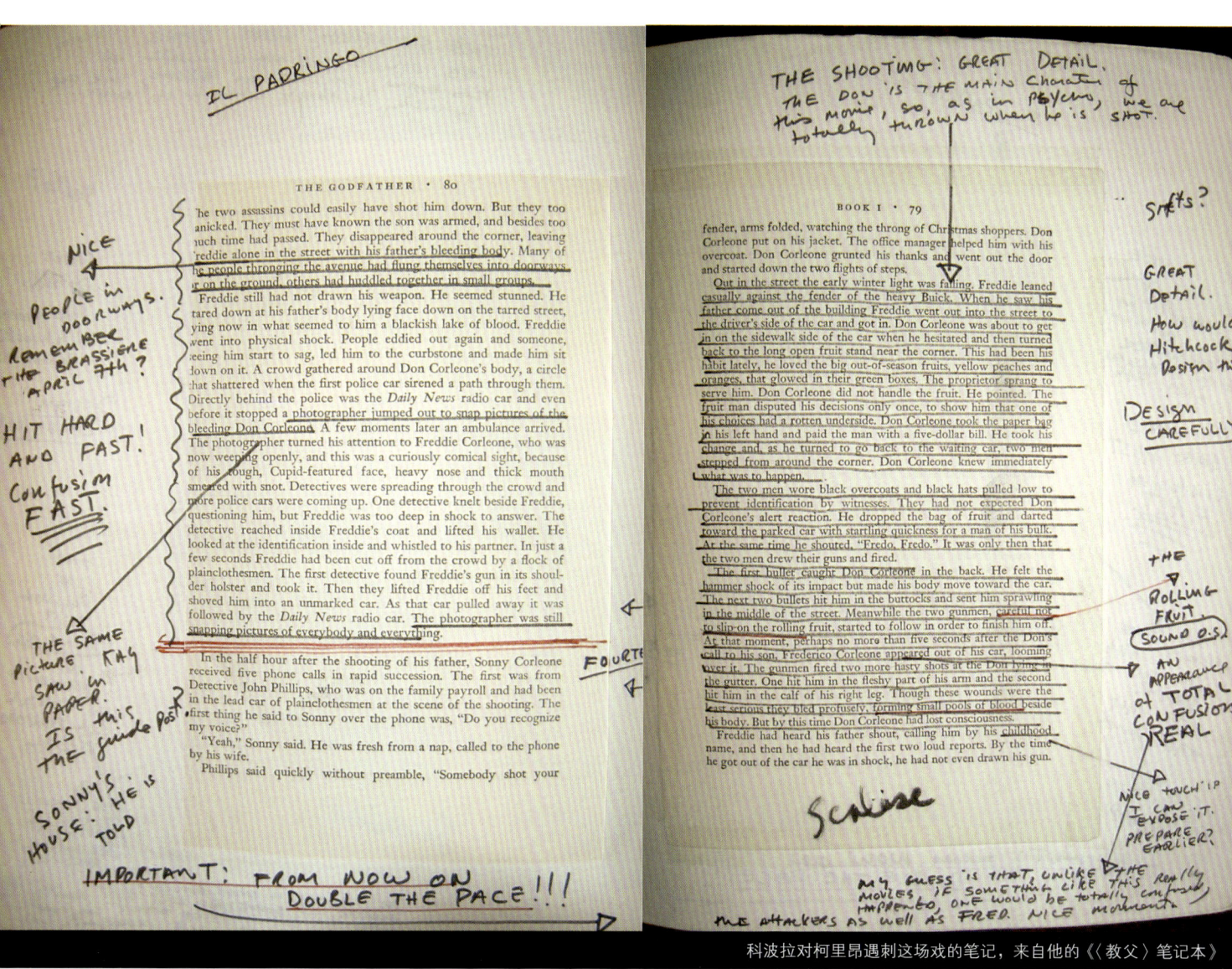

科波拉对柯里昂遇刺这场戏的笔记,来自他的《〈教父〉笔记本》

拍摄细节

针对这个故事节点,科波拉在笔记中参考了希区柯克。他强调了射杀这一场戏对观众要产生怎样的影响:"与《惊魂记》(*Psycho*)一样,柯里昂是本片的主角,所以当他中枪时观众应该不知所措。"他也问道:"希区柯克会如何设计这场戏?"事实上科波拉也确实借用了希区柯克式俯拍镜头的技法来拍摄本片的这一戏剧性高潮。这引发了科波拉与摄影师戈登·威利斯的激烈争论。更传统的威利斯质疑俯拍镜头的视角到底是谁的视角。

幕后

根据制片人拉迪的回忆,"白兰度很爱莫特街上的那些人,而他们也很爱白兰度"。一大群人聚集在此观看柯里昂被射杀这场戏。当柯里昂缓缓倒地时,周围观众大气都不敢喘一下——因为震惊——最后爆发出狂热的欢呼。有报道称,因为现场观众看到白兰度精湛的演技总是控制不住地要鼓掌,这场戏不得不重拍了很多次。当这场戏完成后,白兰度鞠躬向欢呼的人群致意。

穿帮

- 水果摊上有印着"新奇士"标签的纸板箱。而根据"新奇士"的说法,直到20世纪50年代中期,当木质柑橘箱被一端印有标签的纸板箱取代后,木质柑橘箱才在一端也印上标签。
- 最后一次枪击在电影中没有声音。
- 在被枪击之后,柯里昂躺在地上一动不动,背部着地,右臂叠在胸口。之后镜头切到心智大乱的弗雷多,当镜头切回远景中柯里昂时,柯里昂莫名其妙地变成朝左躺着,右臂伸出,外套也拢上了。

唐·柯里昂

啊,圣诞快乐。我想要一些水果……给我那个。

有<u>两个人</u>突然出现,快步走向<u>柯里昂</u>,手放在口袋里。<u>柯里昂拿那袋水果时注意到他们。两人开始跑向柯里昂。特写镜头</u>中他们掏出枪。

<u>柯里昂立马丢下水果袋子</u>,以迅雷不及掩耳之势跑向停在路边的车子。一个果篮倒在地上,水果滚得满街都是,这时观众听见<u>枪声</u>。

唐·柯里昂

弗雷多!弗雷多!

<u>俯拍镜头</u>,数发子弹击中<u>柯里昂</u>的背部,他痛苦地弓起身,跌在车上。<u>枪手继续近距离把子弹一股脑打在柯里昂身上</u>。

<u>弗雷多惊恐万状</u>。他试着从车里出来,却一时难以打开车门,终于冲出来,手却握不住枪。他大张着嘴。枪掉在地上。

<u>枪手快步在街角处消失</u>。<u>弗雷多吓坏了</u>。他看着<u>父亲</u>从汽车的引擎盖上滑倒在已然空荡荡的大街上。

<u>弗雷多跌坐在人行道边</u>,嘴中喃喃自语。他号啕大哭起来。

弗雷多

爸爸！爸爸！

室外夜间：广播城

广播城音乐厅在圣诞节演出季。遮檐上展示着"莱奥·麦卡雷（Leo McCarey）导演的《圣玛丽的钟声》，以及名满天下的圣诞舞台秀"。凯和迈克尔手挽着手走出音乐厅。

凯

迈克尔，如果我是个修女，你会不会更爱我？就像电影里那样？

迈克尔

不。

凯

如果我是英格丽·褒曼，你会不会爱我更多一些？

迈克尔

这倒要想一想。

他们路过一家小小的封闭报亭。凯看到了什么，被吓到了。她不知所措。迈克尔还在走，想着她的问题。

凯

（小声地）

迈克尔……

凯停下脚步。

迈克尔

还是不会，即使你是英格丽·褒曼。

凯

迈克尔。迈克尔……

拍摄细节

迈克尔和凯这场戏拍摄于曼哈顿第6大道和第50街的广播城音乐厅（Radio City Music Hall）外面。剧院的领座员不得不告诉来往路人，剧院招牌上展示的由宾·克罗斯比（Bing Crosby）和英格丽·褒曼（Ingrid Bergman）饰演的派拉蒙拍摄的电影《圣玛丽的钟声》（*The Bells of St. Mary's*）不会上映，剧院里放的是由埃莱娜·梅（Elain May）和沃尔特·马托（Walter Matthau）主演的派拉蒙电影《求婚妙术》（*A New Leaf*），以及1971年的复活节舞台秀。

改编与删减

在拍摄剧本中,对维托·柯里昂的预谋行刺出现在闪回段落中:迈克尔和凯先看见了报纸上关于枪击的新闻,之后才是枪击的一幕。

拍摄细节

剧组搭建了报刊亭和电话亭,报纸插页照片的摄影师不是别人,正是科波拉在西洋镜电影公司的合伙人乔治·卢卡斯。

迈克尔

怎么了?

她无法回答。相反她抓着迈克尔的胳膊,走回报亭,指了指报纸。迈克尔的脸僵住了。报纸头条写着:"维托·柯里昂恐被谋杀。"迈克尔打开报纸,看见内页的标题写着"杀手枪击黑手党大头目",里面还有他父亲的照片。

迈克尔

(绝望地)
里面没有说他是死是活。

迈克尔焦虑地看着四周,跑着穿过街,冲进电话亭,凯紧跟其后。凯看着电话亭里,迈克尔给桑尼打电话。

迈克尔

桑尼,我是迈克尔。

桑尼的声音

(电话里)
迈克尔,你去哪儿了?

迈克尔

爸还好吗?

>桑尼的声音

（电话里）
还不知道呢。现在各种说法满天飞。他伤得很重，迈克。

>迈克尔

哦。

>桑尼的声音

（电话里）
你还在吗？

>迈克尔

是的，我听着呢。

>桑尼的声音

（电话里）
你到哪儿去了？我很担心。

>迈克尔

我打过电话了，汤姆没跟你说？

>桑尼的声音

（电话里）
没。听着，回家，小弟。你要陪着妈妈，你听到了吗？

>迈克尔

好的。

演员与剧组：詹姆斯·卡安饰演桑尼·柯里昂

跟诸多角色一样，桑蒂诺·柯里昂（桑尼）一角竞争也很激烈。最初的人选是卡尔米内·卡里迪。卡里迪狂喜不已，甚至开了派对与家人朋友庆祝。然而他不是天选之人——可能是因为他（1米93）与帕西诺（1米7）的身高差。于是卡里迪去演了另一部黑帮片《我的子弹会转弯》，后来还参演了《教父2》和《教父3》。

罗伯特·埃文斯曾说他和科波拉做了笔交易：如果让詹姆斯·卡安演桑尼（他本来想让卡安演迈克尔），那么帕西诺就演迈克尔。他把选角功劳归于自己，在接受《箴言》采访时他说："我拼了命也要让卡安演《教父》。"而科波拉其实一开始也打算让卡安来演桑尼。

虽然卡安在出演《教父》后拿了几个"年度意大利角色"奖，但他其实出生于纽约布朗克斯，有日耳曼犹太裔血统。他和科波拉是霍夫斯特拉大学的同学。他第一个挑大梁的角色是在派拉蒙影片《笼子里的女人》中，之后出演了一些影视剧，包括跟罗伯特·杜瓦尔一起演了科波拉的《雨族》。卡安首个广受好评的角色是电视剧《布里安之歌》中的布里安·皮科洛。跟帕西诺一样，他演《教父》的片酬仅为35 000美元。

卡安显然很享受扮演桑尼这个角色，十分投入。他在布鲁克林花了很多时间与"意大利佬"相处，研究他们的言谈举止——怎样将拇指放在皮带上彰显做派；如何讲究穿着，就算领带松着、衬衫敞着也要一尘不染。他接受《洛杉矶时报》采访时讲起这段я飞色舞："他们有很多不可思议的动作。我观察他们相互之间、跟姑娘和老婆如何相处，相亲相爱的程度令人赞叹……他们相互敬酒，都要说'百年之好'（cent'anni），'敬我们自己'（salute a nostra）——这些人就生在布鲁克林，甚至不说意大利语，但身上满满都是意大利老辈人的做派。"

<u>室内夜间：桑尼的卧室</u>

桑尼挂上电话，<u>桑德拉</u>在后面焦虑地看着他。

桑德拉

我的天啊。

<u>桑尼</u>走过去安抚<u>桑德拉</u>，紧接着他们被一阵急促的<u>敲门声</u>吓到。<u>孩子开始大哭起来。</u>

桑德拉

（非常害怕）

哦！桑尼！

桑尼走到一个橱柜抽屉前，拿出一把枪，快步走到门口，<u>敲门声</u>还在响着。

桑尼

（向<u>桑德拉</u>）

往后站。

（对<u>敲门人</u>）

谁啊？

克莱门扎
开门,是我,克莱门扎。

<u>桑尼迅速打开前门。克莱门扎进门,桑尼关上门。桑德拉回身去照看小孩。</u>

克莱门扎
又有些关于你家老头子的消息了。
（转向<u>桑尼</u>）
现在外面都在传他已经死了。

<u>桑尼抓着克莱门扎的外套把他摁到门上。</u>

桑尼
说什么呢！你有什么毛病？

克莱门扎
天哪,桑尼,冷静点。冷静点！

桑尼
当时波利在哪儿？

克莱门扎
波利病了没当值。一整个冬天他都在生病。

桑尼
他病了几次了？

克莱门扎
可能就三四次。我问过弗雷迪想不想换个保镖,但是弗雷迪说不用。

桑尼
（打断他）
听着,帮我个忙,立马把他带来。我不管他病成什么样了。只要他还能喘气,你就立刻把他带到我爸家,你懂了吗？立刻就去！

克莱门扎
好的。你要我派些人来这儿吗？

桑尼
不不不,就你和他。去吧。

<u>克莱门扎出门。桑德拉又走回来,安抚着她大哭的孩子。桑尼走向她。</u>

桑尼
听着……我会派一些人到家里来——一些我们的人。

电话响了。<u>桑尼接电话。</u>

在埃文斯的回忆录中,卡安在首映礼后对他吼：“嘿,你把我的戏份全给删了！”事实上,桑尼·柯里昂的角色戏份只是被缩减到了原来构想的那么多。卡安说——当然可能有点言过其实——他饰演的角色有45分钟的戏都被删了。在讨论到柯里昂被刺杀之后的戏时,卡安抱怨桑尼敏感的一面没能被展现出来："有很多非常棒的戏——比如当别人让桑尼坐在他父亲的座位上时,他无法入座。这些戏我下了不少功夫。我作为一个演员当然很在意。很多小细节——用以体现桑尼想哭但不能哭,因为他觉得那会让他显得不够男人,但当他和母亲说话,他的声音在颤抖……"卡安第一次看到成片时非常沮丧："这就像你本来觉得你要画一幅14英尺的油画,结果最后只有3英尺。我真想告诉每个人应该再去看看剩下的那11英尺！"虽然戏份被缩减,卡安还是因为他非常灵动的表演获得了奥斯卡最佳男配角的提名。

穿帮
这一幕戏中有一处奇怪的不接戏：桑尼放在腰上的那把枪在他把克莱门扎摁到厨房柜上时不见了,接着当他转回身跟老婆说完话后,那把枪又出现在了腰上。这一幕没有剪辑点,关于枪究竟发生了什么至今也不清楚,除非它是滑到了卡安的裤子底下。

改编与删减
1972年公映版中在此处删掉了拍摄剧本中的一场戏：桑尼接到了来自线人的一个电话,告诉他有人暗杀他父亲的事。这场戏收录在《教父三部曲：1901—1980》中。迈克尔打电话给桑尼这场戏是在拍摄剧本写完之后额外加的戏。

桑尼难以向母亲启齿父亲被刺的事,这一段落被删

🎞 改编与删减

拍摄剧本中有几场令人动容的桑尼的戏,但是在公映版中没有。桑尼去了柯里昂庄园,镇定地告诉妈妈自己的父亲被枪击,然后打电话让泰西欧多布置些人在街上——小心翼翼地不去坐他父亲的座位——然后拿起电话簿翻阅:

他的手指滑过一串名字,观众的视线一直跟随到他手指停下的那个名字:卢卡·布拉西。桑尼拨了电话。但没有人接。

桑尼

卢卡。

类似的一场戏拍摄了,但是在1972年公映版中未曾出现。后来收录在《教父三部曲:1901—1980》中。

桑尼

你好。

索洛佐的声音

(电话里)

桑蒂诺·柯里昂?

桑德拉走到桑尼身后,焦急地想知道电话里是谁。桑尼示意她安静。

桑尼

是我。

索洛佐的声音

(电话里)

汤姆·黑根现在在我们手里。三小时后我们会放他,带着我们的条件走。在你做任何动作之前,先听听他说的每一个字。现在木已成舟了。别让你那有名的暴脾气发作,好吗,桑尼?

桑尼在厨房柜门上草草记下时间。

桑尼

(安静地)

不会,我会等的。

室内夜间:一个废弃的餐厅

索洛佐拿着杯子喝水,黑根坐着。

索洛佐

你老大已经死了。

(平静地停顿一下)

我知道你在你的家族里不是好战的人,汤姆,我不想吓唬你。我是想让你来帮助柯里昂家族的——我也希望你能帮我。

一个打手将一瓶威士忌酒放在桌上,往杯子里倒了一点,把它递给黑根。

索洛佐

是的,我们在他办公室外面的街上干掉他了,就在我们接到你之后一小时。喝吧。

黑根痛快地喝下去。

索洛佐

所以现在就看你的了,让我和桑尼和平解决这个问题。

黑根还沉浸在得知老头子死去的悲痛之中。

索洛佐

桑尼对我的提议很感兴趣,是吧?然后你也知道这么做是对的。

黑根

（努力保持镇定）

桑尼会不惜一切来杀你。

索洛佐

当然，这会是他的第一反应。这就是为什么你要跟他讲道理。塔塔里亚家族在背后全力支持我。纽约其他家族也会想尽一切办法阻止全面战争的爆发。面对现实吧，汤姆，柯里昂先生——愿他安息——值得我们无限地尊敬，但是他完了……十年前，我能对付他吗？但现在他死了。他死了，汤姆，没什么能让他死而复生。

黑根难过得不能自已，眼泪在他的眼眶里打转。

索洛佐

所以你去跟桑尼谈。你去跟二当家们谈：那个泰西欧，还有胖子克莱门扎。这是笔好买卖，汤姆。

黑根

我会试试。但就算是桑尼也没办法阻止卢卡·布拉西。

索洛佐

是啊。好吧……让我来操心卢卡。你只要劝劝桑尼。还有他家另外两个儿子。

黑根

我尽力而为。

索洛佐

（举起双手做出一个无害的手势）

很好。现在，你可以走了。

索洛佐把汤姆送到门口。

索洛佐

我不喜欢暴力，汤姆。我是一个生意人。流血的代价太高了。

他打开门，两人一起走出房间。

室外夜间：废弃餐厅外面

黑根和索洛佐在暴风雪中走出餐厅。

一辆车已经停好了，索洛佐的一个手下急急忙忙跑过来。他悄悄对索洛佐说了些什么，非常紧急的样子。

索洛佐郑重地走向黑根。

索洛佐

他还活着！他们给了他五枪，但他还活着！好吧，是我运气不好，但如果你没说服桑尼他们的话，就轮到你运气不好了。

🛑 拍摄细节

黑根和索洛佐这场戏是在一个废弃的小饭店里拍摄的。黑根和索洛佐走出饭店时的暴雪是当时的真实天气情况。

🟧 意大利文化

二当家（caporegime）是意大利黑手党术语，即黑帮里的二号人物。

被删掉的戏

改编与删减

有场戏在1972年公映版中并没有出现：迈克尔回到庄园之后，先是安抚了特蕾莎·黑根，然后和桑尼讨论谁是"动了老头子"的元凶。桑尼在电话公司有线人，跟柯里昂家族的人说确认是波利而非克莱门扎才是叛徒。汤姆·黑根从绑架处回到了家。在最后一个镜头中，波利·加托一个人坐在柯里昂家的客厅，钟上显示是凌晨4点。这一幕被收录在《教父三部曲：1901—1980》中，现摘引在此处。

室内夜间：柯里昂的办公室

(<u>桑尼</u>和<u>泰西欧</u>围坐在一起，中间有个黄色纸板。他们抬起头，面露惊恐之色。)

桑尼

嘿，特蕾莎，宝贝儿，别担心，他们一谈完条件很快就会放了汤姆。

<u>他抱了抱特蕾莎</u>，让她安心。

泰西欧

（招招手）

你好啊，迈克尔。

<u>桑尼拥抱迈克尔。</u>

桑尼

你们刚才在哪儿？嘿，老弟，联系不上你那会儿你可真把我吓坏了。

迈克尔

妈妈怎么样了？

桑尼

她还好。你知道的，她以前经历过类似的事儿。我也经历过。

电话响起。<u>桑尼</u>接电话。

桑尼

你好啊。

电话里的声音

你好,是桑蒂诺吗?我是电话公司的萨姆。你给我的那个电话,查到了。

桑尼

嘿,听着,非常感谢。你这圣诞一定会过得非常、非常开心。

声音

好的,多谢。

桑尼

多谢。

桑尼挂上电话。

桑尼

听着,你们俩想去外面等吗?我有些生意上的事情要跟泰西欧一起了结掉。

特蕾莎出去。

桑尼

(向迈克尔)

你还在这儿干吗?嘿,你在这儿晃悠,就要听见你不想听的那些事。

迈克尔

或许我能帮得上忙……

桑尼

不,你帮不上的,傻瓜!如果我让你掺和进这些事,老头子饶不了我的。拜托!

迈克尔

他也是我的父亲,桑尼。

桑尼

好吧,你想听是吧?我们现在就商量要干掉谁,克莱门扎还是波利?

迈克尔

你什么意思?

桑尼

我什么意思?他们两个人中有一个设局想搞死老头子。

迈克尔都没有意识到,外面的那些人正在等待关乎他们性命的审判。

迈克尔

不是克莱门扎。我不信。

桑尼

看到了吧?我们的大学生是对的。波利是内奸。从电话公司的通讯记录里看出来的。在波利生病在家的三天,他接到了老头子公司对面那栋建筑边的公用电话亭打给他的电话。

泰西欧

所以,是波利。

桑尼

嘿,谢天谢地是波利……

泰西欧

那个皮包骨头的贱货。

桑尼

我们现在不能没有克莱门扎。

迈克尔此时才意识到情况的重要程度。

迈克尔

这次会发生全面战争吗,像上次那样?

桑尼

会的,除非老头子告诉我不要。

迈克尔

等等,桑尼。跟爸先聊聊。

桑尼

等等?拜托!索洛佐死定了!我现在不管付出什么代价,我是说,我们要跟别的所有家族干仗。塔塔里亚家族绝对吃不了兜着走。

迈克尔

(轻声说)

这不是爸爸的做事风格。

桑尼

听着,我跟你讲,爸也会跟你这讲:要动手时,我不输给任何人,别忘了这一点。

外面,我们听见特蕾莎如释重负地大叫一声,打开房门冲出去。
所有人都站起来了:门廊中,汤姆·黑根被妻子紧紧抱住。

黑根

嘿,伙计们,就算是在最高法院打官司,也比不上我今晚跟那个土耳其佬周旋的情形!

室外夜间：庄园

一个打手打开车门，迈克尔从车中走出来。他走向庄园的房子。一个人把车开走，其他两个打手在门口挂上重重的铁索。

室内夜间：门厅

主楼的门厅里全都是迈克尔不认识的人。他们没有在意他。多数人坐立不安，在等着什么，没有人讲话。

室内夜间：柯里昂家的客厅

迈克尔走进客厅。客厅里放着圣诞树，墙上钉着无数新年贺卡。
特蕾莎·黑根抽着烟僵直地坐在沙发上。在她前面的咖啡桌上，放着一杯半满的威士忌。沙发另一边坐着克莱门扎，他面无表情，但是在不停流汗。波利·加托非常紧张，一个人坐在房间的另一头。克莱门扎看到迈克尔，他起身握握迈克尔的手。

克莱门扎

夫人去医院陪你爸爸了。谢天谢地，他看起来能挺过去。

迈克尔点点头，整个人松弛下来。

镜头溶至：

室内夜间：柯里昂的办公室

泰西欧、克莱门扎、桑尼、黑根和迈克尔全都精疲力竭，穿着衬衣，几乎要睡过去。已经是凌晨四点。看上去他们已经喝了很多杯咖啡。他们几乎累得说不动话。

桑尼

你怎么看，老兄？啊？

克莱门扎

（与桑尼和黑根同时说）

我们仇家不少。索洛佐、菲利普·塔塔里亚、布鲁诺·塔塔里亚……

克莱门扎指着黄色纸板上的杀戮名单。

黑根

我觉得他们干得太过分，太过了。我觉得这太针对个人了。老头子会把这看作一场纯粹的——

迈克尔

（打断他们的谈话）

你要把他们都杀了？

桑尼

嘿，别掺和进来，迈克。就当帮我一个忙。

"我觉得原书中有非常多素材，非常有信息量，所以从某种意义上讲，这是一部教育片。看完之后，人们应该能'知道'很多关于黑手党的事：术语、章程、道理、秘密。你会了解一些外国的新鲜事儿，黑手党真正的运作方式什么的，跟《国际机场》这类杂志里的东西其实没什么两样。这本书最厉害的地方就在于让你懂得黑手党，并且是在非常亲密且现实的层面上了解黑手党。这极为可贵。"

——科波拉的《〈教父〉笔记本》

黑根

索洛佐是问题的关键。把他干掉,别的事就迎刃而解了。现在卢卡怎么样了?索洛佐觉得他……

桑尼

如果卢卡出卖我们的话,我们就有大麻烦了,相信我,大麻烦。

黑根

有人能联系上他吗?

克莱门扎

我们都试着联系他一晚上了。他可能正跟女人在一起。

桑尼

嘿,迈克,帮我个忙——再试着……打打卢卡的电话。

<u>迈克尔点上一根烟,然后非常疲倦地拿起电话拨号。</u>

黑根

卢卡从不在外面过夜。他完事了总是要回家的。

桑尼

好吧,汤姆——你是参谋。如果老头子不在了,我们该怎么办?但愿不会。

黑根

如果老头子不在了——

克莱门扎

(背景中)
……索洛佐、菲利普·塔塔里亚……

黑根

——我们就失去了政界的关系,以及我们一半的力量。纽约其他家族或许会联合起来支持索洛佐,来避免长期破坏性的战争。现在都快1946年了。没人希望再流血死人。如果你父亲过世了……你就得把这笔交易谈成,桑尼。

桑尼

(生气地)
你说起来容易,汤姆,杀的不是你爸。

黑根

(平静地)
我就跟他的儿子没什么区别,就跟你和迈克一样。

突然有人小心翼翼地敲门。

桑尼

怎么了?

波利·加托往门里看。

克莱门扎

嘿，波利，我想我跟你说了原地待命。

波利

那个，门口的人说——他们捡到了一个包裹。

桑尼

是吗？好吧，泰西欧，去看看是什么。

波利

（咳嗽着）
你想让我在外面守着？

泰西欧起身离开。

桑尼

好，就守着吧。你还好吗？

波利

没事，我还好。

桑尼

是吗？冰柜里还有些吃的。你饿吗，要不弄点东西吃？

波利

不，没事。

桑尼

喝一杯怎么样？来点白兰地——很不错，会发汗。

波利

好吧……

桑尼

去吧，孩子。

波利

……那好我去了。

桑尼

好的，去吧。

波利关上门。

桑尼

我要你立马就处置了这狗娘养的。波利把老头子给卖了，这个混球。我不想再看到他。你先解决这档子事，明白吗？

克莱门扎

明白。

> "当你拍电影的时候，现场没有人不觉得他们能比你拍得好。任何一部电影，任何一场戏——甚至电工都觉得他比你强。"
> ——科波拉，2007

 意大利文化

"混球"（strunz）一词是从意大利语stronzo演化而来的，粗俗直率的翻译就是"臭狗屎"（piece of shit）。它也指代别的很多骂人话，例如混蛋（asshole）。

改编与删减

普佐的小说中,是黑根做出回应:"鱼就代表卢卡·布拉西长眠于深海之底了。这是一种古老的西西里暗语。"

改编与删减

在拍摄剧本和原著中,卢卡·布拉西之死都是作为柯里昂家收到死鱼后的闪回段落出现的。

拍摄细节

"我的想法是……克莱门扎的房子看上去要像长岛郊区的那种样子……看上去就像你邻居家,虽然很漂亮,但是和别人家都在一排。他每天早晨去车库时都会跟邻居道一声早安。战后没几个人能开得起车,但是他有一辆,显然不是正常途径搞来的。这对他意味着很多:他是美国的黑帮头目,成功人士,有着漂亮的房子、存款和一切,他是个'好家伙'。"

——科波拉,在前期筹备会上

桑尼
嘿,迈克,明天,带一队人,去一趟卢卡的住处,在那儿等着,等他回去。

黑根
或许我们不该让迈克就这样直接掺和进来。

桑尼
对。听着,就待在家里,听听电话,这样就帮大忙了,好吗?再试试打给卢卡,去吧。

迈克尔对于如此受照顾有点难堪。他又拿起电话。
泰西欧回来了,带着一个包裹。他把它放在桑尼的腿上。桑尼打开,包裹里是卢卡的防弹背心,里面包着两条死鱼。

桑尼
这他妈是什么意思?

克莱门扎
这是西西里人的暗语。就是说卢卡·布拉西与鱼一起长眠了。

迈克尔挂上电话。

室外白天:克莱门扎家

布鲁克林某个郊区的早晨。几排房子都很漂亮。罗科·兰波内(Rocco Lampone)和克莱门扎从车库走到前门。戴着发网的克莱门扎太太站在家门口目送他们。

克莱门扎
我走了。

克莱门扎太太
你今晚什么时候回来?

克莱门扎
不知道,可能会很晚。

克莱门扎太太用嘴嘬了一个响吻。克莱门扎走了。

克莱门扎太太
别忘了带奶油馅煎饼卷回家。

克莱门扎
好,好,好,好。

两个人上车,波利开车。波利有点紧张,不知道发生了什么事。兰波内坐在后座,克莱门扎坐在前排。波利看到兰波内就坐在他后面,有点害怕;他半转过头。

波利
罗科,坐到那边去,你挡着后视镜了。

克莱门扎

桑尼气疯了。他已经开始考虑睡床垫了。我们要在西区找个安全的藏身地。你去下西43街309号。西区你知道有什么好的藏匿点吗？

克莱门扎掏出本子看了看。

波利

好，我想想看。

波利放松；他觉得自己没有暴露。同时，他想着如果把藏匿点的位置告诉索洛佐估计还能赚一笔钱。

克莱门扎

好吧，你等会儿开车时候想想，行吧？我这个月就要在纽约发动一次行动了。倒车的时候小心点，别撞到孩子。

车退出去。

镜头溶至：

室外白天：高架铁道线下的街道

车在高架铁道线下的街道转弯。

演员与剧组

饰演克莱门扎太太的阿德尔·谢里登（Ardell Sheridan）是理查德·卡斯泰拉诺（克莱门扎的饰演者）真实生活中的妻子。

 意大利文化

"只要家族之间的战争趋于白热化，他们就会在隐秘的公寓设置总部，'战士们'可以睡在各个房间的床垫上。这样也能使他们的家人免于危险，无论是妻子还是孩子，因为任何对非战斗人员的攻击都是不可想象的。如果要伤及家人的话，那么各方都会苦不堪言。住在一些秘密地点是非常明智的，你每天的行动可以不被对手或某些没事找事的警察掌握。"

——马里奥·普佐，《教父》，定义"睡床垫"战斗阶段（going to the mattress）

拍摄细节

为了表现车子开过城市的外景镜头，剧组查找了20世纪40年代的胶片素材。他们选定了一段汽车开过高架铁道下第3大道的胶片段落，然后找了一辆同款车来匹配它。

被删去的一场戏，克莱门扎买了著名的奶油馅煎饼卷

改编与删减

波利被杀这段戏之前，有几场戏虽然拍摄了，但没有出现在1972年公映版中：克莱门扎交给罗科·兰波内一把口径5.6毫米的软头子弹枪，告诉他"用它来干掉波利"。在车里面，克莱门扎告诉波利和罗科他得给桑尼打个电话，他们还在餐馆好好吃了一顿，带上了外卖的奶油馅煎饼卷。这些场景都收录在《教父三部曲：1901—1980》中。

克莱门扎的声音

嘿，波利，我想让你去一下39街——卡洛·桑托斯那儿——你去买十八个床垫给我们的人睡，然后把账单给我。

波利的声音

嗯。好的，没问题。

克莱门扎的声音

你要保证床垫都干净，我们的人估计要在上面睡很久。

<u>镜头溶至：</u>

<u>室外白天：波利的车开在纽约的街道上</u>

波利的声音

床垫都很干净。他们跟我说床垫都灭过虫了。

克莱门扎的声音

（笑了笑）

"灭"可不是什么好字眼儿！灭，听听这家伙说的。

兰波内的声音

（轻笑道）

哈哈。

克莱门扎的声音

小心点，搞不好就把你灭了。

拍摄波利被杀一场戏

波利的声音

你们觉得很好笑是么?

镜头溶至:

<u>室外白天:波利的车开在收费公路上</u>

克莱门扎的声音

嘿,波利。(<u>说意大利语</u>)

波利的声音

(<u>说意大利语</u>)

克莱门扎的声音

嘿,靠边停一下,行吗?我去撒尿。

<u>室外白天:波利的车停在堤道上</u>

车子沿着芦苇滩的堤道驶过(自由女神像在远景之中),慢慢停下来。<u>克莱门扎走出车,观众的视线跟随着他</u>。他斜侧着身子背对观众(我们看不见车了),拉开拉链,我们听见<u>小便的声音</u>。在车里,兰波内举起枪,对准<u>波利的头</u>,接着传出<u>两声枪响</u>。克莱门扎听到枪声微微动了下。他小便完,拉上拉链,回到车上。<u>波利</u>已经死了——他的头倒在方向盘上,血顺着前额流下。车子的挡风玻璃碎裂开。

🔶 拍摄细节

车窗上有一张标记为"A"的优惠券,是战后汽油定额配给的凭证。

改编与删减

无论是原著还是拍摄剧本中都未提及奶油馅煎饼卷，但是科波拉一直记得他爸爸下班之后总会带回来用白盒子装着的奶油馅煎饼卷，所以他在片中加入了这一细节。饰演克莱门扎的理查德·卡斯泰拉诺在此一句即兴的台词——"带上奶油馅煎饼卷"，成就了一段影史掌故。这一句台词作为很多演员和剧组成员最爱的一句话，比如《教父》的掌机迈克尔·查普曼（Michael Chapman），后来他成了许多伟大电影的摄影师，包括马丁·斯科塞斯（Martin Scorsese）的《出租车司机》（*Taxi Driver*）和《愤怒的公牛》（*Raging Bull*）。

改编与删减

普佐的书中很明确地表示克莱门扎和兰波内把波利的尸体留在了车中，好让他被谋杀这一事实更加显而易见——这也是为了震慑别的潜在叛徒，并以此证明柯里昂家族不会手软。

克莱门扎

把枪留这儿，带上奶油馅煎饼卷。

<u>兰波内取走在后座上的奶油馅煎饼卷盒子，把它递给克莱门扎。克莱门扎关上后门，两人离去。</u>

<u>镜头溶至：</u>

<u>室外白天：庄园/柯里昂家的院子</u>

<u>迈克尔一个人坐在院子后面的长椅上。他裹在一件厚厚的海军制服外套中。接着，房子里传出吼声。</u>

克莱门扎的声音

嘿，迈克。嘿，小迈克！

迈克尔

怎么了？

克莱门扎的声音

有人打电话找你。

<u>室内白天：柯里昂家厨房</u>

<u>克莱门扎在厨房里，在做满满一大锅菜。五个打手环坐在桌边。迈克尔走进厨房。</u>

迈克尔

谁啊？

克莱门扎

是个姑娘。

<u>迈克尔拿起电话。</u>

迈克尔

你好啊，凯吗？

凯的声音

（电话里）
你爸爸怎么样了？

迈克尔

好多了，他能挺过去。

凯的声音

（电话里）
我爱你。

迈克尔

嗯？

<u>他瞥了一眼厨房里的那些打手。</u>

　　　　　　　　　　凯的声音
　　（电话里）
　我爱你。迈克尔？

　　　　　　　　　　迈克尔
　嗯，我知道。

　　　　　　　　　　凯的声音
　　（电话里）
　跟我说你爱我。

　　　　　　　　　　迈克尔
　我不能说。

　　　　　　　　　　凯的声音
　　（电话里）
　你不能说？
迈克尔看了看厨房桌子上的排气罩。

　　　　　　　　　　迈克尔
　我今晚来看你，好吗？

　　　　　　　　　　凯的声音
　　（电话里）
　好吧。
迈克尔挂上电话。克莱门扎给驻扎在屋子里的打手们做番茄酱。

　　　　　　　　　　克莱门扎
　嘿，小迈克，干吗不告诉那漂亮姑娘你也爱她？
　（唱起来了）我全心全意爱着你……如果我再也见不着你，我就不想活在这世上……

　　（笑着说）
　过来，小子，学着点。没准儿哪天你就得给二十多号人做饭。看到了吗？你先放点油，再炸点蒜。然后往里面放番茄、番茄酱。炸的时候多放点油，别让它粘锅。煮开了之后，把香肠和肉丸都倒进去。看到了？再倒一点点红酒，放一点点糖，这是我的小秘方。

桑尼走进厨房，看见克莱门扎。

　　　　　　　　　　桑尼
　别说废话了行吗？有更重要的事情要做。波利怎么样了？

　　　　　　　　　　克莱门扎
　波利啊，你再也见不到他了。

改编与删减

科波拉总想在电影里加入一段完整的菜谱。这是普佐和科波拉的一次联手：科波拉一开始写下"把蒜煎至焦黄"，普佐立刻反驳道："黑手党不会说什么'煎至焦黄'，他们都说'炸'。"

迈克尔准备离开。

　　　　　　　　　　　桑尼

你去哪儿？

　　　　　　　　　　　迈克尔

我进城。

　　　　　　　　　　　桑尼

哦。
（转向克莱门扎）
派些保镖跟着他，好吗？

　　　　　　　　　　　迈克尔

不用了，我就是去医院看看——

　　　　　　　　　　　桑尼

（与迈克尔同时在说）
别多想。派人跟着他。

　　　　　　　　　　　克莱门扎

他不会出事的。索洛佐知道他是平民。

　　　　　　　　　　　桑尼

嗯，那小心点，知道了？

　　　　　　　　　　　迈克尔

好的，长官。

迈克尔走出房间。

　　　　　　　　　　　桑尼

（对克莱门扎说，边说边把面包浸到酱里）
还是派人跟着吧。

室内夜间：车内

迈克尔坐在后座，非常镇定，车子开向城里。前座上挤着三个打手。

　　　　　　　　　　　　　　　　　　镜头溶至：

拍摄细节

迈克尔和凯在酒店的戏是在位于曼哈顿东55街和第5大道的圣雷吉酒店拍摄的。

室内夜间：酒店

迈克尔和凯冈坐在酒店中吃饭。迈克尔心事重重，凯则非常担心。他起身穿上大衣。

　　　　　　　　　　　迈克尔

我得走了。

　　　　　　　　　　　凯

我能跟你一起去吗？

       迈克尔

不行,凯。那里会有很多警探——还有媒体的人。

       凯

那我坐出租车去。

       迈克尔

我不想把你也牵扯进来。

迈克尔又坐下。

       凯

什么时候能再见到你?

       迈克尔

 (顿了一下)
回新罕布什尔吧,我会给你父母家打电话。

       凯

迈克尔,我什么时候能再见到你?

       迈克尔

我不知道。

迈克尔起身。他弯下腰,亲吻凯一下,然后安静地走出去。

室内夜间:酒店大堂

迈克尔穿过大堂,从正在订房的服务生身边走过。

拍摄细节

医院这场戏是在位于曼哈顿东14街和第2大道的纽约眼耳医院拍摄的。拍摄租用了医院两层楼,医生和护士经常会蹑手蹑脚过来偷瞅一眼白兰度。

拍摄细节

在前期筹备会上,科波拉将这段医院的戏定义成"希区柯克式的悬疑场景,是一场慢慢揭示最后结果的戏,每进一步,你都知道情况更加危险"。空无一人的走廊镜头,起到了提升悬念的作用,但其实这是事后剧组成员才想到的。据科波拉说,本来空走廊的镜头不是特别多,是他的朋友乔治·卢卡斯给他支了一招,卢卡斯建议科波拉使用他喊完"卡"之后的头尾那些空镜头段落来弥补素材的不足。

室外夜间:柯里昂的医院

一辆出租车停在医院门口。迈克尔走下车。他看了看夜间的医院,但是空无一人。街上就他一个人。整幢医院建筑都被装饰上了欢快、闪亮的圣诞布置。他有些犹豫,环顾四周。整个区域空空如也。他迈步走上台阶。

室内夜间:医院走廊

迈克尔走进空无一人的医院。他向左望去,这里有一条长长的、空荡荡的走廊。向右望去也是一样。

迈克尔向护士站张望,里面没有人。他快速走向一扇打开的门。他看见桌上放着吃到一半的三明治和喝到一半的咖啡。

他觉察出有些不对劲。他快速、警觉地跑过医院走廊。

室内夜间:医院台阶

他转向楼梯间,脚步不断加快,上了楼。

室内夜间:四层走廊

他走到四层走廊。他四下看看。这里有一张放着卡片的桌子,上面有一份报纸——但是没有警探,没有警察,没有保镖。他继续慢慢走过拐角,走到一扇标记为"2"号病房的门口,停下来。

室内夜间:柯里昂所在的2号病房

他慢慢推开门,非常害怕会看到自己最不想看到的那一幕。他看过去,在台灯的灯光下,一个身影躺在医院病床上,孤零零的。慢慢地,迈克尔走上前去,看到他的父亲安然睡着,他这才松口气。输液管从床边的铁架上垂下,插在他的鼻子和嘴里。

护士

你在这儿干什么?!

迈克尔被惊到,从床边跳起来。回身发现是护士。

护士

现在已经过了探视时间,你不能在这儿。

迈克尔

我是迈克尔·柯里昂——这是我父亲。这里一个人也没有。那些守卫呢?

护士把他推开,检查一下柯里昂的情况。

护士

你父亲有太多访客了。这干扰到了医院的正常秩序。十分钟前警察让他们走了。

迈克尔快步走向电话,拿起电话拨号。

迈克尔

（对着电话说）

呃……给我打……请帮我转，长滩，4、5、6、2、0。

（对护士说）

护士！等一下。别走。

（对着电话说）

桑尼，我是迈克尔。我现在在医院。

桑尼的声音

（电话里）

嗯。

迈克尔

听着，我很晚才来医院，这里一个人都没有。

桑尼的声音

（电话里）

什么，一个人都没有？

迈克尔

没有人。没有泰西欧的人，没有警探，没有保镖。就爸一个人。

桑尼的声音

（电话里）

别慌。我们这就派人过去。

演员与剧组：教父选角

《教父》领衔主演的选角之争非常激烈。非常多男演员都前来试镜，包括欧内斯特·博格宁（Ernest Borgnine）、安东尼·奎因（Anthony Quinn）、拉夫·瓦洛内（Raf Vallone）。几乎所有在世的稍微年长些的意大利裔男演员都被考虑过一轮。有两名男演员一直在竞争之中，但最后只出演了本片中较小的角色，他们分别是理查德·康特（Richard Conte，饰演巴尔齐尼）和约翰·马利（饰演好莱坞大亨沃尔兹），后者还参演了派拉蒙影业极度成功的影片《爱情故事》。埃文斯一度属意索菲亚·洛伦（Sophia Loren）的丈夫——制片人卡洛·蓬蒂（Carlo Ponti）来出演教父这一角色。但科波拉指出蓬蒂说话像个意大利人而非纽约人。此外，蓬蒂也毫无名气。乔治·C·斯科特（George C. Scott）也曾进入过最后的决选名单。甚至有传闻说弗兰克·辛纳屈也想饰演这一角色。当然，最终马龙·白兰度在派拉蒙的极力反对下，依然拿到了男主角。这一角色让他获得了一座奥斯卡小金人，并在影史中获得一席之地。

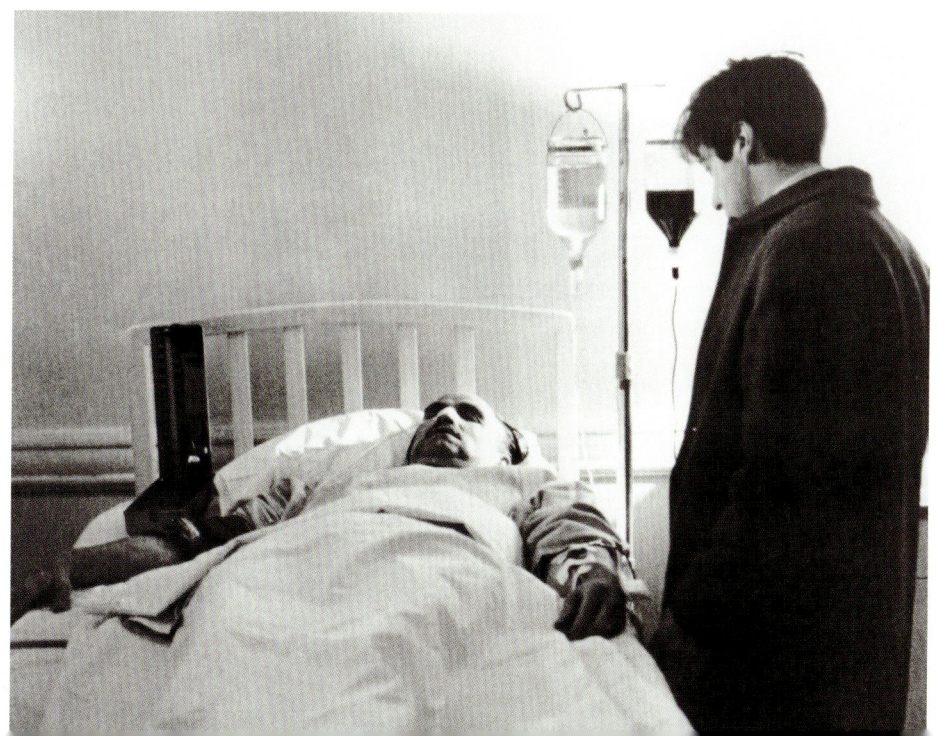

穿帮

如果观众足够仔细地看迈克尔和护士转移柯里昂这场戏的话，会发现当病床撞到门框时，白兰度猛然抽回了他的手。

拍摄细节

迈克尔医院探望父亲这场戏是马龙·白兰度拍摄的第一场戏——4月12日。白兰度错过了飞机，下午2点才到拍摄现场，对于拍摄来说已然太晚了，因为演员还要单独进行两到三个小时的面部化妆。后据罗伯特·埃文斯回忆，派拉蒙因多占用了白兰度不少时间向他寄了一张12 000美元的支票，白兰度打电话说他们多给了4 000美元，因为他曾误了一天的拍摄，他问多出来的钱要回寄到哪儿。

演员与剧组：聚焦马龙·白兰度

"帕西诺和白兰度在医院这场戏是在当天要结束的时候拍的。他们先是拍了主镜头，然后又拍了马龙·白兰度只睁眼不说话的反应镜头。然后他们转过身去，当天的最后一个镜头应该是迈克尔说话：'爸，就在这儿躺着……'我告诉马龙：'如果你不想带妆可以去卸妆，因为这个镜头不会带到你。'但他回应道：'我不能这么做。作为迈克尔的父亲，我必须躺在这儿。'他懂其他演员需要什么：演员可能需要对手戏演员的反应。如果帕西诺有一个很严肃的反应镜头，那么马龙就不会更衣卸妆，他就是这样的人。他可能确实非常自私，但对于他在乎的人，或是对于他尊重的人，他会全力配合。他对别的演员非常好。当我问他要不要卸妆时，他是非常惊讶的。他这种反应纯出自然。"

——迪克·史密斯，化装师

改编与删减

普佐原著小说中，迈克尔还说了一些话："有人想杀你，知道吗？但是我在这儿，所以别害怕。"而柯里昂回应道："我现在为什么要害怕？从12岁起就不停有陌生人要来杀我。"在科波拉的笔记中，他对于如何拿捏这段对白有些疑问："柯里昂应不应该讲话？或许像《五支歌》（*Five Easy Pieces*）里面那样更好——只是单向的对话，柯里昂只要睁开眼睛。"

迈克尔

（有些恼火，但是他压制着）

我不会慌的。

迈克尔挂上电话，检查一下门框。

护士

对不起，但是你必须得离开这儿。

迈克尔

嗯……你和我一起——把我父亲移到另一个房间。现在你可以把输液管先拔了吗？这样我们好把床移出去。

护士

这不可能！

迈克尔

你认识我父亲吧？有人就要来这儿杀他。你懂吗？请帮帮忙。

室内夜间：医院四层

他们在走廊里轻轻推着床、输液架和输液管。观众听见有上楼的脚步声音。他们把床推进最近的一间空房。迈克尔从门口往外望去。观众看见一组空空荡荡的医院走廊的蒙太奇。脚步声渐大，然后一个人影出现了。上楼的男人手里拿着一束花。

迈克尔

（走出去）

你是谁？

恩佐

我是恩佐——那个糕点师。您还记得我吗？

迈克尔

恩佐。

恩佐

是我，恩佐。

迈克尔

你最好别待在这儿，恩佐，这里马上要有麻烦。

恩佐

如果有麻烦，我留下来帮您。为了报答您的父亲，为了报答他。

迈克尔想了想。他意识到自己现在最需要的就是帮手。

马龙·白兰度的第一天现场拍摄

迈克尔

好吧,听着。你在外面等我,就站在医院门口。知道了吗? 我一会儿就过来。你先去。

恩佐

好的,好的。

<u>室内夜间: 柯里昂的第二个病房</u>

<u>恩佐</u>和<u>迈克尔</u>分开行动。迈克尔回到安置<u>父亲</u>的那间病房。

迈克尔

(轻声说)

爸,就在这儿躺着。我会照顾你的。我现在陪着你。和你在一起。

迈克尔看着老头子，温柔地摸着他的头。柯里昂的眼睛睁开了，不过说不出话。迈克尔亲吻他的手；柯里昂笑了，眼中噙泪。

室内夜间：医院走廊

迈克尔回身穿过走廊。

室外夜间：柯里昂所在医院大街

医院外面空空荡荡，只有恩佐一个人紧张地站着，手里拿着的花束是他唯一的武器。迈克尔走出医院大门向他走去。迈克尔拿过花束，把它扔到楼梯一边。

迈克尔

　　把这些花扔掉。过来。把手放进口袋里，假装口袋里有枪。

迈克尔把恩佐的衣领竖起来，然后又竖起自己的衣领。

迈克尔

　　会没事的。

医院外侧圣诞装饰灯还是不停闪着。

迈克尔

　　（呼着气）
　　会没事的。

观众听见一辆汽车开过来的声音。迈克尔和恩佐眼里充满恐惧。迈克尔用手摁住恩佐的胸口好让他镇定。他们站在那里，手伸在口袋里。一辆长长的黑色汽车转过街角，从他们面前驶过。车里的人往外窥视。迈克尔和恩佐两人一脸严峻、冷漠。迈克尔解开外套，把手伸进去。这辆车眼看着要停，又加速开走。迈克尔和恩佐松了一口气。

迈克尔

　　你干得不错。

恩佐掏出一支烟。迈克尔向下看，这位糕点师的手在颤抖。迈克尔帮他点着火，他的手很稳。过了一会儿，观众听见远远的地方传来警笛鸣响。警车显然是冲着医院来的，警笛声愈来愈响。迈克尔如释重负地松了一口气。一辆巡逻车一个急转停在医院门口；后面还跟着两组车，车上都是穿着制服的警察和警探。

迈克尔走向他们。两个身形魁梧的警察突然抓住他的两只胳膊，另一个警察给他搜身。一个大块头的警长走下车，他头上的帽子镶着金色穗带，闪着一块明晃晃的警徽。警长的面色发红，线条硬朗，头发斑白，看上去异常愤怒。他就是麦克拉斯基。

> **穿帮**
>
> 与恩佐的这场戏本来应该在贝利弗医院（Bellevue Hospital Center）拍摄，但是因为帕西诺扭伤了踝关节韧带必须去医院，他们当天无法拍完这场戏。这场戏最终是在好莱坞片场拍的。这就导致这里出现了穿帮的问题：恩佐手中的花本来是粉色康乃馨和满天星，在外景中却变成了橙色的康乃馨。

麦克拉斯基

我以为我早把你们这帮小混混都给抓了。你他妈在这儿干吗？

迈克尔审视着麦克拉斯基。

迈克尔

那些保护我父亲的人呢，警长？

麦克拉斯基

（暴怒地）

你这个小混蛋！你他妈到底是在干吗，竟敢管我的公务？！是我把人给撤了，啊？现在你给我滚蛋——别再靠近这家医院。

迈克尔

你不派人保护我父亲的病房，我是不会走的。

麦克拉斯基

菲尔，把他带走！

站在麦克拉斯基身旁的另一个警察。

桑尼·格罗索，右二

演员与剧组：桑尼·格罗索

桑尼·格罗索在片中饰演了一个没上演员表的警察角色，并且只有一句台词"这小子没犯过事，警长"。在一次采访中，他爆料说，这个镜头每拍一次他的声音都会提高一些。拍了15次之后，科波拉把他拉到一边，特意跟他说："你在演一个警察，是吧？"格罗索不是职业演员，做演员格外有压力，因为作为警探的他只能抽出三个小时来现场拍片。他把这种感觉比作很晚的时候突然到了一个停车场："你临到了某个节点，自己几乎喊不出声来，我的喉咙和声带都堵住了。"这份经验让他非常敬佩那些演员和他们每日的工作。

威廉·弗里德金（William Friedkin）把格罗索介绍给他的朋友科波拉，格罗索就此以这么小小一个临时演员的身份在《教父》中出演了警察角色。弗里德金当时正在给另一部关于纽约警探埃迪·埃甘（Eddie Egan）和搭档桑尼·格罗索的电影《法国贩毒网》（The French Connection）收尾——这又是美国20世纪70年代电影复兴运动中一部标志性的作品。后来格罗索跟弗里德金提到自己在《教父》里的酬金比在《法国贩毒网》里都要多，弗里德金指出："那么，是我把你介绍给科波拉的呢，对吧？"

警探

这小子没犯过事，警长。他是个服役荣归的英雄，他从来没掺和过非法的勾当。

麦克拉斯基

（暴怒着跟警探同时说话）

混账！我说了，把他带走！

迈克尔

（故意冲着麦克拉斯基的脸说，此时他的手被反铐着）

那个土耳其佬花多少钱收买你来害死我爸爸，警长？

麦克拉斯基

把他抓牢了！让他站好！让他站直！

<u>麦克拉斯基向后稍稍侧身，然后用他所有力气和重量向迈克尔下巴上结结实实砸上一拳。迈克尔惨叫一声，倒在地上，就在此时黑根和克莱门扎来了。黑根扶着迈克尔，身后一队柯里昂家族雇来的人冲进医院。</u>

黑根

我是柯里昂家族的律师。这些人都是私家侦探，受雇来保护维托·柯里昂。他们都有持枪执照。如果你要干涉的话，那么明早我们法庭上见。

麦克拉斯基

好吧，放他走。走吧。

<u>镜头溶至：</u>

<u>室外白天：庄园</u>

<u>俯拍柯里昂庄园</u>。门口横着一辆长长的黑色轿车。<u>打手们</u>都各自严守岗位；靠近院子的房门口也站着人。很明显战争升级了。一辆车停下来，<u>克莱门扎、兰波内、迈克尔和黑根</u>走下车。<u>迈克尔</u>的下巴紧绷着。他抬头看看阳台。我们可以看见有人拿着来复枪。他们一直在走动。<u>泰西欧</u>来到他们近前。很多<u>保镖</u>看着都很眼生。

克莱门扎

这些新面孔是怎么回事？

泰西欧

我们现在需要他们。出了医院这事儿后，桑尼气疯了。我们今天凌晨四点干掉了布鲁诺·塔塔里亚。

克莱门扎

真要命！

（摇了摇头）

这里看上去像个碉堡。

<u>室内白天：柯里昂的办公室</u>

<u>桑尼在柯里昂的办公室里</u>。他异常激动，满脸亢奋。

桑尼

（向黑根）

汤姆你瞧瞧！嘿，一百多号打手在街上巡逻，一天24小时。那个土耳其佬但凡敢露出一根汗毛，他就死定了，相信我。

<u>桑尼拍了拍黑根</u>的臀部。他看到<u>迈克尔</u>，仔细查看他肿胀的脸。

桑尼

嘿，迈克尔，过来。让我看看你。你真帅，真帅。帅呆了。

（拍拍<u>迈克尔</u>的臀部）

嘿，听着：土耳其佬想聊聊。好家伙，这混蛋也知道怕了，啊？昨晚失了手，今天就想要面谈。

黑根

他怎么说？

戈登·威利斯和剧组成员在脚手架上拍摄"碉堡"的全景俯拍镜头

桑尼

他怎么说。吧啦吧啦,嘟啵嘟啵,叨叨叨,哔哔哔。他让我们派迈克尔去听听他那边提的条件,说这条件好到我们无法拒绝,哈!

黑根

那布鲁诺·塔塔里亚怎么办?

桑尼

这也是条件的一部分,用布鲁诺的死抵消他们对老爹下毒手的事。

黑根

桑尼,我们应该听听他们怎么说。

桑尼

不不不!不要再听了!这次不行,我的参谋大人。不要再安排什么会面,什么讨论,不要再上索洛佐的当。我就给他们传达一条信息:我要索洛佐。如果不给,那就是全面战争,我们已经做好全面开仗的准备了!

黑根

（跟桑尼同时说话）

桑尼！其他家族是不会对全面战争坐视不管的！

桑尼

（跟黑根同时说话）

那他们就交出索洛佐！

黑根

（跟桑尼同时说话）

你父亲不会愿意听到这个！这是生意，不是私人恩怨。

桑尼

（跟黑根同时说话）

他们对我爸开枪——这他妈是什么生意！

黑根

（跟桑尼同时说话）

即便对你父亲开枪，这也是生意，不是私人恩怨，桑尼！

桑尼

那好啊，生意也要有代价，对吧？听着，帮我个忙，汤姆。别再出主意想着怎么和解了。就帮我打赢这一仗，求求你了。行吗？

桑尼坐下来。

黑根

那个打迈克尔下巴的麦克拉斯基警长我查出来了。

桑尼

他什么情况？

黑根

他肯定是索洛佐定期贿赂的对象，而且钱不会少。看到了？现在麦克拉斯基同意做土耳其佬的保镖。你得搞清楚，桑尼，如果有这么一个人这样保护索洛佐，那么他就是不能碰的。直到现在，还没有人枪杀过一个纽约警长。从没有过。这会是灾难性的。所有五大家族的人都会来对付你，桑尼；柯里昂家族会成为众矢之的！甚至老头子的那些政治保护也会无影无踪！所以你帮帮忙——好好考虑考虑。

桑尼

（叹了口气）

好吧。那我们等等看。

迈克尔

我们不能等。

> "这一幕要拍得像伯格曼的手笔……从一个人物开始拍,让其余对话的进行都在镜头之外,然后镜头移到下一个人,最后镜头把这一圈都转到了。"
> ——科波拉的《〈教父〉笔记本》

 幕后

桑尼手中的手杖可能是柯里昂的道具,但也可能是阿尔·帕西诺的东西。在拍摄帕西诺射杀了索洛佐和麦克拉斯基之后从路易餐厅遁走的戏时,帕西诺扭伤了踝关节,所以他有阵子只能瘸着腿。

桑尼

什么?

迈克尔

我们不能等。

迈克尔

我不在乎索洛佐说的条件是怎样的,他会置爸爸于死地,就是这样。这对他来说才是关键。所以必须要干掉索洛佐。

克莱门扎

迈克是对的。

桑尼

那我来问你……麦克拉斯基怎么办?我们怎么对付那个警察?

镜头在迈克尔说话时,慢慢变焦推上去。

迈克尔

他们想跟我会面,对吧?现场会有我、麦克拉斯基和索洛佐。那就见面吧。让我们的人查清楚会面安排在哪儿。我们一定要咬死会面地点是一个公共场合——酒吧、餐厅——有人的地方,这样我才觉得安全。我一见到他们,他们就会先搜身,对吧?所以我身上不能带武器。但是如果克莱门扎能想个办法,把武器预先安置在餐厅里,我就能把他们俩都干掉。

屋子里每个人都震惊了,他们全都看着迈克尔。沉默。克莱门扎突然大笑起来。桑尼和泰西欧也跟着笑。只有黑根一脸严肃。

桑尼走向迈克尔,弯下腰。

桑尼

嘿，然后你怎么办呢？乖乖的大学生，啊？你不是不想掺和进这些家族事务吗，嗯？你现在想一枪把那个警长崩了，怎么，就因为他稍微打了你一耳光？啊？你以为这是什么，在军队里，可以在一英里外开枪？你必须离他们这么近——吧嗒，砰！他们的脑浆会溅到你漂亮的常春藤校服上。

 意大利文化

詹姆斯·卡安用他和真正的黑手党成员打交道的经验打磨自己在片中言行举止方面的表演。桑尼在此处的措辞，启发了后来的《黑道家族》（*The Sopranos*）中的脱衣舞俱乐部的名字：Bada Bing!

改编与删减

普佐的原著小说中对桑尼·柯里昂的刻画更加细致一些,而不是电影中这样纯是头脑发热。当迈克尔不满桑尼嘲笑他时,桑尼一针见血地说:"我知道你办得到。我不是笑你说的话。我是在笑事情怎么变成这样了。我一直都说你是我们全家最强硬的一个人,比爸还强硬。你是我们当中唯一能跟老头子分庭抗礼的人。"

改编与删减

在普佐的原著小说中,为生意还是为私人恩怨的这段对话呈现出了不同的基调。迈克尔更直接地强调了自己在家族中的地位,他挑战了家族内"只是生意"的论调:"这都是私人的,包括所有的生意。每个人每天遇上的每件糟心事,都是私事。他们把这叫作生意。好吧。但这他妈绝对是私事。你知道我这是从谁那儿学来的吗?就是爸爸。我们的老头子。教父大人。如果一道闪电击中了老头子的朋友,他会把这当成私事。我去参加海军,他也当这是私事。这就是他伟大的地方。伟大的柯里昂阁下。他把所有事儿都当成私事。就像上帝那样。"

过来。

迈克尔抬起手做出防守的姿势。桑尼狠狠地亲吻迈克尔的额头。

迈克尔

(跟桑尼同时说话)

桑尼!

桑尼

兄弟!你把这个当成私人恩怨了。汤姆,这可是生意,可这家伙把它纯粹当成了私人恩怨。

迈克尔

有谁说不能杀警察了?

黑根

(笑了笑)

得了吧,小迈克!

迈克尔

汤姆,先听我说。我说的是一个掺和毒品买卖的警察。我在说一个——一个坏警察,一个干着不法勾当、罪有应得的警察。这是个很棒的故事。我们在报社也有人,是吧,汤姆?

(黑根点点头)

他们或许会喜欢这故事。

黑根

他们可能喜欢,但只是可能。

迈克尔

这不是什么私人恩怨,桑尼。这绝对是生意。

室内白天:克莱门扎的地下室小屋

一个左轮手枪的特写镜头。

克莱门扎

这枪来路很隐蔽。查不出来源的,所以你不必担心弹道指纹,迈克。我在扳机和枪座的地方用了特别的胶带。来,试试。

他把枪交给另一双手。

"我觉得这一场戏要有家那种温暖的感觉;就像你最喜欢的叔叔在他自己的作坊里,跟你解释要这么做,要那么做。唯一不同的是,他在解释如何杀一个人。"——科波拉的《〈教父〉笔记本》

> 🎬 **穿帮**
> 在指导迈克尔时,克莱门扎本来在嘴里的香烟突然跳到了他手上。

克莱门扎

怎么了,扳机太紧了?

枪开火了,非常响。

<u>迈克尔</u>一个人和<u>克莱门扎</u>在地下室作坊里。

迈克尔

天哪(Marone),我的耳朵。

克莱门扎

是,我故意没消声,这样能吓走那些麻烦的无辜过路人。好,你把他们俩都杀了,现在,你该怎么办?

迈克尔

坐下来,把饭吃完。

克莱门扎

好了,孩子,别开玩笑。你就让手自然地垂下来,然后让枪滑到地上。所有人都觉得你还拿着枪。他们会盯着你的脸看,迈克。所以尽快走出去,但别跑。别直视任何人的眼睛,但也别躲眼神。嘿,相信我,他们非常害怕你,都不敢动,所以你不用担心任何事。然后,你就可以全身而退了。你去度一个长假——没人知道你在哪儿——我们会善后。

迈克尔

事情最坏会怎样?

克莱门扎

会非常糟糕。可能所有别的家族都会联合起来对付我们。这也没什么。这样的事每五年总会来一次——有时是十年——能平息仇怨。上次开战已经是十年前了。明白吗,你得先发制人,就好比他们在慕尼黑审判时就该断了希特勒的路,绝不该让他逃脱。他们就是在自找麻烦。知道吗,迈克,我们都很为你骄傲。你一直都是一个英雄。你父亲也是。

<u>迈克尔</u>拿回枪,练习如何扣动扳机。

<u>室内夜间:柯里昂家的客厅</u>

<u>泰西欧</u>、<u>桑尼</u>、<u>克莱门扎</u>和<u>兰波内</u>都拿着白色的中餐外卖盒吃饭。<u>迈克尔</u>一个人抽着烟。<u>黑根</u>走进来。

黑根

什么都打听不出来。一点信儿都没有。完全没有。索洛佐手下的人都不知道会面被安排在哪里。

迈克尔

还有多久?

桑尼

他们一个半小时之后在杰克·登普西饭店（Jack Dempsey's）门口接你。整整一个半小时之后。

克莱门扎

我们可以派人跟着，看他们去哪儿。

桑尼

索洛佐会在街区来回绕道，甩掉我们的人。

黑根

中间人怎么样了？

克莱门扎

已经来我的地盘了，在和我的人玩牌。他很开心，我的人一直让他赢。

黑根

对迈克来说太危险了，我们或许应该取消会面，桑尼。

改编与删减

《教父》小说解释了黑根所谓的"中间人"指什么。卜启丘家族（Bocchicchio Family）曾是西西里黑帮特别残暴的一个分支，在美国却成了和平经纪人。他们利用最宝贵的财富——荣誉与残暴——来行使一项特殊职能。黑帮开战时，如果各家族首脑要谈判解决问题，他们就会让卜启丘家族安排人质。比如，迈克尔联系索洛佐时，一个卜启丘家族成员（由索洛佐支付费用）就会待在柯里昂家。如果索洛佐杀掉迈克尔的话，那么柯里昂家族就会相应杀掉卜启丘家族的这名人质。然后，卜启丘家族就会对索洛佐展开报复，作为对同族人之死的复仇。他们非常原始，也没什么能阻止他们复仇，所以拥有一名卜启丘家族人质是一种终极保险。在小说中，后来恰好是一位已经被判死刑的卜启丘家族成员为索洛佐的谋杀案承担了责任，让迈克尔得以返回美国。

克莱门扎
让中间人一直玩牌,迈克尔平平安安回来再放他走。

桑尼
为什么不干脆让迈克尔直接开枪干掉车上的人?

克莱门扎
那样太危险,他们也防着这一手呢。

黑根
索洛佐本人可能根本就不在车里,桑尼!

电话铃响。

桑尼
我去接。
  (赶紧去接电话)
是,是。好的,多谢了。
  (挂电话,回到桌边)
布朗克斯的路易餐厅。

黑根
可靠吗?

桑尼
我们在麦克拉斯基警局里的线人告诉我的。警长必须24小时待命。他8点到10点外出,并留了路易餐厅的电话。有人认识那地方吗?

泰西欧
嗯,我知道。那里对我们来讲非常完美。是那种很小、家庭氛围很浓的地方,东西也很好吃。大家都各顾各的。完美的地方。彼得,他们那儿是老式厕所,你见过的,有水箱和冲水链的那种。或许我们可以把枪粘在水箱后面。

克莱门扎
好的。迈克,你到了餐厅,一边吃一边聊着,放松点儿。你也让他们放松下来。然后你起身,说要去上厕所。不过,你最好征得他们的同意再去。然后你回来时,就直接爆了他们,别冒失。两枪都直接打头。

桑尼
听着,我要一个好手去办这件事,我是说,真正的好手,去藏枪。我可不希望我弟弟从厕所出来后,唯一的枪是他裆里那把,听到了?

克莱门扎
枪肯定会在那儿的。

 **幕后**
科波拉在此处特意加入了一桌人用白色中式餐盒吃外卖的细节——这也是他的童年回忆。

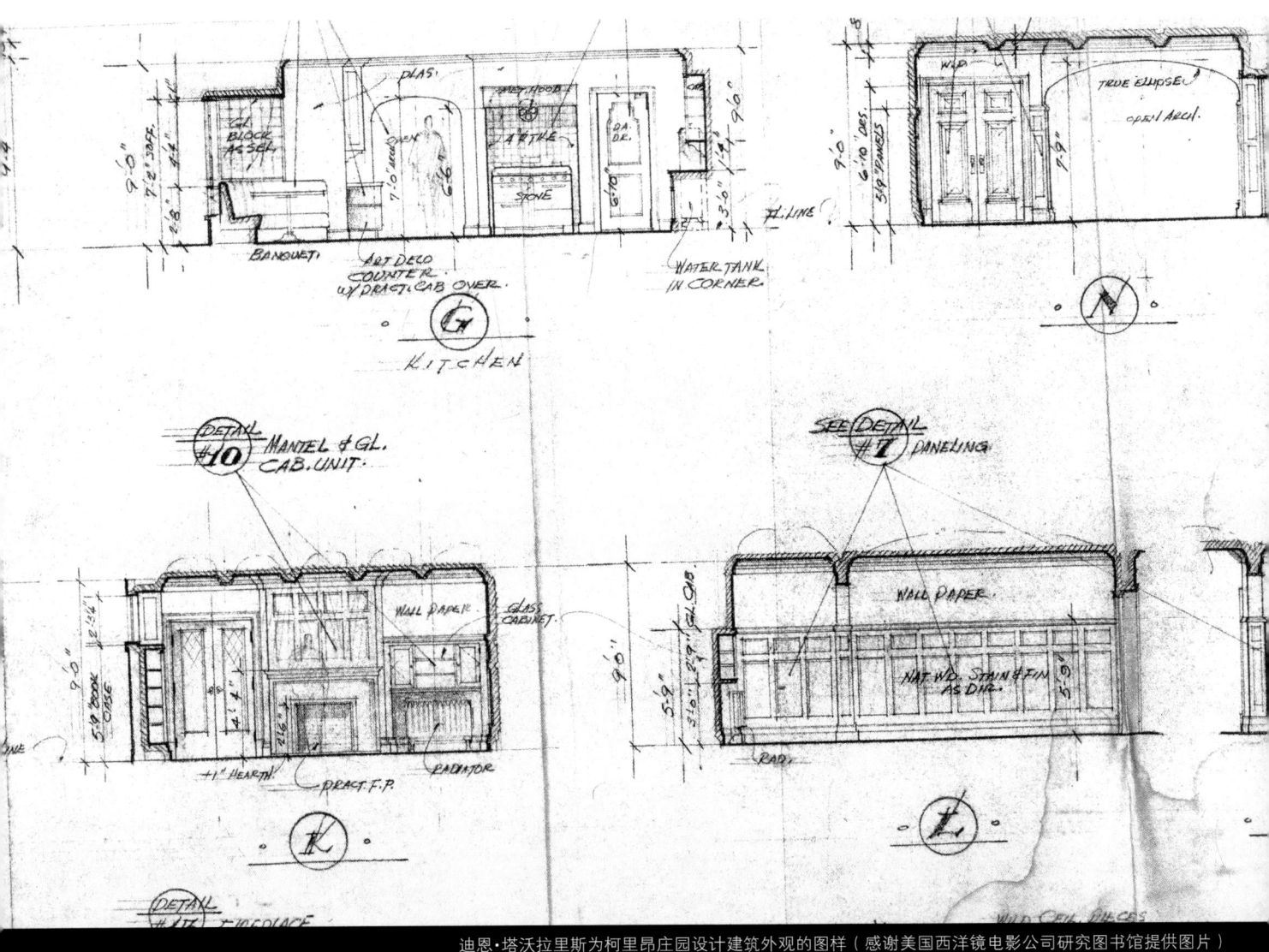

迪恩·塔沃拉里斯为柯里昂庄园设计建筑外观的图样（感谢美国西洋镜电影公司研究图书馆提供图片）

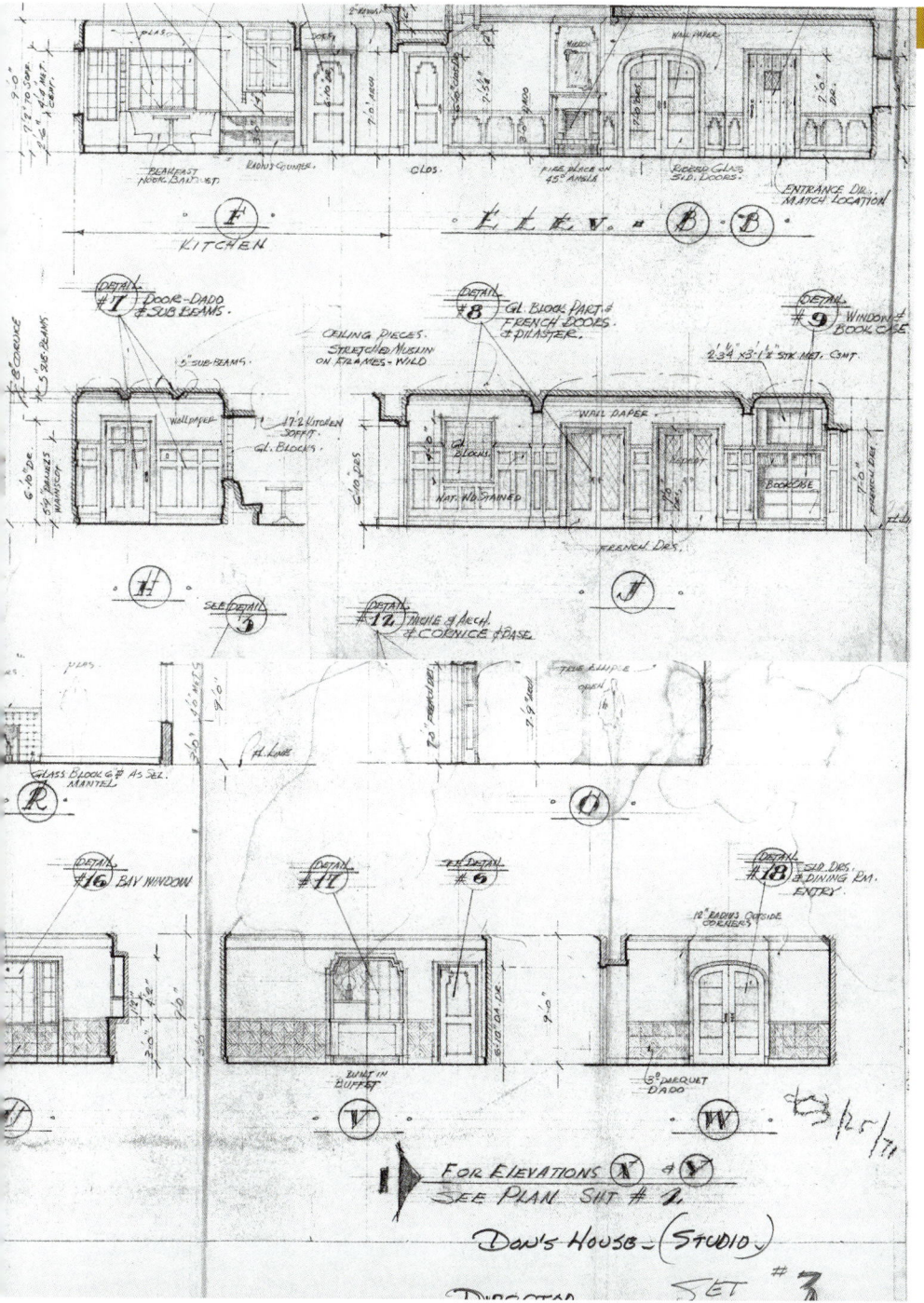

演员与剧组：迪恩·塔沃拉里斯

"这个人如此有发明创造之才，令人难以相信。"
——阿瑟·佩恩，《邦妮和克莱德》导演1997年接受《综艺》采访时如此评价迪恩·塔沃拉里斯

电影《小巨人》和《邦妮和克莱德》的电影感给科波拉留下了深刻的印象，所以他选定迪恩·塔沃拉里斯来为《教父》设计布景。这次合作从各个层面说都是成功的。"电影场景对于观众及其口味而言，就犹如浓鱼汤一般，"摄影师戈登·威利斯在接受《综艺》采访时这么说，"在我很早和迪恩合作《教父》时，我就觉察到迪恩有着完美的感知力和绝佳的品位。他真的是物超所值，他搭出那些无与伦比的布景，让我可以尽情拍摄。"

美术师是电影世界的建筑师，负责打造电影的视觉呈现——基本上除了演员，其他银幕上能看到的地方都由他们来完成。塔沃拉里斯对待《教父》的场景设计非常小心仔细。他不辞辛劳地精确还原20世纪40年代的质感，让演员们置身其间仿佛身临其境。在开场戏中，他的布景（以及威利斯的摄影）在轻松明快的婚礼气氛与沉重的柯里昂书房之间，营造出一种极度强烈的对比。木质装饰的书房非常暗，带一点粉色调，就仿佛教堂，科波拉希望唤起观众离开教堂时那种获得活力的感觉，于是他把婚礼打造成充满反差的明亮、阳光、喜庆的氛围。唐·柯里昂书房中的所有场景，都让我们感受到旁边的婚礼如同另一个世界——透过百叶窗的光溜进房间，富于活力的音乐侵入安静、昏沉的房内空间。

塔沃拉里斯之后成了科波拉最信任的美术师，参与了几乎他的每一部电影。甚至在拍摄《现代启示录》（Apocalypse Now）时塔沃拉里斯还认识了他后来的妻子，她饰演了一个角色，但在后期时被剪掉了。他同时也与许多知名导演共事，比如米开朗基罗·安东尼奥尼（Michelangelo Antonioni）、维姆·文德斯（Wim Wenders）、沃伦·比提（Warren Beatty）和罗曼·波兰斯基（Roman Polanski）。他五次获得奥斯卡奖提名，最终凭借《教父2》中将一整条纽约街道改观成20世纪早期的样貌而获奖。2007年，塔沃拉里斯在第11届年度美术指导工会（Art Directors Guild）颁奖礼中获得终生成就奖。

121

 拍摄细节

接迈克尔这一幕是在位于曼哈顿百老汇第49街和第50街之间的杰克·登普西餐厅（如今餐厅已经不在了）门口拍摄的。这是一个非常美国化的餐厅，位于原麦迪逊广场公园对面的老车库所在地，所有者是世界重量级拳王杰克·登普西（Jack Dempsey）。餐厅在1935年到1974年间开业，登普西本人经常在此招待赞助商。这场戏拍完后，一些剧组成员留下了在吧台喝酒。

 改编与删减

科波拉原本希望迈克尔站在时代广场骆驼牌香烟广告牌下等待索洛佐他们，但是因为经费问题，这一构思最终未能达成。据传闻光是重建骆驼牌香烟广告牌这一著名街标就要花费5 000美元。在原著小说中，也正如最终电影中所呈现的那样，迈克尔就是在杰克·登普西餐厅的招牌下等待车来。

幕后

车内的镜头拍摄于一个空荡荡的摄影棚内（车子也并没有动）。

桑尼

好的。
　　（对<u>泰西欧</u>）
听着，你开车带他去，然后办完事你去接他，好吗？

克莱门扎

就这样。开动。
他们全都起身走向门口。<u>黑根帮迈克尔穿上大衣</u>。<u>桑尼搂着迈克尔</u>。

桑尼

他告诉你怎么立马丢掉枪了吗？

迈克尔

快讲了一百万遍了。

克莱门扎

切记，两枪爆头，从厕所出来立马动手，好吧？

迈克尔

　　（向<u>桑尼</u>）
你觉得我过多久才能回来？

桑尼

至少一年，迈克。
　　（温暖地）
听着，我会转告妈妈，说你来不及跟她告别了。等风头过去，我也会给你女朋友带个信。

<u>桑尼</u>和<u>迈克尔</u>拥抱。<u>迈克尔吻了一下桑尼</u>。

桑尼

多保重，啊？

迈克尔和黑根拥抱。

黑根

多保重，迈克。

迈克尔

汤姆……

迈克尔出门。

镜头溶至：

室外夜间：杰克·登普西餐厅

后景处是巨大的"杰克·登普西餐厅"招牌。下面站着迈克尔，穿着厚厚的外套。一辆黑色长车在他身前慢慢停下来。司机俯身打开门。迈克尔坐进去后，车便开走。

室内夜间：索洛佐的车中

车中，索洛佐从后座伸出手拍拍迈克尔的肩头。麦克拉斯基坐在索洛佐身边。

索洛佐

很高兴你能来，迈克。我希望我们能把问题解决。我知道，现在情况很糟糕。我并不想搞成这个局面。不应该发生这种事的。

迈克尔

我们今晚就把问题彻底解决。我不想让我父亲再烦心了。

索洛佐

他不会烦心了，迈克，我以我孩子的名义起誓他不会了。但我们在谈时，你得有一个开放的态度。我是说，我希望你不会像你哥哥桑尼那样头脑发热。跟他完全没法谈生意。（说意大利语）

后座上的麦克拉斯基伸手跟迈克尔握手。

麦克拉斯基

啊，他是个好孩子。那天晚上的事情对不起，迈克。我得搜一下你的身，转过来，好吧？你面向我跪在座位上。

迈克尔脱下帽子，转过身。麦克拉斯基把迈克尔上上下下好好搜查一遍。

麦克拉斯基

干这一行，我上岁数了，容易发脾气，受不了别人招惹。你明白那种滋味吧。他身上没带家伙。

迈克尔又把帽子戴回去。

幕后

"多数包含警察和卧底的戏拍摄前一晚，弗朗西斯都会找我讨论。在拍车内这场戏时，我听斯特林（海登）说：'我们为什么不咨询一下专家？'他们想知道要如何在车里给帕西诺搜身。我想说'从没有人在车上给对方搜身'，但我还是试着完成我作为技术顾问的工作，所以我也就试着去做了。我坐在帕西诺身后，他坐在前排，斯特林坐在我边上，而司机（是我邻居家的一个孩子）坐在方向盘后。我真是想叫出来：'我也不知道怎么搜啊！'多数警察搜身都是很即兴的，所以我告诉帕西诺'转过来，跪在座位上，手举起来'。我把他从头搜到腰部，他的手就搭在前座上，然后我让司机去搜他的腿部和脚踝处。"

——桑尼·格罗索，给迈克尔进行那次奇怪搜身的技术顾问

拍摄细节

索洛佐车内这场戏拍摄于皇后区大桥（Queensboro Bridge），即因西蒙和加丰克尔（Simon & Garfunkel）的歌《第59街大桥》（Feelin' Groovy）而闻名的第59街大桥，许多电影场景、电视剧和书都会提到这座桥。第59街大桥横跨纽约东河，连接曼哈顿与皇后区，然而剧情说他们是去往新泽西，所以，实际上他们应该开在横跨哈德逊河连接曼哈顿与新泽西的乔治·华盛顿大桥（George Washington Bridge）上。

拍摄细节

路易餐厅事实上就是老月光餐厅（Old Luna Restaurant），位于纽约布朗克斯区临近冈希尔路（Gun Hill）的怀特普莱恩斯路（White Plains）。餐厅的窗户被遮挡住以防止白天的光线和围观群众入镜。餐馆老板和他的太太在片中饰演他们本人，科波拉的父母饰演餐厅客人。这段戏每拍一遍，所有的饭菜都要重新准备，地板上的血迹也要全部擦掉。餐厅实际上非常靠近高架轻轨，在这幕戏中，高架轻轨撞击轨道产生了非常刺耳和令人难忘的声效。在前期筹备会上，科波拉、塔沃拉里斯、威利斯和服装设计指导约翰尼·约翰斯顿（Johnny Johnston）提出可以使用这种特殊声效的主意。但是，塔沃拉里斯原本是建议在桑尼暴打卡洛的段落中使用布鲁克林高架轻轨的声音。塔沃拉里斯说："餐厅枪杀这一段落的整个构思都使它非常骇人——其缓慢、深思熟虑，以及谋杀的专业性。"

室内夜间：索洛佐的车中，西区高速

迈克尔看了一眼司机，然后又看看前方，想知道他们要去哪儿。车开上乔治·华盛顿大桥。迈克尔看上去很担心。

迈克尔

我们要去新泽西？

索洛佐

（狡猾地说）

或许吧。

室外夜间：索洛佐的车，行驶在乔治·华盛顿大桥上

汽车飞快地沿着华盛顿大桥开向新泽西。司机突然踩下刹车，掉转车头，车子急驶入回纽约的路上。车子急速加速，飞快地开回市内。

室内夜间：索洛佐的车中

索洛佐俯身靠向司机。

索洛佐

干得漂亮，洛。

迈克尔放松下来。

室外夜间：路易餐厅

车子在布朗克斯区一家家庭餐厅门口停下来："路易意式美国餐厅"。街上没有人。索洛佐、麦克拉斯基和迈克尔走下车；司机靠车站着。他们走入餐厅。

室内夜间：路易餐厅

这是一家很小的家庭餐厅，地板是马赛克镶砖。索洛佐、迈克尔和麦克拉斯基坐在餐厅中间一张很小的圆桌旁。餐厅里客人不多，有一两个侍者。餐厅内非常安静。

麦克拉斯基

这家馆子的意大利菜怎么样？

索洛佐

很不错。试试这里的小牛肉。城里最好的。

麦克拉斯基

那我就点这个了。

索洛佐

（向侍者）

快一点！（Capit!）

他们沉默着看着侍者打开瓶塞，倒满三杯酒。

索洛佐

（向侍者）

好了。

（向麦克拉斯基）

我要跟迈克用意大利语谈事。

麦克拉斯基

你们聊。

索洛佐用很快的西西里话开始交谈。迈克尔听得很仔细，时不时点头。然后迈克尔也用西西里话作答，索洛佐也继续在说。侍者时不时端上菜肴，侍者走近时他们都犹豫着暂停讨论，等他走远才再张口。迈克尔觉得用意大利语有点说不清楚，所以转用英语。

迈克尔

怎么说呢……（Come se diche...）

（用英语强调）

我想要的——对我来说最重要的——就是我需要一个保证：不再有任何谋害我父亲的企图。

索洛佐

我能保证你什么，迈克？我才是被追打的那个！我错过了机会。你把我看得太高了，孩子。我没那么聪明。我想要的，就是停战。

迈克尔看看索洛佐。然后他把脸扭向一旁，看上去心事重重。

迈克尔

我要去趟洗手间。可以吗？

演员与剧组：斯特林·海登

斯特林·海登本想做一名水手——16岁时，他逃出了家。在签约派拉蒙之前，他是一名帆船船员。1941年，他被公司称为"电影里最美的男人"。虽然他并不喜欢电影工作，但在接受《教父》中麦克拉斯基一角之前，他已经参演了超过40部电影——绝大部分都是西部片或黑色电影——其中包括著名的《夜阑人未静》(The Asphalt Jungle)、《奇爱博士》(Dr. Strangelove or: How I Learned to Stop Worrying and Love the Bomb)。据制片助理说，拍摄间隙，这位不走寻常路的海登只吃些水果，喝些牛奶，因为他本人只吃天然食品。他一直在读《亲爱的提奥》(Dear Theo)，这是凡·高写给弟弟的书信集。之后他就神秘地消失了。其实他是在外面散步，然后就在河边睡着了，直到有孩子朝他扔石头，他才醒过来。

演员与剧组：阿尔·莱蒂耶利

阿尔·莱蒂耶利（Al Lettieri，饰演索洛佐）的西西里话非常流利。

穿帮

餐厅这场戏有一处穿帮：餐厅领班嘴里衔着一个烟斗，但是镜头切到另一个角度时，烟斗不见了。

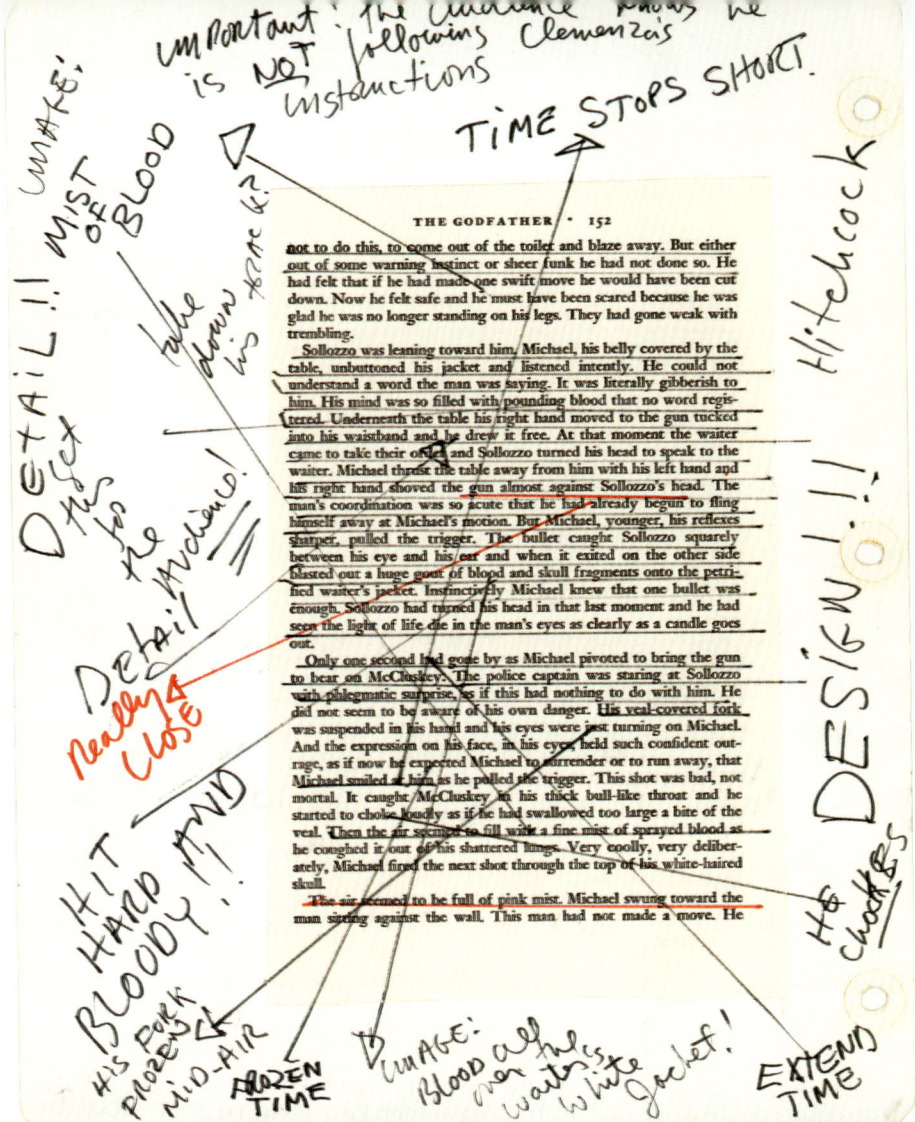

科波拉在他的笔记本中把增加这场戏紧张度的点全部罗列了出来

麦克拉斯基

你要去就去吧。

索洛佐有点怀疑。他用黑色的双眼仔细打量迈克尔。迈克尔起身，索洛佐用手摸了下迈克尔的大腿，又四下摸了摸，搜搜有没有武器。

麦克拉斯基

我搜过了，他身上没武器。

索洛佐

别去太久。

迈克尔平静地走进洗手间。

麦克拉斯基

我搜过的人至少上千个。

室内夜间：路易餐厅的洗手间

迈克尔走进小小的洗手间。然后他走向厕所隔间，这是一个老式厕所。他把手慢慢伸向水箱后面。他手摸不到枪，于是有些紧张。

室内夜间：路易餐厅

索洛佐和麦克拉斯基在餐厅内吃饭。麦克拉斯基回头看了一眼洗手间的方向。

室内夜间：路易餐厅的洗手间

迈克尔用手搜摸着，终于找到那支枪。他把它取下来。摸到枪让他放心不少。

室内夜间：路易餐厅

索洛佐和麦克拉斯基在餐厅内吃饭。麦克拉斯基回头又看了一眼洗手间方向。

室内夜间：路易餐厅的洗手间

迈克尔走出洗手间。他有些犹豫，手扶在前额，理一理头发。然后他走出去。我们听见高架轻轨的轰鸣。

室内夜间：路易餐厅

迈克尔在洗手间门口稍作犹豫，看向餐桌。麦克拉斯基在吃着他的意大利面和小牛排。索洛佐听见门响，回头看着迈克尔。迈克尔也看了他一眼。然后迈克尔走回餐桌，坐下来。索洛佐身体倾向迈克尔，迈克尔以舒服的坐姿坐着。桌子下面他的手开始解开西装。索洛佐又开始用西西里话跟他交谈，但是迈克尔的心剧烈跳动，以至于根本听不见索洛佐在说什么。镜头慢慢变焦推向迈克尔的脸，同时我们听见高架轻轨刹车时与轨道之间尖利的摩擦声。

"全片特效方面最重头的一场戏。"
——科波拉，前期筹备特效备忘录

幕后

帕西诺在跳上门口的车时,扭伤了脚踝——这一镜头最终也没出现在公映版中。显然司机接到的指示不是停下之后再让帕西诺上车。围观人群看到这一特技场面无不欢呼,可不幸的是帕西诺不得不休养数日才能开工,他不得不吃很多止痛药,用拐杖、轮椅和手杖代步。幸运的是,帕西诺靠餐馆这场戏给派拉蒙留下了深刻印象,终于他这个角色拿稳了。

突然之间,迈克尔没有任何征兆地站起身,举枪对着索洛佐的头。他扣动扳机,我们看到索洛佐的头直接被打爆,一阵血雾布满空中。

索洛佐似要慢慢地倒在地板上,他仿佛悬停在半空中。

迈克尔转过身,看着另一人。

麦克拉斯基僵住了,叉着小牛肉的叉子举在空中,来不及放入嘴中。

迈克尔开火,击中麦克拉斯基粗壮、鼓鼓的喉咙。空气中到处都是粉色的血雾。麦克拉斯基发出可怕的声音,仿佛嘴被堵住、喉咙被呛到一样。接着,迈克尔冷静而又从容地又一次开枪——这一次子弹击穿麦克拉斯基白惨惨的脑门。

麦克拉斯基从椅子上摔下来,带翻桌子。索洛佐仍然在座位上,桌子斜靠在他的身上。

迈克尔扭身看一眼站在洗手间墙根下的人。那人一动不敢动,仿佛瘫住一般。然后他张开双手,表示自己并没有武器。

迈克尔此时正处于极端情绪中。他开始动身。他的手仿佛僵住了,仍然抓着枪。

他向门口走去,枪还在手上。

迈克尔的脸冷若冰霜,毫无表情。

他快步走出餐厅。在出门前,他的手松开;枪一声闷响掉在地上。

迈克尔走出餐厅。

室外夜间:路易餐厅

索洛佐的车还停在门口。另一辆车驶过来,迈克尔跑上车。

室内夜间:路易餐厅

观众看到仿佛凝固了的谋杀现场,所有物件仿佛蜡像一般。

"拿到角色后,我早上四五点就醒了,走进厨房,开始发起愁来。"
——阿尔·帕西诺,《生活》(*Life*)杂志

演员与剧组：

阿尔·帕西诺

派拉蒙和弗朗西斯·福特·科波拉之间为由谁出演迈克尔·柯里昂一角进行了激烈的讨论。高层们希望由比较知名的演员出演迈克尔，比如沃伦·比蒂、杰克·尼科尔森（Jack Nicholson）或罗伯特·雷德福（Robert Redford）；所有的提议都被否决了。被考虑的名单里还包括汤米·李·琼斯（Tommy Lee Jones）。罗伯特·埃文斯非常看好瑞安·奥尼尔（Ryan O'Neal），他刚刚在派拉蒙大卖的电影《爱情故事》中有出色表现，而跟他演对手戏的就是埃文斯当时的夫人阿里·麦格劳。科波拉一直怀疑埃文斯那么喜欢奥尼尔是因为后者让他想起了他自己。查理·布卢多恩（派拉蒙母公司海湾与西部工业集团的一把手）要求起用查尔斯·布朗森（Charles Bronson），并认为他会给这一角色带来些不一样的东西。还有谣传说达斯汀·霍夫曼也对这一角色有兴趣，甚至在演员人选被确定之后，霍夫曼的名字还是被一再提起讨论。

在众多演员中，科波拉和选角导演弗雷德·鲁斯（Fred Roos）找了包括戴维·卡拉丹（David Carradine）、迪恩·斯托克韦尔（Dean Stockwell）、马丁·辛（Martin Sheen）、詹姆斯·卡安和罗伯特·德尼罗（Robert De Niro）在内的很多演员试镜。据一宗后来广泛流传的报道称，演员们在试镜迈克尔·柯里昂一角时，派拉蒙影业主席斯坦利·贾菲恼火地说："这真是我见过的最花瓶的一帮男演员。"

科波拉最心属的是当年还籍籍无名的31岁舞台剧演员阿尔·帕西诺来出演迈克尔·柯里昂一角。阿尔弗雷多·詹姆斯·帕西诺（Alfredo James Pacino）的祖父是如假包换的西西里人，他生于东哈勒姆（East Harlem），很小的时候便搬到了东布朗克斯（East Bronx）。高中辍学以后，他四处混迹了一段，没事便到处瞎溜达，换了一份又一份工作，总因为偷懒而被开除。但是表演激起了帕西诺的兴趣，他1966年加入了演员工作室（Actors Studio）。1968年，因为在《印第安人想要布朗克斯》（The Indian Wants the Bronx）中的出色表现获得了由《村声》杂志颁发的奥比奖（OBIE AWARD）最佳男演员，之后又凭借《老虎打领带吗？》（Does a Tiger Wear a Necktie?）获得了托尼奖最佳男配角。在《教父》选角时，他只在一部电影中担纲重要角色——就是当时还未上映的《毒海鸳鸯》（The Panic in Needle Park），这部电影于1971年在戛纳电影节上映。

在阅读《教父》时，科波拉满脑子都是帕西诺的脸，他觉得帕西诺饰演迈克尔的话会散发出一种无以名状、与生俱来的威吓感。普佐原著小说中经常描绘迈克尔的冰冷，"冷到心寒的愤怒并不会外化成任何动作和声音上的变化。那种冰冷从他身上自然而然散发出来，如同死亡的气息""迈克尔·柯里昂感到一股无比舒畅醒脑的冰冷掠过全身"。

帕西诺的脸有着某种老派西西里人的特质，在科波拉脑海中，这张脸已经成为迈克尔·柯里昂的代名词。科波拉西洋镜公司的合伙人乔治·卢卡斯当时的妻子马西娅·卢卡斯（Marcia Lucas）同样非常中意帕西诺，她说帕西诺的"眼神让你仿佛没穿衣服一样无所遁形"。

科波拉对《教父》一直有着某种执念，一旦他下定决心做什么，就要和持不同意见的派拉蒙高层争个你死我活，这次也不例外。帕西诺承认是科波拉的坚定不移才使他最终拿到这一角色。斗争的过程很艰难。在派拉蒙看来，帕西诺长得太意大利了，太没有魅力了，在电影中不上相，而且只有1米7，太矮了。他被制片厂的头头们称作"小矮虾"——埃文斯叫他"那个侏儒帕西诺"。据制片人阿尔伯特·拉迪说，科波拉想尽了各种办法让帕西诺拿到角色；在一次试镜中，他甚至指示把摄影机放在地上，这样能让帕西诺看上去个子高一点。

试镜的戏是迈克尔和凯在婚礼上关于柯里昂家族的谈话——这肯定不是剧本里最有趣的部分。但比这更糟的是，帕西诺的试镜糟透了，不停地说错台词。因为帕西诺知道派拉蒙不想让他来演，要让他投入感情去饰演一个他根本无法得到的角色，帕西诺非常不情愿。在接受《妇女之家》（Ladies' Home Journal）采访时，帕西诺表示："我知道弗朗西斯是唯一想要我演迈克尔的人，所以我觉得'钻研台词有什么意义？反正无论如何这角色也不是我的'。"

帕西诺为这一角色试了不少于三次镜。据传，就在电影开拍前7周，科波拉还被要求再去给30位新演员试镜。拉迪找到CEO布卢多恩，请他"让步"。甚至马龙·白兰度也帮着说话，他跟埃文斯说，帕西诺是个深沉的人，能把迈克尔演活。拉迪说，有一次吃中饭时埃文斯捶了桌子，说他对关于帕西诺无休无止的争论感到沮丧："我要管着整个制片厂——可我们他妈到底该干吗？"最终，1971年3月3日的时候，在其他主要演员都已经签完了合同之后，派拉蒙才宣布跟帕西诺签约。派拉蒙的高管们观看了帕西诺在还没上映的《毒海鸳鸯》中的8分钟精彩表演，外加科波拉不屈不挠地为帕西诺摇旗呐喊，帕西诺才终于拿到了这一角色。

然而，关于迈克尔一角的战役依旧没有打完。在派拉蒙一直对是否雇用帕西诺支支吾吾之时，帕西诺接下了另一份工作，他将在米高梅的黑帮片《我的子弹会转弯》中出演一个角色。3月10日，就在《教父》开拍前两周，米高梅一纸诉状敦促帕西诺履行协议。最终，派拉蒙出面和解了此事，帕西诺自己支付了法庭庭审费用，并同意出演米高梅下一部电影中的角色。帕西诺在《教父》中的35 000美元片酬绝大部分都赔在了和米高梅的官司上。

就在《教父》开拍之后，解雇帕西诺的声音还是时不时传来。在一次采访中，他说："很明显，有些人不想让我来演。我记得我说过：'我撑不到演完这部电影的，它简直会要了我的命。'"他在镜头前时，听到剧组里时不时传来毫不友善的窃笑。然而，帕西诺认为在电影最初的场景中，迈克尔必须得表现得对自己非常不确定。《与阿尔·帕西诺面对面》（Al Pacino: In Conversation with Lawrence Grobel）中作者引用了帕西诺的原话："他在老式的家庭世界和战后美国梦之间纠结。"直到拍摄的第四天，迈克尔在刺杀索洛佐和麦克拉斯基这场戏中的表现彻底打动了派拉蒙高层，谣言就此平息。

科波拉对于彼时默默无闻的帕西诺的看好，以及他为这一选角与派拉蒙高层的斗智斗勇，事后都被证明是无比英明之举。帕西诺以其极为冷冽的性格刻画，微妙但却无可阻挡的转变，将迈克尔的灵魂演绎得淋漓尽致、入木三分——他完美无瑕的表现足以与美国电影史上任何经典表演一较高下。

"1946年，五大家族终于开战了。"
——马里奥·普佐，《教父》

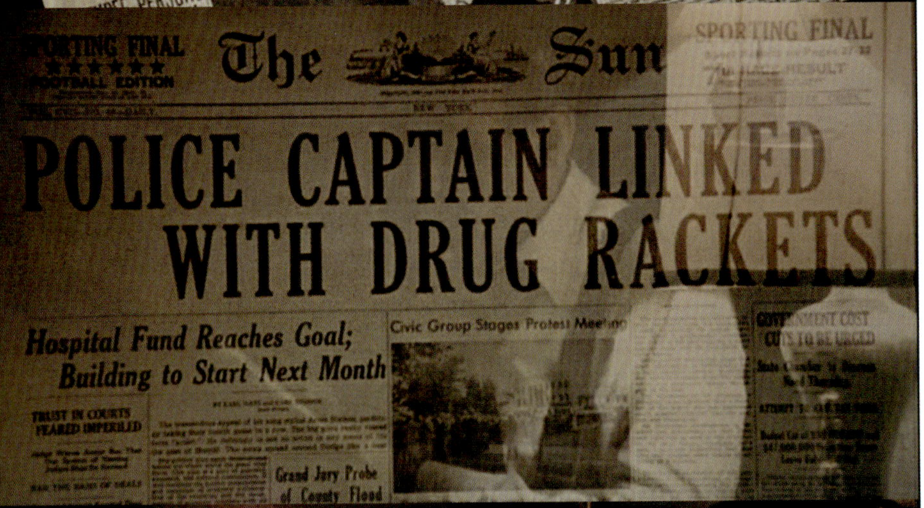

睡床垫时期的蒙太奇

一首感伤的曲调贯穿下面所有镜头：

报纸新闻不断被印刷出来。

<u>一个报童丢下一包报纸</u>，上面用花体字印着头条："<u>警方抓捕警察杀手。</u>"

另一份报纸头条标题是："<u>本市黑道瓦解；有组织犯罪面临压力。</u>"

<u>泰西欧坐着</u>，在一盏台灯下玩着填字游戏。

旋转的报纸停在镜头前。头条是："<u>警方长官涉嫌与毒贩勾结。</u>"

<u>克莱门扎</u>祈祷；然后他躺在床垫上。

<u>十个人</u>围坐在破桌子周围，安静地吃着饭。一大碗意大利面在他们之间传来传去，<u>所有人</u>都吃得很投入。不远处，一个袖口挽起的<u>人</u>正在一架老旧立式钢琴上弹奏一些感伤的旋律，而他身旁的烟还在燃着。<u>另一个人</u>靠在钢琴边，安静地听他弹琴。

报纸缓缓卷升至镜头，头条是"<u>匪首巴尔齐尼接受警方盘问黑社会恩怨</u>"，下面是巴尔齐尼和另外几个人的照片（这一段影像叠化在一只手清理枪械的<u>特写镜头</u>上）。

一名瘦小的看上去还是孩子的<u>打手</u>在写信。在他身后，公寓空空的客厅里散置着不少床垫。

<u>三四个人</u>正在打盹，（镜头被叠化）报纸头条写着"<u>黑帮杀戮</u>"——从左侧卷至右侧，直到下一个镜头。

一大碗意大利面在<u>打手们</u>之间传递。

黑白照片：餐厅里，一个人倒在血泊之中，身边站着其他人。

黑白照片：警方拿着枪，半跪在一个被枪杀的人身边，（镜头叠化）一个男人在做饭。

镜头里，手指弹着钢琴，（镜头叠化）黑白照片：一具倒在血泊中的尸体。

<u>兰波内</u>一边抽着烟，一边眼睛望着窗外，窗户已经装上了粗钢丝栅栏网，然后他从窗边走开。

垃圾被扔到公寓里的两三个大垃圾箱中，（镜头叠化）报纸头条"<u>黑社会暴力</u>"，下面是一张尸体的照片，尸体的头部被血衣盖住。

半裸的<u>克莱门扎</u>躺在床上睡觉。

镜头溶至：

◈ 拍摄细节

床垫蒙太奇这段使用了很多真的黑社会刺杀的照片。

🎥 幕后

这段蒙太奇的配乐由片中的钢琴师本人作曲并演奏，他就是科波拉的父亲，卡尔米内·科波拉。

科波拉及其父亲卡尔米内，以及饰演威利·奇契（Willie Cicci）的乔·斯皮内（Joe Spinell）

科波拉正在指导打手们演戏

🔶 拍摄细节

医院外景的戏是在位于布朗克斯区东149街的林肯医学与精神健康中心外面拍摄的。

这场戏拍摄完两天后,弗朗西斯·福特·科波拉凭借《巴顿将军》获得了奥斯卡最佳原创剧本奖——但他没有出席颁奖礼。

🎬 穿帮

在医院停车场上,出现了清晰可见的黄色边道——但这种道路安全指示实际上在电影里表现的年代之后才出现。

报纸标题:"<u>黑社会大佬维托·柯里昂出院回家</u>。"

<u>**室外白天**</u>:**柯里昂所在医院(1946年春)**

纽约城的一座医院。警察拿着枪,数队<u>私家侦探</u>和<u>打手们</u>把整个区域团团守住,然后车子开始发动。

摄影记者们透过救护车(可能载着<u>柯里昂</u>)的窗户拍照,后勤人员关上后门。<u>克莱门扎</u>拿着一个手提包,和<u>其他打手</u>迅速走向另一辆车。车子快速开出,后面跟着闪着灯的救护车,再之后是一辆黑色的轿车。<u>警察</u>目送车子离去。

男子

    快，我们走。

车子顺着坡道驶出医院。

<u>室外白天：庄园</u>

<u>柯里昂庄园</u>内外守卫极度森严——有更多<u>打手</u>负责守卫，还有一些<u>警察</u>和<u>私家侦探</u>。一切都静悄悄的。<u>女人</u>和<u>孩子们</u>都穿着周末的漂亮衣服，等待着什么。

<u>室外白天：救护车</u>

一辆救护车，飞驰在中央大道上。

<u>室外白天：庄园</u>

<u>柯里昂家的女人</u>和<u>小孩</u>听见鸣笛声，走向门口。

<u>室内白天：柯里昂家</u>

柯里昂家主厅内：

<u>医护后勤人员</u>在<u>克莱门扎</u>、<u>泰西欧</u>、<u>黑根</u>以及无数<u>保镖</u>、<u>打手</u>的注视下，小心地把<u>柯里昂</u>的担架抬上楼。

<u>柯里昂家济济一堂</u>：<u>柯里昂夫人</u>、<u>弗雷多</u>、<u>桑尼</u>、<u>桑德拉</u>、<u>特蕾莎</u>、<u>康妮</u>、<u>卡洛</u>，还有很多<u>柯里昂家的孙辈</u>。

医护人员

    好的，你抬一下。

<u>室内白天：柯里昂的卧室</u>

<u>柯里昂</u>的房间被安排得很舒适，整个房间都被改装成了医院病房，所有昂贵设施一应俱全。<u>孙辈们</u>轮流来亲他们的<u>爷爷</u>。

<u>一个小女孩走近床头</u>。

小女孩

    我爱你，爷爷。

<u>桑德拉</u>抱着一个哭得撕心裂肺的<u>婴儿</u>走近床头。

桑德拉

    对不起，爸，他还不认识你。

<u>柯里昂夫人</u>亲亲<u>孩子</u>的额头。<u>桑尼</u>走到床前，他抱着一个<u>男孩</u>，后者手里拿着一张纸。

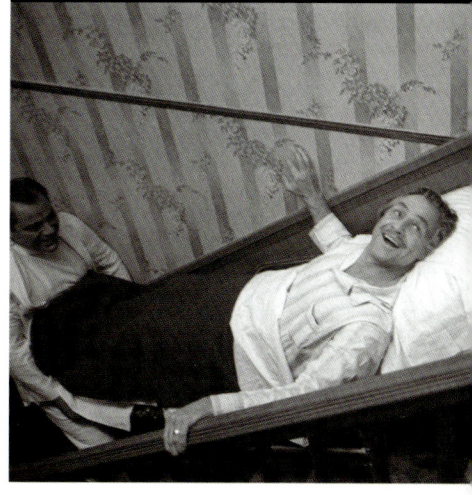

白兰度恶作剧地在担架上放沙包，跟工作人员开玩笑

🎬 **幕后**

化装师迪克·史密斯回忆了这场戏拍摄过程中的一个恶作剧："他们请了两个演员——特别壮实那种——来饰演男护工。白兰度躺在医院轮床上，他们推的时候还没有异状，但是走到楼梯口时，他们必须要抬起轮床，沿着楼梯把他和床一起抬上去。然后这两个穿着大褂的大汉就试着把他和床抬上去，仅仅是马龙躺在床上，但床太重了，这两个汉子抬不起来，现场不得不停下来。科波拉说，得找一些特别壮的人来抬，然后看了一圈现场的工作人员。有一些人吹牛说：'好啊，没问题，小菜一碟。'于是他们去换服装。这时，马龙说：'嘿，要不要逗逗他们！'他抬起了病床的床垫，然后剧组成员往里面塞满沙包。沙包装好后，马龙便躺了回去，把被单盖好。然后科波拉指挥若定，告诉抬他的人拉着轮床到台阶处，然后'记着，中途别停下'。'好啊，没问题。'他们信心满满地回答。我们都目不转睛看着，大气不敢出，看他们如何使出全力来抬。当然，他们很强壮，还真的把马龙和病床给抬上去了。但是当镜头拍完时，他们嚷嚷道：'你们到底在床里他妈放了什么东西？！'白兰度和这些沙袋加在一起，担架上至少有230公斤。"

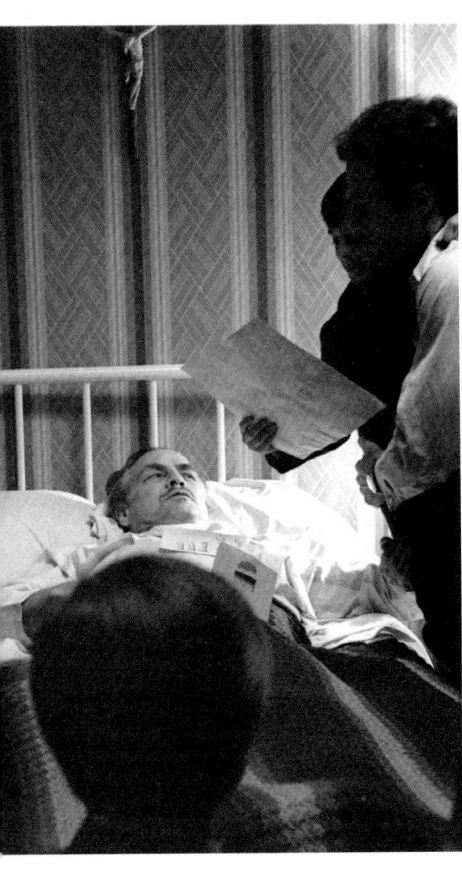

桑尼

好了。嘿,小大人,把这个念给爷爷。

弗兰基

(读着纸上的字)

好的。我希望您能好起来,爷爷,我希望快点见到您。爱您的孙子,弗兰克。

弗兰基

(亲亲柯里昂)

柯里昂夫人

啊!你这个小宝贝儿…

桑尼指示所有的女人、孩子以及卡洛离开房间。大家都照办。房门关上。

桑尼

快跟着你妈。去吧,把他们带下楼。喏,去吧,卡洛,你也下去。走吧。

室内白天:柯里昂家的厨房

楼下厨房里气氛非常欢乐,女人们在准备周日的饭菜。

桑德拉

(对康妮说)

……你是要所有橄榄油焖鸡都用来做你的……我知道,但是你能吃多少?

室外白天:庄园

柯里昂家一些小孩在大门紧闭的庄园内玩耍,身边非常多的打手正自在地在门口站岗。

一个孩子没接住球,球向门口滚去。一名年轻的打手将球接到,并笑着扔了回去。

室内白天:柯里昂家的餐厅

卡洛一个人坐着,脸色不是很好看。康妮吃着面包,走向他。

康妮

你怎么了,卡洛?

卡洛

闭嘴,收拾你的桌子。

室内:柯里昂的卧室

桑尼、黑根、弗雷多、泰西欧和克莱门扎围站在病床边,面色冷峻。桑尼和黑根离老头子最近。柯里昂拿着孩子们给他的慰问卡和礼物。柯里昂说不出话来,但看到他们欲言又止的样子,就用眼神问他们都发生了什么。黑根代表整个家族开始说话。

黑根

自从麦克拉斯基死后，警察弄垮了我们大部分的业务。其他家族也一样。死伤了不少人。

桑尼

他们攻击我们，所以，我们也回击过去。

黑根

通过报社的关系，我们给他们放了不少料，关于麦克拉斯基如何和索洛佐勾结贩毒的事儿。所以现在风声没这么紧了。

桑尼

我要送弗雷多去拉斯维加斯，洛杉矶的老大弗朗西斯科会保护他。

（把手搭在弗雷多肩上）

我想让他休息休息。

弗雷多

我要去学点赌场上的生意。

桑尼

是的。

唐·柯里昂

（小声地）

迈克尔在哪儿？

黑根欲言又止，他看一眼桑尼，然后俯身倾向柯里昂。

黑根

就是迈克尔杀了索洛佐。但他现在很安全。我们已经想办法尽快安排他回国了。

柯里昂非常生气。他摇摇头，闭上眼睛，手微微摇一摇，让他们都走。

众人退出房间。

室内白天：柯里昂家的楼梯和主厅

黑根和桑尼走下楼梯。黑根看上去心事重重、闷闷不乐，桑尼则非常暴躁生气。

桑尼

我要你找到那个拉皮条的塔塔里亚藏在哪儿。我想搞死他，就现在！

> "……我觉得把教父演成绅士会形成一种非常有趣的对比，他不会像阿尔·卡彭那样用棒球棍打人……在我眼里，柯里昂是一个有财富、讲传统、有尊严、有教养的人，一个本能敏锐的人，生逢乱世，必须在这样的环境中保护自己和家庭。"
>
> ——马龙·白兰度，在其自传《妈妈教我的歌》中讲述如何饰演柯里昂

"我还记得要给马龙试镜的时候，他正在英国拍一部电影，然后出于什么原因弗朗西斯和我要找他谈些事情。他所在的地方是某个乡村，他在房子里，我们刚走进房门，就听见一个声音，说话的方式就像柯里昂——就是后来电影里的那种声音，还带着口音。我不知道他是不是故意演给我们看的，但他就躺在浴缸里练习着自己的台词。弗朗西斯给了他很多黑手党头目在参议员听证会作证的录音带和录影带，马龙将它们融会贯通，创造了极具自身风格的黑手党教父形象。"

——弗雷德·鲁斯，选角导演，2007年接受笔者采访

黑根

（抓着桑尼的手想阻止他）

桑尼——

桑尼

干吗？

黑根

现在局势才刚有一点缓和。如果你去搞塔塔里亚，整个局势就会完全失控。等到——等到局面平静下来。爸会谈判协调的。

桑尼

（跟黑根同时说话）

不行，爸身体好前什么都不能干！我来决定怎么做……

黑根

（跟桑尼同时说话）

好吧，但是你跟他们开仗，会有巨大开支，却没有任何进项！我们生意都没法做了。

桑尼

那么，他们也没法做生意！不要担心这个。

黑根

（跟桑尼同时说话）

他们不需要像我们这样花钱去摆平政界关系！

桑尼

（跟黑根同时说话）

你就不要担心这个了！

黑根

（跟桑尼同时说话，非常愤怒）

要是拉锯战我们耗不起！

桑尼

好吧，那就不会再有持久战了！我会杀了那个老杂种，这仗就算打完了！我要……

黑根

好啊，那你就真出名了。你慢慢享受去吧。

桑尼

（跟黑根同时说话）

你就不能按我说的去做吗？！混蛋！如果有一个西西里人来做我的战时参谋，我就不会落得这个田地！爸以前有真科当参谋。看看我有谁？

（喘着气）

对不起，我不是这个意思。妈做了点吃的，今天周日……

黑根拂袖而去。桑尼跟在他身后。

室内白天：柯里昂家的餐厅

一家人围坐在餐桌旁吃饭——女人们、孩子们以及所有人。桑尼坐在桌子上首。

桑尼

那些黑鬼们靠着我们哈勒姆区那边的地下彩票赌庄，过得很很滋润——开着他们崭新的凯迪拉克招摇过市，克扣客人的一半赌金。

卡洛

我就知道，他们赚了大钱就会开始胡搞。

桑尼

是啊……

康妮

那个，以前在饭桌上，当着孩子们的面，爸爸从来不谈生意上的事儿。

卡洛

嘿，闭嘴，康妮，桑尼说话时……

桑尼

（跟卡洛同时说话）

你再敢对我妹妹说句闭嘴试试。听到没？

孩子

……我要蛋糕。

柯里昂夫人

（跟桑尼同时说话，举起了手）

桑蒂诺，别管人家家事。

卡洛

那个，桑尼，汤姆，吃完饭我想找你俩聊聊。我也可以为这个家庭多做点什么。

桑尼

我们饭桌上不谈生意。

室内白天：柯里昂的卧室

弗雷多慢慢走进来。他坐在椅子上看着父亲，边上放着果篮。柯里昂还躺在床上，手上拿着孙辈祝他早日康复的卡片。他眼睛能动，但嘴里不发一言。

"我喜欢用'我相信美国'这句话做开场，因为整部电影就是在说这个。就是说，在某种意义上，我们的国家就是我们的家族，她应该为给予我们保护和荣誉。说来也怪，这个黑手党家族是这样做的。但我们其实应该以这样的标准期待我们的国家。"

——科波拉，在前期筹备会上

"我们春天的时候在西西里。思考这土地本身——古老、海景如画:有些地方毫无生气,而现在,在春天的时候,很丰饶。最重要的是这里有一种古老的仪式感,有一种根。"

——科波拉《〈教父〉笔记本》

镜头溶至:

室外白天:西西里岛远景

远景镜头:远处,<u>三个人</u>在西西里乡间步行。往前一点,羊群正在吃草。中景镜头中,观众能看清<u>迈克尔</u>,以及他的两个西西里<u>保镖</u>,每人肩上都背着一把霰弹猎枪——<u>加洛</u>是一个个子不高,喉咙沙哑的年轻小伙,为人单纯诚恳,<u>法布里奇奥</u>则瘦弱一些,很英俊,惹人爱。一辆车逐渐靠近并停下来。<u>法布里奇奥</u>打开车门,车里走下一个很健壮的长者,这是<u>托马西诺阁下</u>。大家说着意大利语,下配字幕。

法布里奇奥

向您致敬,托马西诺阁下。

托马西诺

你怎么离开住处这么远？你知道，万一出了什么事，我要向你父亲负责的。

迈克尔

保镖都跟着我的。

托马西诺

那还是很危险……桑蒂诺从纽约传来信儿……你们家的敌人知道你在这儿了。

迈克尔

桑蒂诺跟您说了我什么时候可以回去吗？

托马西诺

还不行。眼下是不可能了。

迈克尔

（拍了拍托马西诺的肩，转身又要离开）

谢谢。

托马西诺

你要去哪儿？

迈克尔

柯里昂村。

托马西诺

坐我的车去吧。

迈克尔

不了。我想走走。

托马西诺

那你小心一点。

<u>镜头溶至：</u>

<u>室外白天：乡间</u>

<u>迈克尔</u>、<u>加洛</u>和<u>法布里奇奥</u>走在乡间。

<u>镜头溶至：</u>

<u>三个人</u>爬上山坡。

在西西里的拍摄

格雷·弗雷德里克森是意大利部分的助理导演，曾住在西西里岛东岸，对卡塔尼亚（Catania）地区非常熟悉。柯里昂村风景不够美，他又推荐了淘尔米纳（Taormina）。但美术总监迪恩·塔沃拉里斯还是到柯里昂村去看了看，发现它确实像一个黑道盘踞的地方。拍摄外景地选在了萨沃卡（Savoca）、福尔扎达格罗（Forza d'Agro，村中外景拍摄地）、弗兰卡维拉（Francavilla）和农齐亚塔（Nunziata，别墅场景）。主要工作人员于1971年7月22日到达西西里，演员则于7月24日抵达。西西里场景都在一个阳光明媚的地点拍摄，摄影师用了不同的曝光度和各种镜头滤镜，以使西西里部分的戏看上去比纽约的要更温润、浪漫。虽然西西里的戏在计划表上安排拍摄10天，但剧组8月5日才在一家比萨餐厅举行了杀青聚餐，因为天气的原因，实际拍摄比原计划延长了几天，为了拍到他们想要的画面，剧组不得不等太阳出来。

尼诺·罗塔为《教父》配乐

派拉蒙高管罗伯特·埃文斯一开始非常坚定地想请亨利·曼奇尼（Henry Mancini）为《教父》配乐，那时他刚为派拉蒙的电影《拂晓出击》（*Darling Lili*）和《莫莉马贵》（*The Molly Maguires*）谱曲。而科波拉则想让尼诺·罗塔来完成此项工作，后者曾为意大利影史上无数经典影片配乐，从卢奇诺·维斯康蒂（Luchino Visconti）的《豹》（*The Leopard*）到费德里科·费里尼（Federico Fellini）的《甜蜜的生活》（*La Dolce Vita*）和《八部半》（8½），但彼时他在好莱坞全无名气。

埃文斯最开始屈服了，但是当罗塔的配乐与电影剪在一起时，埃文斯极度不喜欢，想下令统统弃之不用。双方在这点上僵持不下，哪一方都不肯让步。过了大概一周的样子，科波拉和后期制作顾问沃尔特·默奇（Walter Murch）来到埃文斯家，他们坐在泳池边上（吃着埃文斯老婆阿里·麦格劳端给他们的热狗），大家又陷入了僵局。默奇的太太挥拨他们讲话，说如果他们不保留罗塔的配乐，那就是"没种"。科波拉虚张声势——只有派拉蒙解雇他，换个新导演才有可能把配乐换掉。最终，他想出了一个办法，找来一小撮人举办一个私人试映会，如果观众表示不喜欢配乐，他就让步，由派拉蒙来选择配乐。当然，观众们非常喜爱配乐——从电影的开头到结尾。

罗塔余韵悠长的配乐获得了奥斯卡最佳配乐奖提名。然而，组委会发现罗塔有7分钟的配乐重复使用了一部不知名的意大利电影［《金橘》（*Fortunella*）］中爱情主题的配乐。据制片人阿尔伯特·拉迪说，组委会是从一些嫉妒罗塔的意大利人那儿得知这一消息的。科波拉指责让罗塔最终落选的好莱坞当权派是"学院黑手党"。《教父》在配乐上的提名被取消了。不过，罗塔还是获得了格莱美最佳配乐的大奖。

《教父》的配乐主题被无数次地模仿和致敬。枪花乐队吉他手Slash就是超级粉丝，在现场表演中多次演奏他自己版本的《教父》主题曲。

镜头溶至：

他们继续远足。加洛指了指一处略显严整的西西里村落，从外面看村里罕有人迹，高耸在山岬之上。

加洛
迈克尔，那就是柯里昂村。

镜头溶至：

室外白天：柯里昂镇的街道

迈克尔和保镖在空荡荡的街上漫步。他们穿过窄窄的老街。迈克尔看着他们经过的各家各户门口。每扇门上都挂着一条黑色缎带。

他们之间用意大利语交流，下配字幕。

迈克尔
这里的男人都去哪儿了？

加洛
都在家族仇杀中死了。

加洛
（指着意共旗帜旁边的一块匾）
这上面就刻着死者的名字。

他们从荒凉的村镇广场上穿过。

镜头溶至：

室外白天：大路

被删掉的戏

改编与删减

数场西西里的戏份在拍摄剧本中都有写,但是并未出现在1972年公映版中,比如一队意共农民举着红旗行进的镜头;迈克尔在柯里昂镇寻找他父亲童年时代所住的房子,发现那里已经彻底废弃了。(这两场戏都被收入了《教父三部曲:1901—1980》中。)还有一场戏,迈克尔和保镖一起在橘园吃午餐,法布里奇奥向迈克尔追问美国的事。这场戏被收录在了《教父1902—1959:完全史诗》和《教父三部曲:1901—1980》中。拍摄剧本中有类似的一场戏,被安置在了此处。

他们说着意大利语,下配字幕。

法布里奇奥

告诉我们一些关于纽约的事儿吧。

迈克尔

你怎么知道我从纽约来?

法布里奇奥

我们听说的。有人跟我们说,你是非常重要的大人物。

迈克尔

我是大人物的儿子。

法布里奇奥

美国像他们说的那么有钱吗?

加洛

能别再拿那些美国多有钱的话烦我了好吗!

法布里奇奥

(用英文说)
嘿,带我去美国!如果你在美国需要一个保镖(lupara)。
(拍拍他的猎枪)
带我走,我是最好的人选。
(唱了起来)哦,说吧,你能看见……刚入夜的星辰。

三人走在满是尘土的道路上,身边有美国士兵乘车驶过。法布里奇奥挥着手,向每一个路过的美国司机大喊大叫。

法布里奇奥

嘿,美国!带我去美国,大兵们!嘿!……嘿嘿嘿!带我去美国,大兵们!克拉克·盖博,嘿!美国,美国,带我去美国!大兵们!克拉克·盖博,丽塔·海华丝!

(说西西里话)

镜头溶至:

室外白天:西西里乡间

三人穿过一片果园。一群年轻乡村姑娘也在这里,身边还有两个黑衣矮壮的年长妇人。她们采集粉色的雏菊和紫藤,把它们跟柑橘花、柠檬花混在一起。她们唱着歌,远远地沿着路走。

迈克尔、加洛和法布里奇奥目不转睛地看着这群年轻女人。

他们之间用意大利语交流,下配字幕。

法布里奇奥

(看着站在最前面的姑娘说)

我的天哪,真是一个美人儿。

阿波罗妮亚

(说西西里话)

快走出果园时,姑娘停下脚步,像是受到惊吓。她又大又圆的眼睛死死盯着眼前的三个人。她想跑,但似乎挪不动脚步。

迈克尔看着她,直勾勾地看着。她有无以名状的美丽的脸,橄榄色的皮肤,棕色的头发,厚厚的嘴唇。

法布里奇奥

(对迈克尔说)

看到美人儿就魂不守舍了。

迈克尔向她走几步。她急忙转身走开。

加洛

迈克尔,在西西里,女人比枪还要危险。

姑娘们继续走着;阿波罗妮亚回头看看迈克尔。

🎬 幕后

科波拉回忆说,罗伯特·德尼罗也曾是众多试镜男演员中的一员,他的试镜是一次典型的德尼罗/斯科塞斯式表演,"让人血脉贲张"。科波拉非常想让他来出演电影中的一个角色,于是给了他一个相对次要的角色,波利·加托。当时帕西诺为了《教父》被迫辞演《我的子弹会转弯》,于是德尼罗找到了科波拉;他想去试试《我的子弹会转弯》,但又怕丢掉《教父》里的角色。科波拉答应为他留波利·加托的角色,但最终德尼罗拿到了《我的子弹会转弯》的演出机会,辞演了《教父》。影迷们可能要感谢德尼罗辞演波利·加托一角的举动,因为辞演所带来的意料之外的福利是他得以在接下来的《教父2》中,让所有影迷看到他对年轻的维托·柯里昂这一角色的精彩演绎,并借此拿到奥斯卡最佳男配角奖。

镜头溶至:

"你甚至都能闻到银幕上飘出大蒜的味道。"
——选角导演弗雷德·鲁斯,2007

<u>室外白天</u>:巴罗尼尔村

迈克尔在<u>保镖</u>的保护下,走进中心广场,这里有一个室外咖啡屋。咖啡店店主<u>维泰利</u>是一个矮个子的壮汉。他殷勤地招呼着他们。

加洛

(对维泰利说)

(说西西里话)

维泰利

（说西西里话，下配字幕）

打猎打得怎么样？

法布里奇奥

（说西西里话，下配字幕）

你认识这周围所有的姑娘吧？我们刚看见几个大美人。

维泰利拽过一张椅子坐下，跟三个人坐在一桌。

维泰利

（说西西里话）

法布里奇奥指指迈克尔，迈克尔用手帕擦擦鼻子。

法布里奇奥

（说西西里话，下配字幕）

有个姑娘把我们这位朋友给迷住了。

维泰利饶有兴致地瞥一眼迈克尔，会心一笑。一名侍者拿来一瓶酒、三个杯子。迈克尔在众人谈话时把酒杯斟满。

维泰利

（说西西里话）

法布里奇奥

（说西西里话，下配字幕）

她可能诱惑到了魔鬼本人。

加洛

（用西西里话应和着）

维泰利

（比画着手势）

（说西西里话）

法布里奇奥

（说西西里话，下配字幕）

长得真标致啊，是吧，加洛？

加洛

（用西西里话应和着）

维泰利

（用手比画了个沙漏的形状）

（说西西里话）

法布里奇奥

（说西西里话，下配字幕）

改编与删减

在拍摄剧本中，迈克尔也跟法布里奇奥一起向维泰利描述阿波罗妮亚的样子。但帕西诺不会说意大利语，所以科波拉调整了这一场戏，只让保镖来形容她的外貌。这一改动取得了更好的戏剧效果：不仅因为西西里话的活力让整个场景变得妙趣横生，也让对阿波罗妮亚不置一词的迈克尔显得更加文质彬彬。

电影制作：选角
（终于可以选真正的意大利人了）

1970年9月末，派拉蒙影业召开了《教父》的新闻发布会，罗伯特·埃文斯、制片人阿尔伯特·拉迪和新加盟的导演弗朗西斯·福特·科波拉出席。在发布会上，埃文斯谈到了电影的选角过程。《综艺》杂志记录了他当时的说辞："我希望这部电影由真正的意大利人出演！"在新闻发布会上他还誓要"雇用真正的意大利面孔，不只是随便找个有意大利名字的演员，也不是找'好莱坞的意大利人'"。

这一番话激起了不小的反响。

拉迪回忆到那些稍微有点意大利血统的或仅仅是吃过意大利面的演员都在问是否可以出演。据《洛杉矶先驱考察家报》（*Los Angeles Herald Examiner*）报道，"所有现役意大利歌手——除了辛纳屈外——都跃跃欲试"来饰演约翰尼·方坦。一名意大利演员甚至在旧金山竖起了一块广告牌，上写"阿里奥托（Alioto）就是教父"。还有一个演员寄去了自己的个人照片影集来证明自己的西西里血统。还有演员甚至自己印了"迈克尔·柯里昂"的名片。拉迪甚至接到过电话，问他们是否需要有人"受伤"。拉迪对《好莱坞报道》说有人赞助那些非常投机的"演艺培训班"（talent schools），让他们在大街上找看着顺眼的人，并给他们录像，说是为《教父》试镜。然后向每个来试镜的演员收取100美元的费用。

选角导演弗雷德·鲁斯详述了在电影最开始选角时，他和科波拉决心设法根据剧本中每个意大利人或意裔美国人角色寻找一个相似的意大利或意裔美国演员。据鲁斯说："我安排了与洛杉矶和纽约的每个意大利或意裔美国演员见面。见到我并不难。我的意思是，有些人会撒谎，说他们是意大利人，借此获得一次试镜机会，但我看得出来他们并不是真正的意大利人。我真的竭尽全力去见每一个有经纪人的意大利演员——有些甚至没有经纪人。我们花很长的时间安排演员试镜，给他们试不同的角色。数月里，我们在洛杉矶和纽约一直在忙这事儿，最后还去了意大利，我们坚信能找到合适的演员，结果也不错，只有马龙·白兰度和詹姆斯·卡安不是意大利裔。选角结果一公布，立刻引起公众的密切关注，反（接下页）

这样的头发，这样的嘴唇！

　　　　　　　　　　加洛

嘴唇也很漂亮。（A Bocca.）

　　　　　　　　　　维泰利

（说西西里话，下配字幕）

这附近的姑娘都很漂亮……而且品行也都好。

　　　　　　　　　　法布里奇奥

（说西西里话，下配字幕）

那姑娘穿着紫色的衣服……

随着法布里奇奥对这位姑娘的描述越来越具体，维泰利不笑了，眉头紧锁。

　　　　　　　　　　法布里奇奥

（说西西里话，下配字幕）

头发上还系着紫色的发带。

　　　　　　　　　　加洛

（用西西里话应和着）

　　　　　　　　　　法布里奇奥

（说西西里话，下配字幕）

更像希腊姑娘，而不像意大利姑娘。

　　　　　　　　　　加洛

确实更像希腊姑娘。（Piu Grega che Italiana.）

　　　　　　　　　　法布里奇奥

（说西西里话，下配字幕）

你想得出这是谁家的姑娘吗？

　　　　　　　　　　维泰利

不知道！

维泰利猝不及防地站起身。

　　　　　　　　　　维泰利

（说西西里话，下配字幕）

这里没这样的姑娘。

然后他直接走回屋子，径直把他们抛在身后。

　　　　　　　　　　法布里奇奥

（说西西里话，下配字幕）

我的天啊，我懂了！

法布里奇奥跟着店老板走进屋，同时维泰利大吼大叫。

　　　　　　　　　　迈克尔

（用意大利语对加洛说，下配字幕）

怎么了？

加洛耸耸肩。法布里奇奥转过身，闷下一口酒。

法布里奇奥

（说西西里话，下配字幕）

我们走吧。那是他女儿。

法布里奇奥准备走，但迈克尔没动。迈克尔一脸冷漠但却极有威严地对法布里奇奥讲话。

迈克尔

（说意大利语，下配字幕）

叫他过来。

法布里奇奥

（用西西里话表示反对）

迈克尔

（跟法布里奇奥同时说话）

（说意大利语）不不不不……

（下配字幕）

叫他过来。

法布里奇奥背上猎枪（lupara），消失在屋子门口。加洛也拿起猎枪。过了一会儿，法布里奇奥回来了，身前站着满脸通红的维泰利，后面还有两个年轻人。

迈克尔

（说西西里话，下配字幕）

法布里奇奥，你来翻译。

（接上页）响也很激烈。《综艺》杂志撰文揶揄派拉蒙的选角，标题为'《教父》选角无明星——只有个白兰度'（No Stars for 'Godfather' Cast-Just Someone Named Brando）来嘲笑派拉蒙。一些抗议示威者出现在派拉蒙影业门口，举着牌子，上写"印度人演印度人，墨西哥人演墨西哥人，意大利人演意大利人"以及

"More
Advantages
For
Italian
Actors"[①]

最终，正如鲁斯所言，确实是意大利人和意大利裔美国人被选中了，比如说，阿尔·帕西诺，祖父母就是西西里人。其他有意大利血统的演员包括萨尔瓦托雷·科尔西托（博纳塞拉）、理查德·康特（巴尔齐尼）、阿尔·莱蒂耶利（索洛佐）、约翰·凯泽尔（弗雷多）、阿尔·马蒂诺（约翰尼·方坦）、莫尔加纳·金（柯里昂夫人）、维托·斯科蒂（Vito Scotti，纳佐林）、塔莉娅·希雷（康妮）和理查德·卡斯泰拉诺（克莱门扎），卡斯泰拉诺声称自己在意大利真有黑手党亲戚——更不用说西西里场景部分的演员都是在意大利本土招募的。传言詹尼·鲁索（Gianni Russo）和伦尼·蒙塔纳跟黑手党真的有些联系。甚至连阿莱士·罗科（饰演犹太人莫·格林一角）实际上也是意大利人。鲁斯解释说："科波拉有一个理论，就是如果你在美国意大利裔的社区或家庭中长大，会有种与生俱来的、刻在骨子里的意大利范儿，这样的举止会在表演中自然而然带出来——甚至不用进行什么表演指导——这就是他想要的。我觉得科波拉做到了，非常成功。这很微妙，但确实是这么回事儿。我非常喜欢用一句话来形容《教父》：'你甚至能闻到银幕上飘出大蒜的味道。'"

🏛 意大利文化

滑膛猎枪（lupara）是一种双膛、短距猎枪，可以自制。这是西西里黑帮传统的武器装备。

[①] 文字游戏，这几个单词的首字母连起来即为"mafia"一词，意为"意大利黑手党"。这句话的意思是"意大利人演黑手党更合适"。——译注

西西里场景拍摄的原计划表。恶劣的天气使拍摄时间延长了（感谢美国西洋镜电影公司研究图书馆提供图片）

　　　　　　　　　　法布里奇奥

好的，先生。

　　　　　　　　　　迈克尔

（对维泰利说）
如果冒犯到您了，我向您道歉。

　　　　　　　　　　法布里奇奥
（翻译成西西里话）

　　　　　　　　　　迈克尔

我初到这个国家。

　　　　　　　　　　法布里奇奥
（翻译成西西里话）

　　　　　　　　　　迈克尔

我无意对您和您的女儿有所不敬。

　　　　　　　　　　法布里奇奥
（翻译成西西里话）

　　　　　　　　　　维泰利
（用西西里话作答）

　　　　　　　　　　迈克尔

我是一个美国人，来西西里避避风头。

　　　　　　　　　　法布里奇奥
（翻译成西西里话）

　　　　　　　　　　迈克尔

我叫迈克尔·柯里昂。

　　　　　　　　　　法布里奇奥
（翻译成西西里话）

　　　　　　　　　　迈克尔

很多人出了大价钱打听我在哪儿。

　　　　　　　　　　法布里奇奥
（翻译成西西里话）

　　　　　　　　　　迈克尔

如果我的行踪被人知道的话，那么您的女儿将失去一位父亲……

　　　　　　　　　　法布里奇奥
（翻译成西西里话）

　　　　　　　　　　迈克尔

……而不是得到一位丈夫。

法布里奇奥停下来，有点呆住，迈克尔示意他继续。

法布里奇奥

（翻译成西西里话）

维泰利

啊。（说西西里话）

迈克尔

我希望能见见您的女儿……

法布里奇奥

（翻译成西西里话）

迈克尔

……当然是在您的许可之下……

法布里奇奥

（翻译成西西里话）

迈克尔

……也会在您家人的监督下与她会面。

法布里奇奥

（翻译成西西里话）

迈克尔

冒昧了。

法布里奇奥

（翻译成西西里话）

维泰利

（正式把西裤吊带背上；用西西里话作答，下配字幕）
周日早上来我家。我叫维泰利。

迈克尔站起身，与维泰利握手。

迈克尔

谢谢。
（用意大利语说，下配字幕）
您女儿叫什么？

维泰利

阿波罗妮亚。

迈克尔

（笑了笑）
好美的名字。（Bene.）

 **改编与删减**

原著小说非常详尽地挖掘了西西里黑手党的起源和历史：柯里昂村有世界上最高的谋杀率。在普佐的第一版剧本中（1970年8月10日），迈克尔和阿波罗妮亚在那附近一起散步时，阿波罗妮亚向迈克尔实地讲解了西西里黑手党的处世之道。

改编与删减

西西里很多场戏中,迈克尔都在用手帕擦鼻子。小说中对此的解释是麦克拉斯基一拳打坏了迈克尔的鼻窦。

镜头溶至:

室外白天:托马西诺庄园

音乐响起时,迈克尔穿着从巴勒莫带来的新衣服,手中抱着一大堆礼物,正把礼物交给法布里奇奥。加洛和法布里奇奥都身着只有周末才会穿的最好的衣服,肩上背着猎枪。

他们钻进一辆阿尔法·罗密欧轿车中。

托马西诺一边挥手,一边看着车子驶出,车子在砂石路上颠簸而去。

镜头溶至:

室外白天:维泰利家

山顶维泰利家的院子里,迈克尔被给维泰利的每一位亲戚——阿波罗尼亚的兄弟、母亲、叔叔婶婶们,并送上礼物。最后,阿波罗尼亚走入镜头,穿着只有周末才穿出来的合身、漂亮的衣服。

科波拉指导迈克尔追求阿波罗妮亚这场戏

维泰利

（忙着介绍）

这是我的女儿。（Et cuesta mia figlia.）阿波罗妮亚——这是迈克尔·柯里昂先生。（Apollonia-cuesto Michele Corleone.）

两人握握手。迈克尔把包好的礼物送给阿波罗妮亚。她看看她的母亲，母亲点点头，允许她拆开礼物看。她打开礼物，看到一条粗粗的金项链，眼睛亮起来。阿波罗妮亚看了眼迈克尔。

阿波罗妮亚

谢谢。（Grazia.）

迈克尔

（温柔地）

不用谢。（Prego.）

镜头溶至：

室外白天：维泰利咖啡店

阿尔法轿车驶入村子，在维泰利咖啡店旁停下。

两个保镖一如既往地陪着迈克尔，这次他们的穿着打扮全不一样。

他们在咖啡店与维泰利一起坐下，维泰利滔滔不绝地说话。

迈克尔看着阿波罗妮亚，她有礼貌地静静坐着，脖颈间戴着金项链。她用手指把玩着项链，两人隔着桌子相视一笑。

镜头溶至：

室外白天：维泰利家周边的小山

迈克尔和阿波罗妮亚走在山顶的小路上，看上去只有他们两人，不过两人相隔着一段距离。

镜头横摇过这两人，随后我们发现女方的母亲和七大姑八大姨在他们身后十余米处跟着，再后面四五米，跟着加洛和法布里奇奥，他们肩上都背着枪。

上山时，阿波罗妮亚不小心被石头绊了一下，迈克尔扶住她。她礼貌地站直身子，两人继续前行。在他们身后，阿波罗妮亚的母亲咯咯直笑。

室外白天：曼奇尼家公寓楼

纽约一所不错的公寓楼前停着几辆车。观众能辨识出是桑尼的保镖在车边游荡，向街边马路沿扔硬币玩。

 穿帮

仔细看这个场景会发现，有两个人（一个红衣、一个白衣）经过了阿波罗妮亚身后两次。

改编与删减

小说透露了阿波罗妮亚在山顶没走稳这一幕其实另有玄机。女人们咯咯直笑是因为阿波罗妮亚从出生就走在这条不平整的路上——很显然她被绊不是意外失足，而是为了故意跟迈克尔有一些肢体接触。

室内白天：曼奇尼家公寓楼内

公寓楼内，<u>一名保镖</u>在黄铜信箱旁安静地等着，<u>一名保镖</u>坐在楼梯脚上看报，<u>另一名保镖</u>用手托着下巴在闭目养神。楼梯上方，<u>一个人</u>站在台阶上。他们看起来在那儿待了有一会儿了。观众听见<u>门开</u>的声音。<u>桑尼</u>后退着退出公寓，<u>露西·曼奇尼</u>双手环抱着桑尼。

桑尼

　　下次再把你搞得死去活来。

<u>桑尼</u>调戏般地拍拍<u>露西</u>，整整衣服离开。她笑着目送他离去。他心满意足地下楼，身后尾随着一众保镖。

桑尼

　　（对<u>看报的保镖</u>说）
　　别看了。

桑尼

（对靠着信箱的保镖说）

快点，我们得去接我妹妹，走吧。

室内白天：康妮家门厅

康妮为桑尼打开前门。桑尼刚一进门，康妮旋即转身到走廊，背对着桑尼。

桑尼

（温柔地）

怎么了你？啊？怎么了？

桑尼把康妮转过来。康妮的脸全肿了，眼角乌青；我们从她红肿的眼睛可以看出她哭了很长时间。桑尼立马知道是怎么回事了，他脸变得通红，满心怒火地啃着自己的指关节。康妮知道桑尼想干什么，赶紧抱住他，不让他冲出公寓。

康妮

（绝望地说）

都是我的错！

桑尼

他在哪儿？

康妮

对不起，求求你了，是我的错。桑尼，都是我的错！我打过他了，是我先打的他。你听我说……我打了他，然后他才打的我。我不是……我……

桑尼边听康妮说话，边让自己冷静一点。他摸摸康妮肩头的细软丝巾，安抚般地亲了亲康妮的前额。

桑尼

嘘……好了。我这就叫医生来给你看看，好吧？

桑尼想离开。

康妮

桑尼，千万别动手，千万别动手！

他停下脚步，一脸温厚地笑笑。

桑尼

好的。怎么了你？我会干什么呢？我会让你肚里的孩子还没出生就没了爸爸？

康妮半哭半笑，摇着头。

桑尼

怎么？嗯？好了吗？

演员与剧组：弗雷德·鲁斯

早在《教父》拍摄之前，科波拉便与选角导演弗雷德·鲁斯相识，但只是在电话中有过交流；科波拉经常会给鲁斯打电话讨论不同的演员。在此之前，鲁斯只为一些反主流文化的电影选角，如《五支歌》和《双车道柏油路》（*Two-lane Blacktop*），他回忆道："我猜他可能觉得我跟他的感受力和鉴赏力很合拍，所以我们通过电话交流已经建立了这种默契。他接手《教父》时，给我打电话，然后说：'我接到了个大片子。'"当科波拉和鲁斯见面时，他们一拍即合，由此开始了长达数十年的合作关系。

笔者2007年对他进行了采访，鲁斯回忆了他与科波拉的合作经历："《教父》的选角过程比我参与的绝大多数电影都要长，但我对此并没有生气抱怨。我一直觉得所有的电影都应该花很长时间来选角，不能草草了事，从头到尾都要耐心考量。所以我就全情投入地参与进去了。跟弗朗西斯一起选角总是充满欢乐，因为我俩都很喜欢跟演员们相处，也喜欢跟他们聊天。现在导演通常都通过看试镜样片而不是与演员面对面交流来确定人选——但是我们喜欢跟真人会面。我们会跟他们长谈，这对我们来说真是乐趣无穷。有时我们和演员聊得过于起劲，以至于让别的来试镜的演员多等一个钟头。他们都非常生气，但最后我们跟他们也会聊很久。"

鲁斯于20世纪60年代开始从事电影行业，先是做制片人，之后又做了几年选角导演，然后又拾起了制片人的老本行。在为《教父》选角之后，科波拉几乎所有电影都请鲁斯来做制片人或顾问，之后他又把这个传统发展到了下一代——索菲亚·科波拉的所有故事片也都由鲁斯担任制片人。

卡安和科波拉排练桑尼殴打卡洛的一场戏

"在这之前,我们都必须真的认为桑尼要杀掉卡洛。"
——科波拉《〈教父〉笔记本》,对"再敢动我妹妹一下……"这句台词的注解

<u>室外白天:康妮家楼下的街道</u>

卡洛跟他的三位生意伙伴坐在112大街一幢建筑的台阶栏杆上。广播里传出声音刺耳的球赛报道,街上的孩子玩着水,水是从消防栓里喷出来的。

卡洛

那些懒胖子还给洋基队下重注?告诉他们别这么干了,成吗?上周的比赛我们输惨了。

一辆车急停在楼前。一个人影从驾驶座上飞奔出来。是桑尼。卡洛一看清是桑尼，就狂奔逃跑。桑尼把一根锯短了的笤帚棍扔向卡洛。

桑尼

卡洛，过来，过来，过来啊！

桑尼沿街追着卡洛。他抓住卡洛的肩头，然后把他扔进铁围栏里。卡洛撞倒垃圾桶。桑尼把他拎起来，推到砖墙上。

那些玩着消防栓的孩子们都聚过来，饶有兴致地看着。桑尼的保镖把他们和其他围观者推开。

桑尼使尽全力把畏畏缩缩的卡洛揍了个结结实实，嘴上念念叨叨一刻不停地骂着什么。

桑尼

你个混蛋！

卡洛倒在地上，双手死死抓着铁栏杆，借此支撑着身子。桑尼打他时，他一副打不还手的样子。桑尼拳头攥得紧紧的，一拳一拳像榔头一样砸在卡洛的脸上和身上。卡洛鼻血长流，但也不还手，只是死死抓着栏杆。桑尼想让卡洛松手，甚至下嘴咬，卡洛惨叫着，但也死不松手。

卡洛

啊啊啊啊啊啊！

桑尼抓住卡洛的腿，试着把他从栏杆上拽下来，他紧咬着牙。很明显卡洛比他块头大，所以他也拽不动。桑尼举起一个垃圾箱，砸向卡洛，然后又抓着他的头发，不断用垃圾桶盖打卡洛的脸，直到卡洛松手，爬向街边。桑尼又踢了他三脚，卡洛就躺在还喷着水的消防栓下。桑尼也累得上气不接下气，他跟踉跄跄巴巴地对流着血的卡洛说话。

桑尼

再敢动我妹妹一下，我就宰了你。

桑尼最后又踢卡洛一脚，卡洛翻身仰天躺到排水沟里。桑尼和保镖走回车，孩子们看着卡洛。

幕后

这场戏是在曼哈顿118大街和欣乐大道（Pleasant Avenue）拍摄的。卡安让道具师切了一截扫帚棍并把它放在车上，他设计了向卡洛扔扫帚棍的细节。卡安演这场戏一定非常投入——即便很多镜头是由替身和特技演员拍摄的，但饰演卡洛的詹尼·鲁索还是折了两条肋骨，胳膊肘也被撞坏了。

穿帮

《教父》这部电影中最有名的一处技术失误，恐怕就是所谓的"打空拳"这一幕：虽然听声音桑尼结结实实打到了卡洛，但是这一拳其实离卡洛的脸十万八千里。科波拉感叹这一穿帮镜头是因为电影预算缩减，十分遗憾："当时我们在赶进度，结果这最好的一条却有这个穿帮失误。今天用数字效果就能修复了。"这一穿帮镜头也经常被戏仿：在《辛普森一家》（The Simpsons）中，玛姬以同样的手法和套路揍了一个抢劫犯；在《疯狂店员：动画版剧集》（Clerks: The Animated Series）某一集中，杰（Jay）和沉默鲍勃（Silent Bob）也对查尔斯·巴克利（Charles Barkley）做了同样的穿帮动作。

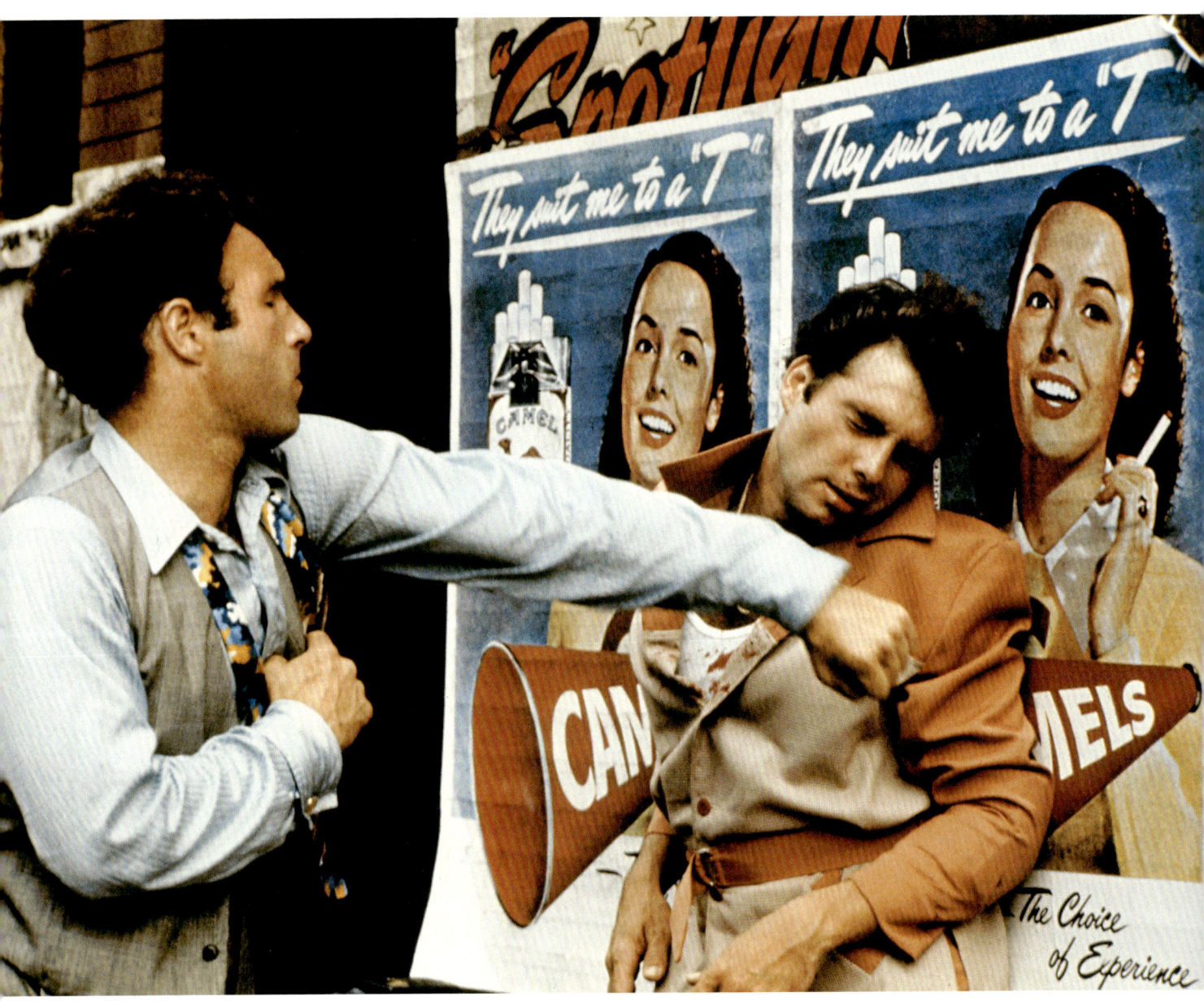

室外白天：维泰利家旁的村庄教堂

教堂古旧钟楼上的钟声回荡。迈克尔与阿波罗妮亚的婚礼在教堂中礼成，老式的婚礼音乐奏响，乡间的民乐队明显有些五音不全。

大家开始在村子的路上进行婚礼游行，这是非常古老的仪式，给人的感受和质感依然同五百年前类似。走在最前面的是铜管乐队；后面跟着背着猎枪的法布里奇奥和加洛；在婚礼主队中，一个孩子穿着白色的坚信礼罩袍；妇女们抛撒着稻穗；家族中的男性和坐在轮椅上的托马西诺阁下跟在后面；后面还尾随着不少村民。在这里呈现的就是西西里多年来传统的婚礼游行，整个过程充满仪式感和隆重感。

俯拍镜头：穿越整个村镇的游行队伍。

新娘阿波罗妮亚容光焕发；迈克尔除了下巴有些古怪，整个人英姿勃发。

室外白天：维泰利家所在村镇广场

迈克尔和阿波罗妮亚沿着宾客围成的人群走了一圈。然后他们跳起庆祝结婚的舞蹈，脸上挂满微笑。

镜头溶至：

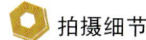 **拍摄细节**

婚礼音乐的作曲者是卡尔米内·科波拉。

演员与剧组：戈登·威利斯

据科波拉说，摄影师戈登·威利斯最喜欢的镜头，是俯拍西西里乡村的镜头。

室内夜间：迈克尔别墅中的房间

屋子很暗，迈克尔打开房间的百叶窗。他转身，对面站着穿着婚礼衬裙的阿波罗妮亚——她有一点害怕，但是非常可爱。迈克尔走向她，在她面前站定片刻——看着她绝美的面庞、动人的发丝和身体。他慢慢地亲吻她，极为温柔。她的衬裙滑落在地上。他们再次接吻、拥抱。

室外白天：庄园

这是一个灰暗的雨天。穿着外套的年轻打手们安静地站着，他们几人一组，守着主楼和院子。一辆出租车驶过来；凯·亚当斯走下车，穿着一件橘红色的雨衣。她让出租车先走。她走过大门，跟里面的打手说话。汤姆·黑根走出主楼，快步走向她。

黑根

（跟凯握握手）
嘿！没想到你会来，凯。你应该先打个电话。

凯

是的。我打过。我写过信，也打过电话。现在，我想跟迈克尔取得联络。

黑根

没人知道他在哪儿。我们只知道他一切都好，但就这么多了。

凯看一眼身后那辆门和窗都撞坏了的车。

凯

呃，那是怎么了？

黑根

（若无其事地）
那个啊，是个意外，但没人受伤。

凯

汤姆，你能把这封信交给迈克尔吗？求你了。

黑根

（拒绝接信）
那个，如果我拿了这封信，在法庭上他们就能证明我知道迈克尔藏在哪里。所以，耐心一点，凯。他会联系你的，好吧？

凯

我让出租车走了，所以我能进去打电话再叫辆出租车吗？

黑根

来吧，对不起。来吧。

黑根挽着她带她走进主楼。

淡出。

🎬 改编与删减

很多场戏出现在了拍摄剧本中，但是1972年公映时被删掉了：

- 婚礼第二天的早晨，迈克尔望着床上还在睡梦中的新娘。

- 当凯造访柯里昂庄园时，她遇见了非常同情她的柯里昂夫人，夫人收下了她的信，但劝凯放弃任何希望："你听我说。你回家找你的家人，然后找个好小伙跟他结婚。忘掉小迈克吧；他再也不是你认识的那个他了。"她直视着凯的眼睛，凯懂柯里昂夫人是什么意思。原著中更直白地剖析了凯的心理活动："她现在要学会接受现实，那个她爱过的小伙儿已经变成了一个冷血的杀人犯。而这一事实的信息来源简直无可置疑：迈克尔·柯里昂的母亲。"

- 凯的父母在原著小说中有出场，但在电影里没有任何戏份。

- 卡洛和康妮吵架的戏份也经过了剪辑，一些关于打电话进来的女士和晚饭邀约的对话都被删去了。还有很短的一幕，康妮接完电话后，卡洛在洗澡，这一幕拍摄了，但最终在正片中未被使用。之后出现在了《教父三部曲：1901—1980》中。

室内白天：康妮和卡洛的公寓

电话铃响。怀孕的<u>康妮</u>穿着拖鞋和睡衣去接电话。

        康妮

你好。喂？

       姑娘的声音

（电话里）

卡洛在吗？

        康妮

你是哪位？

       姑娘的声音

（电话里）

我是卡洛的朋友。你能告诉他我今晚可能无法赴约了吗？

<u>康妮</u>挂电话。

        康妮

（低声地）

贱人。

<u>康妮</u>走到卧室，跟正在穿衣打扮的<u>卡洛</u>说话。

        康妮

饭做好了，在桌上。

        卡洛

我还不饿。

        康妮

饭菜都上桌了，不吃就凉了。

        卡洛

我等会儿出去吃。

        康妮

是你刚才叫我做饭的！

        卡洛

嘿，去你妈的，哈？

        康妮

我才去你妈的！

淡入：

🎬 幕后

据科波拉回忆，罗伯特·埃文斯曾要他拍一部真正"像电影的电影"（movie movie）。科波拉问他这是什么意思，埃文斯解释说要有很多动作场面。在拍这段戏时，埃文斯觉得这部电影不够暴力，还建议找个动作导演接手。为了把康妮和卡洛打架场面的编排理清楚，并尽可能多地加入动作戏，科波拉找塔莉娅·希雷排练了这场戏，有趣的是，科波拉还让他9岁的儿子在排练中充当卡洛。后来科波拉回想起这场戏，称它"有些过火"。

📖 意大利文化

西西里话ba fa' gul'大意就是"去你妈的"（fuck you）。

演员与剧组：詹尼·鲁索

詹尼·鲁索有着不同寻常的职业背景——尽管没做过演员，却也干过多份有趣的工作，比如电台名主播、拉斯维加斯夜店主持人，甚至珠宝大亨。他还在拉斯维加斯的一档电视节目《走进我生活》(*Welcome to My Lifestyle*) 干过一段时间，期间采访过很多脱衣舞演员。

他制作了自己的37分钟试镜样片，并将其寄给了制片人。据鲁索说，他根据原著小说写了一版剧本，瘦了70多斤，然后在样片中演了他认为自己能演的所有角色：卡洛、迈克尔和桑尼。

数月后，他乘一辆宾利轿车来到了制片厂，开车的是一位穿迷你裙的私人司机，他想要一个试镜机会。他试镜的内容是要殴打一个办公室秘书，后者是自愿来帮忙的。鲁索跟《好莱坞报道》的记者说，他竭尽全力表现得像一个意大利人，真的对那个吓坏了的女秘书下了手："女秘书一度吓得从咖啡桌上跳了过去，埃文斯看得血脉贲张，激动地喊'Cut！'。然后他们告诉我，这个角色归我了。"后来鲁索在《新鲜人》(*The Freshman*, 1990) 中客串了一把，与马龙·白兰度再度合作，而在《挑战星期天》(*Any Given Sunday*, 1999) 中与阿尔·帕西诺再次合作。

康妮转身跑进厨房。片刻后，我们开始听见盘子摔碎的声音。

卡洛

你这个意大利小贱人。

卡洛缓步走出房间，观众可以看到康妮正把盘子一个个摔到地上。

卡洛

好啊，把它们都摔碎啊，你这个被宠坏的意大利小婊子。把它们都摔碎啊。

康妮尖叫着，卡洛跟着她进入餐厅，康妮在餐厅里继续摔盘子，把饭菜扔到地上，同时呜咽着。

康妮

你怎么不把那个贱货给带回家吃饭啊？

卡洛

我还真会……现在你给我打扫干净！

康妮

啊，我他妈才不扫！

卡洛从腰间抽出皮带，对折拿在手中。

卡洛

把地上清干净，你个皮包骨头的贱货。清干净，我说。清干净！清干净！把它们都清干净……清干净！清干净！

他挥着皮带抽康妮的臀部。她跑过客厅，拿起筹码盒扔向卡洛，然后跑到厨房，拿起一把菜刀，蓄势待发。

卡洛

好啊，好啊，来啊，来杀我啊。跟你爸一样，做个杀人犯啊。来啊，反正你们柯里昂家都是杀人犯。

康妮

我会杀你的！我会的！我恨你！

卡洛

来啊，来杀我啊。过来啊！过来啊！

康妮举刀猛地向他肚子戳去，卡洛躲开。他把刀夺下来。康妮摆脱卡洛，跑进卧室。

康妮

我恨你！

卡洛

现在来啊，我要宰了你！你个意大利小婊子！滚出来！

卡洛追着康妮一路到浴室，康妮进浴室关上门。卡洛跟上来，一脚踢开门。我们听见卡洛打康妮的声音，康妮则在尖叫。

室内白天：柯里昂家的厨房

柯里昂家的厨房，柯里昂夫人抱着一个在哭闹的小孩，另一只手拿着电话。

柯里昂夫人

康妮，怎么了？我听不见你说话。这是怎么了？康妮，你大声点，孩子在哭。

   （把电话交给桑尼）

桑蒂诺，我搞不懂……不知道怎么了……我搞不懂。

桑尼

   （对着孩子）

嘘嘘嘘嘘。

   （对电话说）

怎么了，康妮？

康妮的声音

   （电话中）

你别来……

桑尼

听着，你在那儿等着。不，不，你就在那儿等着。

他挂下电话，站立片刻。

桑尼

那个杂种！

柯里昂夫人

桑尼，怎么了？

桑尼

那个杂种！

柯里昂夫人

怎么了？

桑尼用拳头捶墙，然后跑出去。

室外白天：庄园

桑尼从房中快步走出来，走向他的车。

桑尼

   （对坐在庄园门口的人说）

把门他妈打开。别愣着了！

黑根走出房子，桑尼正在驶离庄园。

黑根

桑尼！桑尼，别这样！

桑尼

（对黑根说）

别挡道！

黑根走向门口那群打手。

黑根

跟在他后面，快！

三个打手钻进车。

室外白天：公路和收费亭

桑尼的车行驶在琼斯海滩公路上，到了收费亭，他停在另一辆车后面。等轮到桑尼时，他递给收费员一张钞票。但他前面的车停住不走，把桑尼困在收费亭旁。桑尼按按喇叭。

桑尼

蠢货！快点啊！快点啊！

桑尼转眼看看收费亭。收费员不小心把零钱掉在地上，他弯腰去捡，把他和桑尼之间的门给关上。桑尼望望右边的收费亭。四个人拿着机枪出现在窗口。前面车上也下来几个人，无数子弹向他袭来，桑尼两边收费亭的玻璃被打碎一地。他车子的玻璃也全被打碎。车门上全是子弹留下的枪眼。他的胳膊和肩部被机枪打中，但这还没完，杀手们不可能让他有一丝幸存的可能。

桑尼打开车门，在子弹的扫射中钻出车。他像公牛一般大叫，倒在地上。一名杀手为以防万一又近距离补上数枪，用脚踢一下桑尼的头。杀手们匆匆登上车，迅速离开。

桑尼的保镖在安全距离以外的地方停下车，他们意识到自己已经来晚了。

詹姆斯·卡安和制片人阿尔伯特·S·拉迪

拍摄细节

桑尼之死这场戏是在布鲁克林区的弗洛伊德·本内特机场（Floyd Bennett Airfield）拍摄的，但故事里暗示这一段落发生的地点为去往长滩的琼斯海滩公路（Jones Beach Causeway）。

穿帮

桑尼车子的挡风玻璃在一开始就被子弹打碎了，但当保镖们的车靠近事发现场时，你可以在相对完整的挡风玻璃上看到倒影。此外还有一处更为微小的穿帮：车顶的子弹洞眼时有时无。

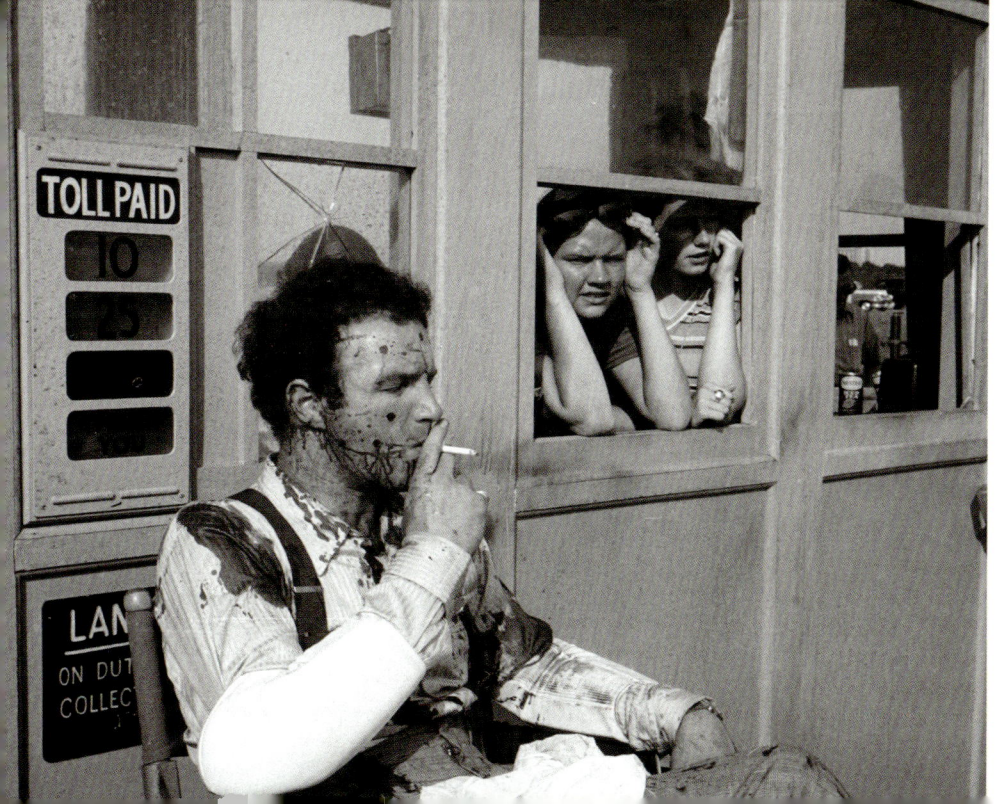

下图：这场压力极大的射杀戏拍完后，詹姆斯·卡安抽烟放松

场景剖析：桑尼·柯里昂之死

"我们把那辆车炸飞了。"——制片人阿尔伯特·拉迪，《妇女之家》，1972年

只拍摄了一条镜头，生龙活虎的桑尼·柯里昂就被永远地从这个世界上抹掉了。

这场戏让人想起那部惊世骇俗的《邦妮和克莱德》，技术上完全是整个剧组的噩梦。

一辆漂亮的1941年版林肯大陆（Lincoln Continental）车被装上了安全玻璃，收费亭也安上了同样的玻璃。剧组在车上凿了200个弹孔，然后上浆刷漆，里面装着可遥控的爆破炸药。所有都靠电路和操作杆触发。

詹姆斯·卡安则像一个会走路的定时炸弹。他的衣服里塞满了小铜管，每个铜管都有个小口子，里面填满了火药，上面是一小塑料袋的假血。所有小铜管连着电线，最后汇聚到卡安背后一根隐藏的电缆中。他头发和脸上的爆破点没有火药，只有假血。它们用几乎看不见的电线连着，当画面外的工作人员拉动电线，它们就会炸开、喷血。所有电线从卡安的裤子里穿过，一直连到控制台，那里可以控制所有火药爆破。

卡安身上装了110多个爆破管，这在当时的电影史是个纪录，如果操作不当的话会非常危险。当杀手们开枪射杀时，特效组就快速摁下总控台上的按钮，每摁一下都有一场小的爆破，感觉就像子弹射入卡安的身体。同时，其他剧组人员就拉动电线让他脸上和头部的假血包爆开。卡安在接受采访时说："我不是非常担心这场戏，但你要说我完全不紧张，那也绝对是骗人。"

这场戏拍完后，卡安有些头晕，他不停地检查自己的脸部和头发是否完好。他不是全剧组唯一对爆破没产生任何差错而感到幸运的人；这场戏共花费100 000美元，剧组不可能有费用再拍第二遍。

演员与剧组：罗伯特·杜瓦尔

拉迪·瓦利（Rudy Vallee）原本觊觎汤姆·黑根一角，但已然年迈的他出演一个35岁的角色明显不太合适。还有其他很多演员也都是黑根这一角色的潜在人选：彼得·多纳特（Peter Donat）、马丁·辛、罗伊·廷内斯（Roy Thinnes）、巴里·普赖默斯（Barry Primus）、罗伯特·沃恩（Robert Vaughn）、理查德·穆利根（Richard Mulligan）、基尔·达利（Keir Dullea）、迪恩·斯托克韦尔、杰克·尼科尔森和詹姆斯·卡安（他似乎试遍了这片子的每一个男性角色）。约翰·卡萨维茨（John Cassavetes）和彼得·福尔克（Peter Falk）也曾试过，但实际上这一角色并不存在竞争——科波拉就想要罗伯特·杜瓦尔来演。

杜瓦尔的职业之路始于军旅，他参加了《退伍军人法案》支持下建立的纽约剧院的邻舍戏剧学校。他师从桑福德·迈斯纳（Sanford Meisner，与卡安和基顿一样），跟他一起学习的还有达斯汀·霍夫曼，他们俩共住一间宿舍。这两个苦苦奋斗的演员也跟他们的同学吉恩·哈克曼（Gene Hackman）是好朋友。杜瓦尔的电影首秀是《杀死一只知更鸟》（To Kill a Mockingbird），他在片中饰演博·拉德利（Boo Radley）。在出演汤姆·黑根时，他已经是一名拿过奖的舞台剧演员，也在电影表演方面有了不错的名望，他刚刚拍完了《陆军野战医院》（M*A*S*H），同时还参演了乔治·卢卡斯的《五百年后》，并与白兰度［《凯德警长》（The Chase）］和卡安（《雨族》）（接下页）

镜头溶至：

室内夜间：柯里昂的办公室

<u>黑根</u>一个人在屋中。他喝着酒。在他身后，<u>唐·柯里昂</u>穿着睡袍和拖鞋慢慢走进房间。他径直走到椅子前，坐下来。他双眼直盯着<u>黑根</u>，神情严峻。

唐·柯里昂

给我来一杯。

<u>黑根</u>递给<u>老头子</u>一杯茴香酒。<u>柯里昂</u>就着酒杯喝一口。

唐·柯里昂

我太太在楼上哭。我听见车子进家的声音。我的参谋，好像大家都知道发生了什么，我想你应该告诉我怎么回事。

黑根

我还没跟妈妈说。我刚才正准备上楼把您叫醒,然后告诉您的。

唐·柯里昂

但你需要先喝点酒。

黑根

是的。

唐·柯里昂

好吧,现在你也已经喝了酒了。

黑根

(他的声音在颤抖)

他们在海滩公路上向桑尼开了枪。他死了。

<u>唐·柯里昂</u>长叹一口气,眼睛里噙着泪花,他控制着眼泪不流下来。

唐·柯里昂

我不想追查此事。我不想有任何报复的行动。我想你帮我安排一次跟五大家族头目的会议……现在要停战了。

<u>柯里昂</u>颤颤巍巍地站起身,拍拍<u>黑根</u>的后背。

唐·柯里昂

打电话给博纳塞拉。我们现在需要他了。

<u>柯里昂</u>离开房间,慢慢走上楼梯。<u>黑根</u>拿起电话拨号。

黑根

我是汤姆·黑根。维托·柯里昂先生让我打电话给你。是你该为他做点什么的时候了。

<u>室内夜间: 殡仪馆防腐室</u>

映入眼帘的是<u>电梯的拉门</u>,电梯在下降,电梯外站着<u>阿梅里戈·博纳塞拉</u>。画外音还是<u>黑根的声音</u>。

黑根的声音

他想你一定会好好报答他的。他一个小时之后会去殡仪馆。你在那里等着他。

电梯大门打开,走出<u>两个人</u>抬着担架,上面抬着一个用灰毯罩着的尸体,尸体的脚伸在毯子外面。<u>黑根</u>跟着进来,身后<u>另一个人</u>如鬼魅般慢慢从暗处走出来。<u>唐·柯里昂</u>来了。他走向<u>博纳塞拉</u>,走到离他很近的地方,一言不发。他目光冰冷,看着这位无比害怕的<u>殡葬师</u>。凝视良久之后,他开口了。

(接上页)都合作过,在《教父》中他们再一次聚首。科波拉从一开始就计划让杜瓦尔和卡安来分别饰演汤姆·黑根和桑蒂诺·柯里昂。他早早地就安排他们排练,给他们买工作餐。花费了数十万美元和几个月的试镜之后,科波拉还是坚持他原来的选择,卡安说,科波拉本来只要花"四个咸牛肉三明治"的钱就能搞定演员人选。杜瓦尔出演《教父》的片酬为36 000美元。作为他那一代演员中的翘楚,杜瓦尔拒绝出演《教父3》,他在做客新闻节目《60分钟》时说:"如果他们给帕西诺的片酬是我的两倍,那没问题,但是不能是3倍、4倍,可他们就是这么干的。"许多演员和剧组成员把《教父3》的失败归结于前两部《教父》作品都有杜瓦尔饰演的黑根,而第三部则没有。2007年,杜瓦尔在评价《教父》时说:"这部电影的精彩与成功都完全归功于弗朗西斯·福特·科波拉,没有其他人的事。整部电影呈现的都是他的构想。他是唯一一个能做到如此的人。"

🎬 **改编与删减**

在小说和剧本中,桑尼之死原本是作为闪回段落出现的。先是桑尼开车到了收费亭,然后是汤姆·黑根打电话给博纳塞拉让他帮教父一个忙,之后才是桑尼被刺杀的场景。

🎬 **改编与删减**

在拍摄剧本中有一场博纳塞拉和他太太的戏,在1972年公映版中未曾出现:博纳塞拉接完黑根的电话后,吓出一身冷汗,他害怕自己可能要成为什么不法行为的共犯,一直骂自己"要是那天没去找教父就好了"。还有另一场戏也不在公映版中:博纳塞拉打开殡仪馆的门,在那里等候,一辆车开了过来,车上的人抬下一具尸体,"博纳塞拉害怕地闭上了眼睛,但没忘了示意来抬担架的人要将尸体抬到哪边"。

"我第一次看《教父》时,看得很不舒服,我满眼看到的都是我的表演失误,所以我讨厌它。但过了几年,我从一个完全不同的角度在电视上又看到了这部电影,我觉得它确实是一部非常好的电影。"——马龙·白兰度,《妈妈教我的歌》

⬢ 拍摄细节

殡仪馆防腐室这场戏拍摄于曼哈顿第1大道29街的贝利弗医院。一台起重电梯坏掉了,影响了整场戏的拍摄进度。

🎥 幕后

在曼哈顿小意大利拍戏时,马龙·白兰度迷上了文森特餐厅(Vincent's)的辣酱墨鱼。当柯里昂朝桑尼的死尸俯下身时,白兰度镜头外的手中还拿着一包美味的墨鱼。

唐·柯里昂

我的朋友,你准备好帮我的忙了吗?

博纳塞拉

好的。我有什么可为您效劳的?

<u>柯里昂走向停尸台上的尸体</u>。

唐·柯里昂

我希望你使出浑身解数为他的遗体好好化妆。我不想让他的妈妈看到他是这个样子。

他掀开灰毯。<u>博纳塞拉</u>看到<u>桑尼·柯里昂</u>被子弹打烂的脸。

唐·柯里昂

(充满感情地)

看看他们怎么残杀我的孩子的。

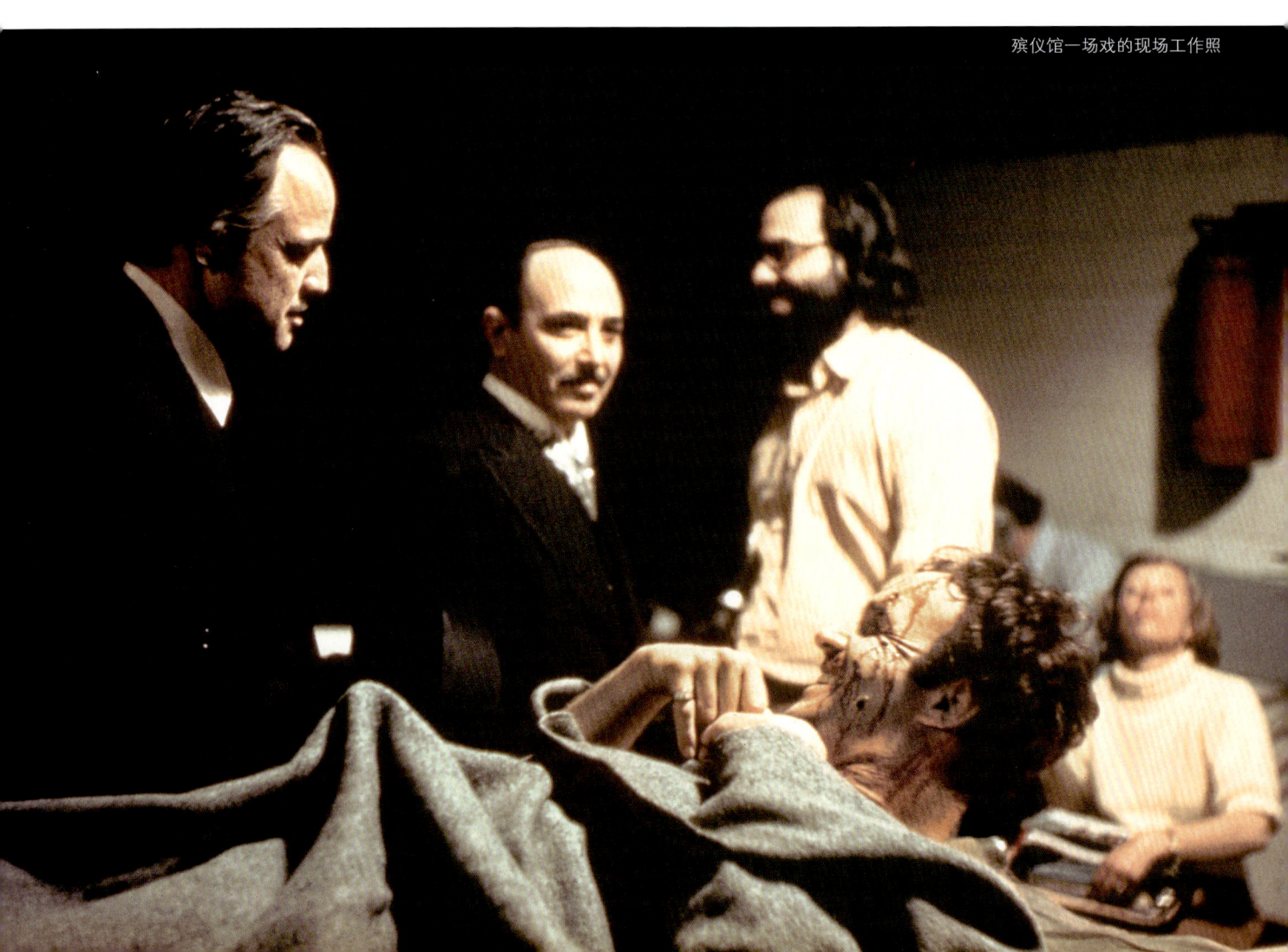

殡仪馆一场戏的现场工作照

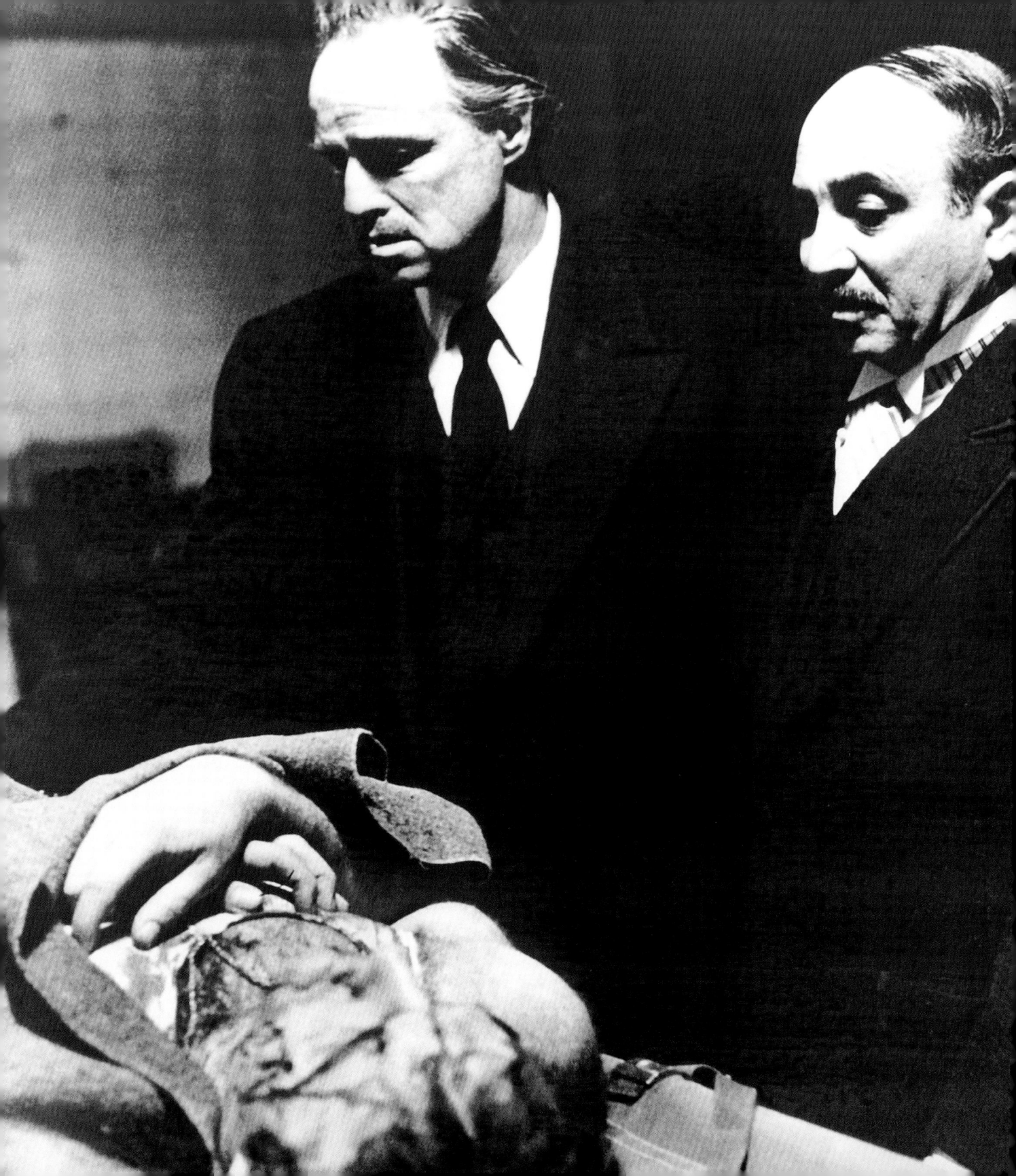

室外白天：托马西诺家的院子

阿波罗妮亚笑着在开车。迈克尔装出特别害怕的样子，教她开车。阿波罗妮亚车开得很不稳，撞到花园里的椅子。庄园门口，观众可以看到背着猎枪的守门人正在站岗。车停下来，迈克尔走下车。他们用意大利语交谈，下配字幕。

迈克尔

还是教你说英语更安全点！

阿波罗妮亚

我会说英语……
　　（说英语）
星期一、星期二、星期四、星期三、星期五、星期天、星期六。

迈克尔

哦哟，说得不错呀！

阿波罗妮亚

（说意大利语）

一辆车按着喇叭开进院子。迈克尔帮托马西诺下车。

迈克尔

您好，托马西诺阁下。

托马西诺

（说意大利语）

迈克尔

巴勒莫那边怎么样了？

阿波罗妮亚亲吻托马西诺。

阿波罗妮亚

迈克尔在教我开车……看，我开给你看。

阿波罗妮亚回到车上。

迈克尔

巴勒莫那边怎么样了？

托马西诺看上去非常疲倦，而且心事重重。

托马西诺

年轻人现在都不懂得尊重……时局每况愈下了。这个地方现在对你已经变得非常危险了。我想让你搬去锡拉库萨那边的别墅……现在就搬。

迈克尔

出什么事了？

托马西诺

美国传来了坏消息。你的哥哥，桑蒂诺，被他们给杀了。

一瞬间，所有那些事，纽约、索洛佐、五大家族之战，又回到迈克尔的脑海之中。一声车喇叭声打断了他的思绪。

阿波罗妮亚

（使着小性子说）

我们走嘛……你答应我的。

镜头溶至：

室外白天：别墅院子

早上。迈克尔探出卧室到了阳台上。楼下，法布里奇奥坐在花园的椅子上，梳着自己的头发。迈克尔在楼上喊他，法布里奇奥抬头望着窗。

迈克尔

法布里奇奥！

法布里奇奥

怎么了，先生。

迈克尔

（说意大利语，下配字幕）

把车开过来。

"所有西西里岛上的真教父们都非常羡慕马龙·白兰度。他们都希望能像他一样那么帅气，那么温文尔雅。"

——《好莱坞报道》，《教父》在意大利公映后，一名巴勒莫地区的报纸编辑如是说

演员与剧组：西莫内塔·斯特凡内里

关于阿波罗妮亚的选角，选角导演弗雷德·鲁斯曾考虑过一些著名的年轻女演员，如奥丽维娅·赫西[Olivia Hussey，曾出演过佛朗哥·泽菲雷利（Franco Zeffirelli）的《罗密欧与朱丽叶》（Romeo and Juliet）]。但科波拉说他一眼就看中了年仅16岁的西莫内塔·斯特凡内里（Simonetta Stefanelli），因为试镜完之后，她就像一个年轻姑娘一样蹦蹦跳跳走了。西莫内塔后来总结自己的角色就是："我遇见他，嫁给他，然后死了。"

法布里奇奥

老大，您自己开吗？

迈克尔

是。

法布里奇奥

太太跟您一起走吗？

迈克尔

不了，我想让你先送她先回娘家，等我确定一切安全再说。

法布里奇奥

好的。老大，就照您说的办。

<u>室内白天：别墅厨房</u>

<u>迈克尔</u>西装笔挺走进厨房。<u>加洛</u>正在吃东西。

迈克尔

（说意大利语，下配字幕）

加洛，阿波罗妮亚人呢？

加洛

（说西西里话，下配字幕）

她想给你一个惊喜。她要开车给你看。她会是个完美的美国太太。

<u>迈克尔</u>笑着离开。

加洛

（说西西里话，下配字幕）

等等，我去拿行李。

<u>室外白天：别墅院子</u>

院子里停着车，<u>阿波罗妮亚</u>坐在驾驶座上，像个孩子一样玩着方向盘。

<u>加洛</u>把行李拿到车旁，把它们一一放进行李厢内。

<u>迈克尔</u>走下楼梯来到院子里。他看见<u>法布里奇奥</u>在院子另一头，正走向大门口。

迈克尔

（说西西里话，下配字幕）

法布里奇奥！你去哪儿？

车喇叭被按响，<u>迈克尔</u>回头望望。

阿波罗妮亚

（说意大利语，下配字幕）

迈克尔！在那儿等着！我把车开过来。

迈克尔看上去有点疑惑。他看看法布里奇奥，后者又转身望了一眼迈克尔，然后跑出大门。迈克尔紧走几步，伸手想去阻拦。

迈克尔

不！不，阿波罗妮亚！

阿波罗妮亚发动车子，巨大的爆炸声淹没迈克尔的吼声。迈克尔被爆炸的气流抛到草丛里。车子完全被包裹在浓烟和火焰中。

淡出。

意大利特效人员用危险的高性能炸药把车炸飞

改编与删减

电影中这个关键的节点与小说原著和拍摄剧本在很多方面都不尽相同：

- 迈克尔的复仇

在原著小说中，迈克尔非常悲痛，有些魂不守舍，他直白地说，他现在想成为父亲期待中的儿子，他想回家。而在拍摄剧本中，迈克尔在悼念亡妻时起誓："法布里奇奥。谁要是能把法布里奇奥交给我，我就给他全西西里岛最肥美的牧场。"这一幕拍摄了，但在1972年公映版中被剪掉了，且后来也只留下了一句简单的台词："给我抓到法布里奇奥。"这一段收录在《教父1902—1959：完全史诗》和《教父三部曲：1901—1980》中。

- 西西里段落和五大家族会议

在拍摄剧本中，西西里这部分戏是不间断的一整个段落，在五大家族会面之后，马上就是整个西西里部分的戏。但如果按这种顺序的话，那么整部电影会显得有些突兀，因为五大家族会面被认为达成了家族间的停战。原剧本给的解释缺乏说服力：柯里昂觉得要一下子完全停战也有困难。1972年公映版直接从阿波罗妮亚之死（在桑尼死之后）切到了五大家族会议，所以完成后的影片将针对迈克尔的暴力袭击和停战提议联系起来，同时这也将之前两个反差强烈的世界（西西里岛和纽约）联系到了一起。

- 迈克尔和柯里昂家的重聚

阿波罗妮亚之死后的两场戏出现在了拍摄剧本中，但在1972年公映版中被删去，这两场戏都是关于迈克尔与父亲重聚的。我们将这些收录进了这本书里。

被删掉的戏

淡入：

室外白天：庄园（1951年春）

复活节。

柯里昂庄园春日的全景镜头。许多孩子，包括柯里昂的儿辈和孙辈，三五成群拿着小小的复活节小篮子满院子跑，到处找糖果和被藏起来的复活节彩蛋。

柯里昂看起来老多了，体形也瘦了一些，他穿着宽大的裤子、格子呢衬衫，戴着一顶旧帽子，在菜园里蹀步，照料着他那成排的肥硕的西红柿。突然，他停下脚步，在看着什么。

迈克尔站在那儿，拎着他的行李箱。

柯里昂一下情绪激动起来，他走向迈克尔。迈克尔放下行李箱，走向柯里昂，两人拥抱。

唐·柯里昂

我的好儿子……

室内白天：橄榄油工厂

唐·柯里昂带着迈克尔穿过楼内走廊。

唐·柯里昂

这幢楼也快到头了。不能再用来办公了……太小，也太老。

他们走进柯里昂玻璃嵌墙的办公室。

唐·柯里昂

你有想过找一个太太吗？组建一个家庭？

迈克尔

（看上去很苦恼）

没有。

唐·柯里昂

我懂你，迈克尔。但是你必须成家。

迈克尔

我想要孩子，我想要家庭。但是我不知道这是什么时候的事。

唐·柯里昂

顺势而为吧，迈克尔。

迈克尔

我能顺势而为；我能这样，但我一直没有机会。从我出生开始，你就都为我铺好了路。

唐·柯里昂

不是的,我对你的期待不太一样。

迈克尔

你希望我成为你心目中的儿子。

唐·柯里昂

是的,但我的儿子,可以是大学教授、科学家、音乐家……孙辈的可能性就更多了,谁知道呢,可能会当上州长,甚至总统,在美国没什么不可能的。

迈克尔

那我为什么成了像你这样的人?

唐·柯里昂

你骨子里像我;我们都不想被人当成傻瓜,不想被人当枪使。我希望这种打打杀杀、家族大战不要再发生了。这是我的不幸,也是你的不幸。我十二岁的时候,就因为我的爸爸,被人在柯里昂村的街道上追杀。我没得选。

迈克尔

一个人得选择他想要的那种生活。我坚信如此。

唐·柯里昂

你还有什么坚信的?

迈克尔没有回答。

唐·柯里昂

要坚信家庭。你能信你的国家吗?让那些国家有权势的大人物(pezzonovante)决定我们的生活吗?要那些向别国宣战、让我们参战来保卫他们自身利益的人来决定吗?你能把你自己的命运交到那些只有本事把自己选区里的选票骗到手的人手里吗?迈克尔,五年内,柯里昂家族的生意要完全合法化。其间会有数不清的困难。我是没这个精力了,但是你能,如果你愿意。

迈克尔认真地听着。

唐·柯里昂

相信家庭;相信那些古老相传、不容置疑的处世之道;相信你身体里延续千年的血脉。迈克尔,成家,然后保护它。这就是我们的事业,就是我们的职责所在(sono cosa nostra)。政府只保护那些自己手中有权力的人。成为那样的人……你就可以做出你自己的选择了。

淡出。

意大利文化

Pezzonovante在意大利语里是"有权势的大人物"的意思。

穿帮

眼睛很尖的《教父》死忠粉注意到银行大楼外的美国国旗是50颗星的星条旗，而在电影所拍摄的时代，正确的星条旗应该只有48颗星（阿拉斯加州和夏威夷州直到1959年才作为州并入美国联邦）。

拍摄细节

银行外景地为纽约美联储外，内景则是位于纽约中央火车站的宾夕法尼亚中央铁路公司32层的会议室。

演员与剧组：拉迪·邦德

拉迪·邦德（Rudy Bond，饰演卡尔米内·库内奥）还出现在马龙·白兰度最著名的两部电影当中：《欲望号街车》（*A Streetcar Named Desire*，1951）和《码头风云》（*On the Waterfront*，1954）。

有人曾怀疑维托·柯里昂这个角色是著名的纽约意大利黑帮头目维托·杰诺韦塞（Vito Genovese）和乔·普罗法奇（Joe Profaci）的结合体。

淡入：

室外白天：银行大楼

纽约金融中心一幢非常壮丽森严的银行大楼。

室内白天：会议室

银行的会议室，日光从窗户照进来。埃米利奥·巴尔齐尼坐在会议桌旁。观众可以听见：

唐·柯里昂

巴尔齐尼阁下，非常感谢你帮我组织了今天这里的会议。

镜头平移过桌边就座的所有帮派大佬，桌上放着红酒、雪茄、整碗的坚果和水果。

唐·柯里昂

还有今天从纽约州、新泽西州赶来的其他五大家族族长。布朗克斯区的卡尔米内·库内奥，来自布鲁克林的朋友菲利普·塔塔里亚，还有来自史坦顿岛的朋友，维克托·斯特拉奇。还有从加利福尼亚、堪萨斯城，以及全国其他地区远道而来的朋友。多谢你们。

黑根让唐·柯里昂在桌边就座，给他倒一杯水，然后坐在后面。

"这是一场充满了潜台词的戏;每个人说的每句话,都只是露在海面上的冰山一角;实际上,他们都想看看教父是廉颇老矣还是强悍依旧;谁是跟谁联手的;哪些人还保有忠诚或是可以合作。"

——科波拉《〈教父〉笔记本》

《教父》中橘子的象征寓意

许多《教父》发烧友深信橘子在片中象征或预示着死亡——而且他们理由充分。以下场景或是对人物命运结局的刻画都支撑这一观点:

- 叛徒泰西欧在电影中的出场是在婚礼上抛橘子。
- 婚礼上,当桑尼的太太桑德拉描述桑尼的不可描述之物时,她身前桌子上放了一大碗橘子。
- 沃尔兹餐桌显眼的位置上摆放了一碗橘子。
- 柯里昂被射杀之前正在买橘子,柯里昂跌倒时撞掉了很多橘子。
- 弗雷多探望卧病在床的父亲时,站在一篮橘子旁。
- 五大家族族长会议上,在塔塔里亚和巴尔齐尼身前都放着橘子。
- 在柯里昂突发心脏病去世时,他嘴里含着橘子皮。

科波拉说他如此频繁地使用橘子,是因为橘子是一个功能非常多的道具,会让他想起西西里岛,但是橘子的象征寓意并不是他故意为之的。美术师迪恩·塔沃拉里斯也同样这么解释。因为多数电影场景里都非常昏暗,影调偏赭色,所以橘子是很好的对比色。以低影调著称的摄影师戈登·威利斯也做了同样的补充解释。然而,这种猜测仍然极有市场……

唐·柯里昂

为什么事情会变成这样?我不知道。这十分不幸,也毫无必要。塔塔里亚失去了一个儿子。我也失去了一个儿子。我们该停手了。如果塔塔里亚同意的话,我愿意还像过去那样,我们从头开始。

巴尔齐尼

我们都很感激柯里昂阁下提议召开这次会议。我们都知道他是言而有信的人——也是一个谦逊的人,他一直都是讲道理的。

塔塔里亚

是的,巴尔齐尼阁下。他过于谦逊了。他手里攥着一把法官和政客。但他不愿跟大家分享。

唐·柯里昂

什么时候?我何时拒绝过跟大家分享?你们在座诸位都知道我的。除了那一次,我何时拒绝过?那我为什么那次要拒绝呢?因为我坚信,毒品生意将来会毁掉我们。毒品,不像赌博,或是卖酒,甚至不像女人,这些今天大部分人都愿意花钱消遣,只是教会大人物禁止他们这样做。甚至过去那些在赌博和别的买卖上帮过我们的警察,一提到毒品也会拒绝帮忙。我过去是这么想的,现在也是这么想的。

巴尔齐尼

时代变了。现在再也不是我们可以为所欲为的那个时候了。拒绝可真不是朋友所为。既然柯里昂阁下手里握着纽约全城的法官和政客，那么他就必须让大家分享这些资源，一起利用。他必须让我们都能从中分一杯羹。当然他可以为此跟大家收取一些费用；毕竟，我们也不是苏联人。

所有人都笑了。扎卢基站起来。

扎卢基

我同样也不相信毒品。这么多年来，我宁可多拿点钱给我的人，好让他们别去沾这门生意。有人跟他们说："我手里有白粉；如果你投资三四千块钱，我们转手分销出去就能赚五万块。"他们就按捺不住了。我希望这门生意能上正轨，稍微有点分寸。

（他用手猛拍一下桌子）

我不希望在学校边上卖。我不希望把毒品卖给孩子们。那就是道德败坏了。在我所在的城市，毒品只能卖给黑人、有色人群。反正他们都是禽兽，就让他们的灵魂堕落去吧。

大佬们之间达成了某种共识。唐·柯里昂仔细听着，然后开始点评。

唐·柯里昂

我希望我们聚在这儿是一起来讲道理的。我是个讲道理的人，我愿意做必要的努力，只要能找到一个和平解决之道。

巴尔齐尼

那我们就达成一致了。毒品生意可以做，但是要有控制，柯里昂阁下会为我们在东区提供保护，然后各家族之间停战。

塔塔里亚

但是我必须要从柯里昂先生这边得到最严苛的保证。以后他的地位得到巩固，他会报复在座的个别人吗？

巴尔齐尼

你看，我们在座诸位都是讲道理的人，我们不必像律师一样给什么保证。

唐·柯里昂

你谈到了复仇。复仇能让你的儿子死而复生吗？能让我的儿子死而复生吗？我答应不去计较我大儿子的死。但是我有自私的考虑。因为索洛佐的事，我的小儿子被迫远走他乡。

柯里昂说着说着站起来。

我得做些安排好让他安全地回国，不要惹上什么无中生有的罪名。而我是一个迷信的人，如果有什么意外不幸降临到他身上——如果他被某个警察一枪毙命，或

是在监狱牢房里上吊了,甚至他被雷给劈到了,我都会把责任归咎于房间里在座的某些人。而且我也绝不会再宽恕。

(停顿一下)

但是除此以外,我起誓——以我孙子的灵魂起誓——我不会打破今天我们在这里缔造的和平局面。

<u>塔塔里亚</u>站起来,点点头,他和<u>柯里昂</u>走至长桌一端,在<u>巴尔齐尼</u>身前互相拥抱。<u>人们</u>纷纷鼓掌。

"（马龙·白兰度）是那种世事洞明的人，很快就能摸清一个人的底细。他讨厌伪君子，尤其是那些想忽悠他的伪君子。对于这种人，他会直接把他们干死。"

——化装师迪克·史密斯

"白兰度就是那种一眼就能戳穿谎言的人。"——制片人阿尔伯特·拉迪

改编与删减

原著小说中，一个叫菲利克斯·卜启丘（Felix Bocchicchio）的死刑犯供认自己对索洛佐和麦克拉斯基的死负责，这样才能使迈克尔顺利回家。

室内夜间：柯里昂的豪车内

柯里昂黑色的豪华轿车行驶在公路上。他安静地坐在带靠垫的汽车后座上。黑根坐在他身边。已经入夜了。路灯的亮光时不时划过他们身上。

黑根

我去见塔塔里亚家的人的时候，要不要坚持那些毒品中间商必须都没有前科？

唐·柯里昂

可以提，但别太坚持。巴尔齐尼这种人你不说他自己就会懂。

黑根

你是想说塔塔里亚？

唐·柯里昂

塔塔里亚就是个拉皮条的。他根本没本事干掉桑蒂诺。

（停顿一下）

我也是直到今天才知道，一直是巴尔齐尼在背后捣鬼。

室外夜间：大街之上

柯里昂的车消失在夜幕之中。

镜头溶至：

室外白天：新英格兰地区的一所小学（1950年秋）

观众可以听见孩子们的笑声、吵闹声，一群孩子跟着他们的老师凯·亚当斯。她看上去成熟了一些，也有些变样了，但看上去她的工作和生活安宁快乐。

她带着孩子们穿过马路，路边树荫里停着一辆黑色轿车。

凯

快点，南希。大家跟上，不要掉队。瑞安？好，很好。

凯看见从轿车后座走下来的迈克尔。他穿着一件朴素且合身的外套，戴着男式毡帽，显然一直在等她。观众可以清楚地看见凯的面部表情，她非常惊讶；她不知道是应该冲到迈克尔怀中，还是让眼泪夺眶而出。

凯

你回来多久了？

迈克尔

我回来快一年了。可能还更久一些。见到你真好，凯。

镜头溶至：

被删掉的戏

庄园外景

迈克尔和柯里昂一起穿过花园。

唐·柯里昂
（挥着手）
莴苣、西红柿、胡椒……

迈克尔
爸，那桑尼的仇怎么报？西西里的账怎么算？

唐·柯里昂
我发过誓了，我不能打破和议。

迈克尔
但他们会不会把这当成是示弱？

唐·柯里昂
这就是示弱。

迈克尔
你发誓不能打破和议。但是我没发过誓。所以爸你不必参与进来。我来处理这些事。

唐·柯里昂
（笑笑）
我们可以从长计议。

他们继续穿过花园。

 改编与删减

在普佐的原著小说中，凯一直与柯里昂夫人有联系，所以迈克尔一回美国，凯就得知了消息。迈克尔和凯在新罕布什尔重逢一幕是在加利福尼亚的米尔谷（Mill Valley）拍摄的，当时主拍摄阶段早已结束，这是后来补拍加到电影中的。这一幕主要是为了交代迈克尔回到了美国。然而，在拍摄剧本中还包含了迈克尔与父亲重聚的一小段戏，之后迈克尔和父亲在花园中散步，讨论打破五大家族间的"和议"的事。这场戏拍摄了，但并未出现在1972年的公映版中。

室外白天:新罕布什尔的街道

迈克尔和凯慢慢走在满是黄叶的街道上。在他们身后一段距离之外,一辆黑色轿车以他们走路的速度慢慢跟着。

迈克尔

凯,我现在替我爸忙着生意。他病了。病得不轻。

凯

但是你不像他,迈克尔。我以为你不会变成你父亲那样的人。你以前是这么说的。

迈克尔

我父亲跟其他那些有权势的人没什么不同。

凯

(想用眨眼止住泪水)

哈。

迈克尔

就跟那些要为别人负责的人一样——像参议员,或是总统。

凯

你知道你这话听上去有多天真?

迈克尔

为什么这么说?

凯

参议员和总统可不会杀人。

他们停下脚步。

迈克尔

凯,到底是谁天真了?凯,我父亲那套做事的方式已经过时了,没用了。他自己都知道。我是说,五年里,柯里昂家族的生意会完全合法化。相信我。我能告诉你生意上的事就这么多,凯……

凯

(看起来非常激动)

迈克尔,你为什么要来这儿?为什么?都过去这么久了,你究竟想要我怎样?你一个电话都不打,也不写信。

迈克尔

我来这儿,是因为我需要你。因为我心里还挂念着你。

凯

(哭着说)

别说了,迈克尔。

迈克尔

因为我想让你嫁给我。

凯

（摇着头说）

太晚了，太晚了。

迈克尔

别这样，凯……只要你开口，要我做什么都行，什么都可以，只能弥补之前那些事。因为那很重要，凯。我们拥有彼此才是最重要的事。我们会共度一生。我们会有孩子。我们的孩子。凯……我需要你。我爱你。

迈克尔示意车开过来，两个人上车。

淡出。

淡入。

 拍摄细节

这一幕中所拍摄的办公室也是开场时的那间办公室，桌子都是一样的——但是室内还是为柯里昂家新的当家人重新布置了一番。根据前期筹备备忘录显示，墙纸换成油漆，还增添了空调、新的沙发、小电视和铺满全屋的地毯。

室内白天：柯里昂的办公室（1955年）

镜头一直对准维托·柯里昂，他看上去更老了，体形也小了一号。他穿着宽大的睡裤和一件保暖的格子呢衬衫。他喂着鱼，身后，镜头之外，泰西欧、迈克尔和克莱门扎围着桌子交谈。

泰西欧

巴尔齐尼的人在一点点蚕食我的地盘,可我们却什么都不做。再过一阵子我在布鲁克林就没有立足之地了。

迈克尔

耐心一点。

泰西欧

我不是来求你出手相助的,迈克。我只是不想束手束脚。

迈克尔

再耐心一点。

泰西欧

我们要保护我们自己。给我个机会再招兵买马。

迈克尔

不行。我不想留给巴尔齐尼任何借口来开战。

泰西欧

迈克,你这不对。

<u>克莱门扎进入镜头。</u>

克莱门扎

柯里昂阁下,您曾说过总有一天会让泰西欧和我自立门户。今天之前我想都没想过。现在我需要您的许可。

<u>镜头切至全景</u>,我们看见房间里还有<u>黑根</u>和<u>阿尔·内里</u>。

唐·柯里昂

现在是迈克尔当家,如果他允许的话,那我会恭祝你能自立门户。

迈克尔

等我们搬去内华达州之后,你可以脱离柯里昂家族,自立门户。但要在我们搬去内华达之后。

克莱门扎

要多久?

迈克尔

6个月。

泰西欧

请原谅我,教父,但等你走了,我和彼特迟早会受巴尔齐尼挟制。

克莱门扎

我恨那个该死的巴尔齐尼!再过6个月,我们就什么都不剩了。

"在我用'教父'指代黑手党大佬前,黑手党里没人这样使用这个词。没有人用这一称呼。在意大利的家庭文化里,如果你是个孩子,那你父母所有的朋友你都要喊'教父'或是'教母',这就类似于美国文化里你喊父母的朋友'阿姨'或'叔叔',虽然你们并没有血缘关系……现在黑手党开始用这个词了。甚至所有人都会用这个词了。"

——马里奥·普佐,1996年接受国家公共广播电台特里·格罗斯采访时如此解释"教父"一词

唐·柯里昂
你们相信我的判断吗?

克莱门扎
当然相信。

唐·柯里昂
你还效忠于我吗?

克莱门扎
是的,我一直都效忠于您,教父大人。

唐·柯里昂
那就好好做迈克尔的朋友,按他说的做。

迈克尔
现在还有很多事情在谈判过程中,到时候你们所有问题都能得到解决,你们的问题都会有答案。我现在就能说这么多。

（对坐在沙发上的卡洛说）

卡洛，你是内华达州长大的。等我们在那儿开始做生意时，你就要成为我的左膀右臂。汤姆·黑根不再担任参谋了。他会是我们在拉斯维加斯的律师。我没有对汤姆不满的意思，只是我想这样安排。而且，如果我需要有人给我参谋，谁还能比爸更合适的呢？所以，就这样了。

迈克尔在桌子后面坐下。内里打开门，泰西欧、克莱门扎和卡洛走出去。泰西欧握握迈克尔的手。卡洛离开房间时，柯里昂慈爱地捏捏他的脸。

克莱门扎

（握着柯里昂的手）

教父。

卡洛

谢谢，爸。

唐·柯里昂

我为你高兴，卡洛。

被删掉的戏

黑根

迈克尔，为什么你要让我退出？

迈克尔

我们家的生意迟早要合法化。汤姆，你是负责法律的人——还有什么比这更重要？

黑根

我不是说这个。我是说罗科·兰波内现在在秘密组建自己的人马。内里现在不通过我或是二当家就直接跟你汇报了。

迈克尔

你是怎么发现的？

黑根

罗科的人有点太大材小用了！他们拿的薪水对他们的职位来说又有点过高。

唐·柯里昂

我跟你说了，这逃不过他的法眼。

黑根

迈克，为什么让我退出？

 改编与删减

黑根问迈克尔为何让他"退出"的这一幕前后都有一些素材被剪掉了，包括关于迈克尔保镖阿尔·内里的情节，这些镜头都拍摄了，但在1972年公映版中都被删去了。这一段被收入了《教父三部曲：1901—1980》中。

迈克尔

你不适合做战时参谋,汤姆。我们搬家后的行动可能会更激进。

唐·柯里昂

汤姆,是我建议迈克尔的。我从不觉得你是个不称职的参谋。我觉得桑蒂诺不适合当家,愿他安息。我对迈克尔非常有信心,对你也一样。但不让你参加接下来的行动是有理由的。

黑根

或许我能帮得上忙。

迈克尔

(冷酷地说)

你得退出,汤姆。

柯里昂拍拍黑根的肩。汤姆沉默一会儿,也走出房间。迈克尔松松领带,柯里昂鼓励地拍拍他。

镜头溶至:

拉斯维加斯公路沿线风景

室外白天：拉斯维加斯（1955年）

<u>移动镜头</u>：从车子上看1955年拉斯维加斯公路沿线风景。

<u>镜头溶至</u>：

室外白天：弗拉明戈大酒店

一辆车停在弗拉明戈大酒店门口。<u>迈克尔、弗雷多和另外几个人</u>走下车。

室内白天：弗拉明戈大酒店的走廊

<u>弗雷多搂着迈克尔</u>往前走。<u>黑根、内里和两个旅馆侍者</u>跟在他们后面。

弗雷多

我实在没法不注意到你的脸。看上去非常好。医生真不错。谁说服你去做手术的，凯吗？

（对<u>旅馆侍者</u>说）

嘿，嘿，嘿，嘿，嘿，等等！嘿。把它们就放在外面好了，我们过会儿来拿。他很累了；他要洗洗弄弄。好了，现在让我开门，好吗？

室内白天：弗拉明戈大酒店的套房

套房中间摆着一张非常豪华的圆桌，可以坐八个人的桌子上放满了豪奢的餐具和食物。桌边站着的是<u>约翰尼·方坦</u>，他看上去心情不错——又胖了点，但衣着光鲜——他身旁坐着<u>四个拉斯维加斯女郎</u>。一个波尔卡乐队在演奏节日音乐。

约翰尼

欢迎来到拉斯维加斯。

弗雷多

都是为你准备的，我的小弟。哈？
　　（走向<u>约翰尼</u>）
都是他的主意，是吧？是不是啊？

约翰尼

那个，你哥哥弗雷迪……

弗雷多

这些姑娘……都是你找来的？

<u>弗雷多</u>和<u>约翰尼</u>哈哈大笑。<u>迈克尔摇头示意弗雷多过来</u>。

弗雷多

哈？我去去就来。

约翰尼

好的，没问题。

弗雷多

你先招呼一下，好吧？
　　（对<u>迈克尔</u>说）
你在这里应有尽有，我的小弟。应有尽有。是吧？

迈克尔

　　（严肃地说）
这些姑娘是什么人？

弗雷多

　　（开着玩笑说）
这得你来搞清楚了。

迈克尔

让她们出去，弗雷多。

弗雷多

嘿，迈克，怎么了……

迈克尔

弗雷多，我来这儿是谈生意的。我明天就走了。现在让她们出去。我也累了。让乐队也走吧。

弗雷多

　　（先是对<u>姑娘</u>说，然后对<u>乐队</u>说）

 拍摄细节

拉斯维加斯公路沿线的风景是从素材库中挑选的。发生在拉斯维加斯部分室内戏是在位于曼哈顿美国酒店（American Hotel）的美国套房中拍摄的。科波拉本想都实地拍摄，但是考虑到预算，他的计划只能搁浅。

穿帮

弗拉明戈大酒店大堂中有两个嬉皮士打扮的人，这显然不符合当时的时代背景。从车里下来的演员也不是约翰·凯泽尔，这大概是因为预算太紧了所以只能找廉价的替身。

演员与剧组：约翰·凯泽尔的传奇演艺生涯

弗雷多这个人物的选角没有任何争议在《教父》中只此一例。约翰·凯泽尔原本就是一位天赋极佳的舞台剧演员，曾赢得过两次奥比奖——其中一次是在《印第安人想要布朗克斯》中和他的童年好友帕西诺联袂演出。理查德·德赖弗斯（Richard Dreyfuss）邀请选角导演弗雷德·鲁斯观看自己在伊斯雷尔·霍罗维茨（Israel Horovitz）的非百老汇戏剧《排队》（Line）中的表演，凯泽尔也有出演。鲁斯说："我们那时想找一个饰演弗雷多的人，我完全不知道约翰·凯泽尔是谁。但他让我眼前一亮。我一有机会，便把他带到科波拉面前，我跟科波拉说：'弗朗西斯，这是弗雷多，我们不需要再试别的演员了，他就是弗雷多。'我们都非常喜欢约翰，他跟我们合作了两部《教父》。他是一个特别厉害的家伙。"在出演完《教父》之后，凯泽尔还出演了四部剧情片：《对话》（The Conversation）、《教父2》、《热天午后》（Dog Day Afternoon）和《猎鹿人》（The Deer Hunter）。他出演的每一部电影不仅都获得了奥斯卡最佳影片的提名，而且也都经历了时间的考验，成为影史经典。在拍摄《猎鹿人》时，凯泽尔被查出患有骨癌，电影拍摄完不久他就去世了。

嘿，先走吧，好吧？你们先走。嘿……安杰洛。

约翰尼

好了，走吧。

弗雷多

嘿，快点，走人！

约翰尼

快点，宝贝儿，快走吧。

弗雷多

约翰尼，我不知道怎么回事。我不知道他是怎么回事？对不起，宝贝儿，走吧。我不知道怎么了，可能他累了……他……

<u>乐队</u>和<u>女郎们</u>都离开房间。

迈克尔

莫·格林去哪儿了？

弗雷多

他说他有点事要谈。他说等聚会开始了，再给他打电话。

迈克尔

那么，给他打电话。

<u>迈克尔</u>拍拍<u>弗雷多</u>的背，然后他走到<u>约翰尼</u>面前，跟他握手。

迈克尔

约翰尼，一向可好？

约翰尼

好啊，迈克。很高兴又见到你了。

迈克尔

我们都以你为豪。

约翰尼

谢谢你，迈克。

迈克尔

坐吧，约翰尼，我想跟你聊聊。教父也很为你骄傲，约翰尼。

<u>迈克尔</u>和<u>约翰尼</u>坐下来。

约翰尼

那个，都是他老人家的提携。

迈克尔

他知道你是一个会感恩的人。所以他想请你帮忙。

约翰尼

迈克，我能做点什么？

迈克尔

柯里昂家族在考虑放弃原来的橄榄油生意的收益,搬到这儿落户发展。

约翰尼

(点着头)

嗯哼。

迈克尔

现在,莫·格林会把他在赌场和酒店的股份卖给我们,所以这里会完全变成我们家族所有。汤姆——

<u>弗雷多</u>也坐下来。<u>迈克尔给黑根</u>比个手势。

弗雷多

(焦虑地)

嘿,迈克,你确定吗?莫很钟爱这里的生意——他从来没跟我说过要卖的事。

迈克尔

是的,不过,我会给他开一个他无法拒绝的价。

<u>黑根</u>把合同递给<u>迈克尔</u>。

迈克尔

所以,约翰尼,我们觉得娱乐演出会是吸引赌客来赌场的重要因素。我们希望能跟你签一份合同,你保证每年在赌场现身五次,可能还要邀请一些你电影圈的朋友来露个面。这事情上,我们就指望你了。

约翰尼

(笑了)

没问题,迈克,为了我的教父,我可以做任何事,你知道的。

迈克尔

很好。

<u>莫·格林</u>走进房间,身后跟着<u>两个保镖</u>。他有一副英俊的外表,穿着打扮有如好莱坞明星一般。他的<u>保镖</u>打扮得则比较像美国西岸人。

莫

嘿,迈克!好啊,兄弟们。人都在啊。弗雷迪、汤姆。见到你真高兴,迈克。

演员与剧组：阿莱士·罗科

"《教父》让我从只能选择汉堡到可以吃上牛排。"

——阿莱士·罗科，2007

阿莱士·罗科，原名小亚历山大·费德里科·彼得里科内（Alexander Federico Petricone Jr.），1936年生于美国马萨诸塞州。早年罗科曾有一些法律方面的污点，他承认自己是一起帮派分子谋杀案的嫌疑人，但"我跟这事儿一点关系都没有"，后来因为非法赌注经纪入狱一年。刑满释放后，他发誓再也不能进监狱了。他改了名字，前往加州。他回忆自己的第一份工作 [在《蝙蝠侠》（*Batman*）中饰演一名恶棍] 是从做酒吧男侍的哥们儿那里偷来的，剧组打电话时那人正在卫生间。

谈及《教父》的试镜，罗科说："为了拿到试镜资格，你必须告诉科波拉你想演哪个角色。试镜前，我紧张得不行。到了派拉蒙公司，我不断给自己鼓劲：'你做他妈的你自己就好了。像个爷们儿一样，别老是长不大！'我在我的大众车里还做了一番祈祷：'亲爱的上帝啊，让我离开这儿吧！我不在意这份工作。我就是不想听上去像个蠢货！'"

"我一走进去，科波拉马对弗雷德·鲁斯说：'哈，看来我们找到演犹太人的演员了！'我回应道：'我不知道怎么演犹太人啊！'他们告诉我饰演意大利人的关键所在，就是手指捏在一起，手掌向上，手腕上下摆动，而饰演犹太人的诀窍就是两手合掌，然后双手上下挥动（原书编注：罗科在这场戏中表演了这一动作）。打这以后，我饰演了很多犹太人角色。"

在他42年的演艺生涯中，罗科饰演了很多角色，从《生活的真相》（*The Facts of Life*）中乔的老爹，到让他获得艾美奖的《有名的泰迪》（接下页）

迈克尔

你还好吗，莫？

莫

非常好。你在这儿满意吗？厨师专门给你做了大餐，这里还有靓到让你惊艳的舞女，在这儿你名头很大。

（对他的保镖说）

给这屋里的每个人都拿些筹码来，招待大家等会儿去赌场里玩玩。

莫坐下来。

迈克尔

我的名头大到可以买断你在这儿的股份吗？

莫和弗雷多笑起来。

莫

买断我的股份……？

迈克尔

赌场的，还有酒店的。柯里昂家族希望能买断你的股份。

莫不笑了。屋子里的气氛紧张起来。

莫

柯里昂家族希望买断我的股份？不可能，只有我买断你们，你们不能买断我。

迈克尔

你的赌场在亏钱。或许我们能经营得好些。

莫

你们觉得我黑钱了，迈克？

迈克尔

（非常侮辱性地说）

你不太走运。

莫笑着站起来，双手上下晃一晃，拍了一下。

莫

你们这些意大利佬真他妈搞笑。我帮了你们一个忙，在你们惹麻烦的时候收留弗雷迪，现在你们打算把我挤走！

迈克尔

等等。你收留弗雷迪是因为柯里昂家族为你的赌场提供了资金，是因为西岸的马利纳里家族保证弗雷迪的安全。现在我们在商言商。

莫

是，让我们在商言商，迈克。首先，你们都完蛋了。柯里昂家族不再像以前那样有势力了。教父大人病了，对吧？你们都快被巴尔齐尼和别的家族赶出纽约了。

你还想在这边兴风作浪吗？你觉得你可以直接到这儿接管我的酒店吗？我跟巴尔齐尼聊过。我能跟他合作，而且还能保住我的酒店！

迈克尔

这就是你当众扇我哥哥耳光的原因吗？

弗雷多

啊，那个啊——没事啦，迈克。那个，那个，莫没什么恶意。当然，他是有一次着急上火了，但是——但是莫和我，我们是好朋友，对吧，莫？是吧？

弗雷多走向莫，拍拍他的背。

莫

我有这么一摊生意要做。偶尔发飙也是为了让买卖顺利做下去。我跟弗雷迪有过一些小摩擦，那也是为了让他上道。

迈克尔

（静静地，无情地）
你是为了让我哥哥上道？

莫

他有一次跟两个鸡尾酒女侍鬼混！其他桌边的玩家连杯酒都喝不上。你到底发什么神经？

弗雷多看向一旁，很是尴尬。

迈克尔

（以不容分说的语气说）
我明天回纽约。你考虑一下价格。

迈克尔从座位上起身。莫把酒杯一摔，也站起身。

莫

你知道我是谁吗？我是莫·格林。你在还跟啦啦队约会的时候我就已经混出头了！

弗雷多

（害怕地说）
等一下，莫。莫，我来想办法。汤姆——汤姆，你是参谋，你跟教父去说；你能跟他解释的……

黑根

慢着，老爷子已经半退休了，现在是迈克尔在打理家族生意。如果你有什么想说的，跟迈克尔说就行。

莫生气地离开房间。

弗雷多

迈克！你不能这么来拉斯维加斯跟莫·格林这样的大佬这么说话！

（接上页）(*The Famous Teddy Z*)，但他给人印象最深的，还是在《教父》中饰演的莫·格林［此角色很大程度上受到了美国20世纪30年代犹太裔黑帮头目布格西·西格尔（Bugsy Siegel）的启发］这一戏份不多的角色。他说导演们经常邀请他参演电影就是因为他们都很喜欢格林这个角色。一次在电梯里，一群大学生引用他在《教父》里的台词来恭维他："你在还跟啦啦队约会的时候我就已经混出头了！"他还在一些节目和电影中偶尔客串一些戏仿莫·格林的角色。"莫·格林这个角色让我事业爆棚，我完全没想到会是这样。"2007年罗科回忆起往事时如是说，"我是如此幸运，被老天眷顾。"

🎬 幕后

阿莱士·罗科到剧组时影片已经拍摄过半，所以他无法融入其他早进组的演员之间建立起的那种亲如一家的氛围。罗科回忆道，他在这场戏中的紧张度，部分来自无法融入其他演员的圈子而对他们"有点冷漠"。但帕西诺精湛的演技也燃起了他的斗志。"阿尔·帕西诺如果不是异常聪明，就是想跟我开玩笑。排练时，阿尔的声音非常低沉，我的声音则大得多。所以在拍摄时，我压低了我的声音，以跟他能一句一句对得上戏。这法子非常有效。直到今天，我还很感谢他。"

——阿莱士·罗科，2007年接受笔者采访

🎬 穿帮

在一个很快的连续段落中，弗雷多不止一次而是两次拿下了墨镜。同样，迈克尔也两次掏出了香烟和打火机。

演员与剧组：黛安·基顿

很多演员试镜了凯·亚当斯一角，包括吉尔·克莱伯勒（Jill Clayburgh）、苏珊·布莱克利（Susan Blakely）和米歇尔·菲利普斯（Michelle Phillips）。在众多女演员中，科波拉和弗雷德·鲁斯还考虑过热纳维耶芙·布卓（Geneviève Bujold）、珍妮弗·索尔特（Jennifer Salt）和布莱思·丹纳（Blythe Danner）。科波拉开始非常担心这一角色可能会被饰演得非常"寡淡"，然后她发现了女演员黛安·基顿，她非常古灵精怪，这让凯的角色变得有趣了不少。基顿一直被公认是"有点乖僻的女演员"。而在科波拉看来，她也同样是一个"真正的WASP"①。

黛安·基顿一直以她在除味剂广告中家庭妇女的形象而知名。她曾经出演过一些百老汇剧目，如《爱情游戏》（Lovers and Other Strangers，与理查德·卡斯泰拉诺合演），科波拉也看过此剧。《教父》里的角色是她第一个比较重要的电影角色。

① WASP 在欧美文化中泛指兼具白人（White）、盎格鲁—撒克逊族裔（Anglo-Saxon）、新教徒（Protestant）的人群，即美国社会中很长时间内在人口比例和价值观上最主流和核心的人群。——译注

                迈克尔

弗雷多。你是我的哥哥，我爱你。但是千万别再站在与我们家族作对的人那边。绝对不行。

室外白天：庄园
一辆豪华轿车驶进庄园，在门口停下来。

室内白天：车内
凯、迈克尔和他们的儿子安东尼都坐在后座。

                迈克尔

我得去见见爸爸和他手下人，吃饭就别等我了。

                凯

唉，迈克尔。

                迈克尔

我们周末一起出去。

                凯

呃。

                迈克尔

我们周末进城，一起看看演出，吃个饭，我跟你保证。

迈克尔吻了凯一下。司机内里把孩子抱走。迈克尔下车，凯还想跟他多说两句话。

                凯

还有，迈克尔，迈克尔，你姐姐想跟你说些事情。

                迈克尔

那让她来找我好了。

                凯

不行，她有点怕找你。康妮和卡洛想让你做他们小宝宝的教父。

                迈克尔

好吧，我想想。

                凯

你会答应吗？

                迈克尔

让我想想。到时再说吧。快下车。

凯下车。

                镜头溶至：

室外白天：花园

柯里昂看上去更老也更憔悴了。迈克尔和他坐在花园里，吃着东西聊着天。

唐·柯里昂

那么巴尔齐尼会先对付你。他会通过一个你绝对信得过的人安排一次跟你的会面，这个人会保证你的安全。但如果你去了，就会被干掉。

柯里昂拿起酒杯，啜饮一口。

唐·柯里昂

我比以前更喜欢喝酒了。反正，喝得更多了。

迈克尔

这对你有好处，爸。

唐·柯里昂

谁知道呢。你太太和孩子，你跟他们在一起开心吗？

迈克尔

非常开心。

唐·柯里昂

那就好。我希望你不要觉得我很唠叨——老是在说巴尔齐尼这些事。

迈克尔

不会，一点都不会。

唐·柯里昂

这是我的老习惯了。我这辈子都怕自己不够小心谨慎。女人和孩子都可以马虎大意，但是男人不行……你儿子怎么样？

203

场景剖析：
提线木偶

  罗伯特·汤（Robert Towne）算得上是在《教父》拍摄那个年代最有声誉的剧本医生。他最终也凭自己的一身本领，凭借《唐人街》夺得了奥斯卡最佳原创剧本奖（当年他打败的诸多提名影片中就包括《教父2》），成为好莱坞最有成就的编剧。在2007年接受采访时，他回忆起《教父》中维托·柯里昂和迈克尔在柯里昂家花园里的这场戏：

  "我印象中第一次跟科波拉见面，是在比利时海湾酒店（Gulf Hotel）旁边湖上的小船里，我们划船游湖。后来在他拍摄《痴呆症》时我们也在爱尔兰简单见过，之后很多年我们一直保持着联系。

  "1971年6月，弗雷德·鲁斯给我打电话，说弗朗西斯过了一遍剧本，但是发现柯里昂父子之间没有一场两个人的对手戏。事实上，马里奥·普佐并没有写一场柯里昂如何把权力传递到迈克尔手中的戏。弗雷德跟我说，弗朗西斯没时间停下来再琢磨这样一场戏，所以问我能不能帮个忙。我记得弗朗西斯也给我打了电话，他觉得是需要一场戏，让父子之间互相进行感情交流。我觉得我必须得处理得非常小心——他们不能非常流于表面地声称自己是如何爱着对方。弗朗西斯建议我飞一趟纽约来看一些电影片段。

"我记得我跟派拉蒙的一些高层有过交流，尤其是杰克·巴拉德，他说这部电影是'一个该死的灾难'。我告诉他'我还将要给这个灾难出把力'。我见了弗雷德，我们一起去了派拉蒙所在的海湾与西部工业集团大厦，看了将近一小时的样片，对拍了些什么有了个大概的了解。

"我一点准备都没有。我完全被我所看到的这一小时样片所惊呆了。这可能是我看过的最好的样片片段。我把我的感受告诉了弗朗西斯，我看到他一脸警觉，那场面像是他在咨询一个有点疯魔的朋友拍摄建议——因为他从这朋友处听到的东西和别人告诉他的是如此大相径庭。

"之后我们又见了几次。我和马龙·白兰度也有过一次简短的会面，在那次会面上，我记得马龙说：'我挺喜欢让维托·柯里昂就这么一次有点不那么寡言少语。'我接嘴说：'换句话说，你想让他多说话？'

"我只有一夜来写这场戏，因为第二天白兰度就要离开剧组了，除非他自己还想补拍镜头，否则剧组就再也无法逮到他来拍摄了。巴克·亨利（Buck Henry）把他的公寓借给我，让我一整晚来写这场戏，大概凌晨四点我才写完——你能想象得到，这场戏我写得有多艰难。我手头有原著小说，封面上是那只抓着木偶牵线的手，木偶杆上悬吊着很多条操控弦——这是这场戏的灵感来源。这场戏里，维托·柯里昂说出了那句台词：我拒绝当'提线木偶'，当被大人物操纵着翩翩起舞的傻子。这场戏要讲的就是从老一辈人到年轻一代的权力移交，讲的是放下权力之难，讲的是把权力交给一个他从未想过会在黑社会拥有如此权力的人，由此而生的罪恶感。所以我先为这场戏写了场景基本设定，就将关注点集中在在马龙想在这场戏多说话上（顺便提一下，我之前的判断是对的）——让他说什么。我用他讲巴尔齐尼的盘算来开场，这是教父作为一个掌权很久的人，想到的种种顾虑。当柯里昂说出他希望让迈克尔成为那个可以幕后操纵别人的大佬时，这是一种歉意，一种爱的表达，也是旧秩序的消逝。然后马龙用'听着，不论谁安排你跟巴尔齐尼会面，那个人就是叛徒'这句台词来作为这场戏的收场。所以也就是说，我故意留下这个情节点，观众可以静候之后导演如何呼应这些伏线，然而他们这次谈话的本质，依旧是关于他们父子两代的人生的。

"弗朗西斯早上开车接我去了片场。我记得车都开了一半，弗朗西斯还是没对我说一句话。大概30分钟过后，他转头对我说：'写得怎么样？'然后他读了这场戏的剧本，点了点头说：'很好。我们把它拿给帕西诺看。'帕西诺非常喜欢这场戏。然后弗朗西斯说：'那你拿给马龙看下。'马龙可能确实有点难搞。那时他已经化完妆了，他看着我说：'为什么不读给我听呢？'读的过程当然非常可怕，因为我不仅要读柯里昂的台词，还要读迈克尔的台词。我记得我当时有一丝恼火，心里暗想'这个老家伙'。于是我决定不带任何感情地表演这场戏，就仅仅把这段戏读了一遍。马龙有点愣住了，这场戏拍到了他的点，他看着我说：'再读一遍。'我知道他有点来兴致了。然后他非常仔细地研读了一遍，逐句台词推敲，边看边问我写每一段时是怎么考虑的。我们把这段戏过了一遍，然后他说：'好了。我们拍这场戏时你能在现场吗？'我询问了弗朗西斯，他显然如释重负，想都没想就答应了。

"现场各处都放置了大号的提词卡，上面印着这场戏的台词，好让马龙能看到。每拍完一遍，马龙都会跟我交流一下。我们一整天都在花园里拍摄这场戏，我记得我没有离开半步，到了最后马龙突然问我：'天啊，你是谁啊？'然后我说：'我是弗朗西斯的朋友。'他回答道：'我不知道你是谁，但是我很感激你拼命写这么快就把这场戏写好了。'之后，我就再也没有见过他了。"

迈克尔

他很好。

唐·柯里昂

你也知道,他一天比一天像你了。

迈克尔

(笑笑)
他比我聪明多了。才三岁,就能看漫画了。

唐·柯里昂

(笑起来)
都能看漫画了……那个……我要你在电话公司安排一个人,仔细排查每一个从这里打出和打入的号码……

迈克尔

(跟父亲同时说话)
我已经安排人了,爸爸。

唐·柯里昂

(同时说话)
任何人都有可能。

迈克尔

(同时说话)
我已经处理完那件事了。

唐·柯里昂

哦,是啊。我忘了。

迈克尔凑近柯里昂。

迈克尔

怎么了?你还有什么烦心事吗?

柯里昂没有回答。

迈克尔

我能处理好的。我跟你说过我能处理好这些事,我就能。

柯里昂起身,坐到离迈克尔更近的地方。

唐·柯里昂

我一直都知道桑蒂诺得面对家族这些事。还有弗雷多……呃,弗雷多……好吧……但我从来没——我从来没有想让你参与进来。我操劳一辈子,我没什么可抱歉的,我照顾这个家,我拒绝当"提线木偶",当被大人物操纵着翩翩起舞的傻子。

"《教父》不仅仅是一个关于黑手党的故事,它关乎美国文化里的冲突,关于一个有权有势的男人如何通过犯罪缔造了一个王朝——但他希望他的儿子成为参议员,成为州长。这个故事的主题是权力的本质,权力如何锻造你,又有谁从权力争夺中幸存下来。在我看来,这是一个悲剧。"

——阿尔·帕西诺,《十七》(*Seventeen*)杂志

我没什么要抱歉的——这就是我的命,但是我在想——如果等你时机成熟了,你会成为可以操控别人的人。柯里昂参议员,柯里昂州长,像这样的人。

迈克尔
成为一个大人物。

唐·柯里昂
唉,只是时间不多了,迈克尔,时间不多了。

迈克尔
我们会做到的,爸。我们会做到的。

柯里昂亲吻迈克尔一下。

唐·柯里昂
还有……听着,不论谁安排你跟巴尔齐尼会面,那个人就是叛徒。别忘了这一点。

柯里昂站起身,迈克尔倒在躺椅中,在想着什么。

镜头溶至:

改编与删减

在拍摄剧本中,迈克尔和维托这场父子戏之后,柯里昂夫人劝说凯去教堂,并为她示范如何为自己祈祷,然后"柯里昂夫人非常庄重地闭上了眼睛,进行了祷告,并点燃了20根蜡烛"。这一幕呼应了原剧本中的结尾,即凯去了教堂,点燃了30根蜡烛,默默做了祷告,这一结尾最终也未被采用。科波拉在他的笔记中警告自己在处理柯里昂夫人这个人物时,不要掉入"陷阱":"我得警告你,弗朗西斯,如果把柯里昂夫人处理得很老套,那将会有毁灭性的后果。"

室外白天:柯里昂家的花园

唐·柯里昂在花园里,穿着宽大的衣服,戴着软呢帽,在照顾他自己种的西红柿。迈克尔的儿子跟在他身后。柯里昂给他演示如何使用杀虫喷雾壶,然后他坐下来。日头很毒。他擦了擦眉间的汗水。

安东尼
求你了,能让我拿吗?好,我会小心的……

唐·柯里昂
这儿,这儿,这儿。

安东尼
我能给它们浇水吗?

唐·柯里昂
好啊,浇吧。那儿,还有那儿。小心一点,别溅到自己,别溅到自己身上。安东尼,过来,过来。

柯里昂走向安东尼,拿过喷雾器。

唐·柯里昂
乖。好了。我们把它放在这儿。哎呀。过来。我给你看样东西,过来。现在你在这儿站好了……

"这一段有点反讽的意味,苦涩而又甜蜜。柯里昂最终变成了一个可爱的老爷爷,穿着'宽大的灰裤,一件褪了色的蓝衬衫,斜戴着一顶有点脏脏的棕色软呢帽,帽子上还装饰着略脏的灰丝缎带'。他的体重比以前要重了很多。这场戏会让人想起西西里——那儿是柯里昂的根;有一种非常原始的感觉,犹如幻境一般。现场的光线有几分不真实。"——科波拉《〈教父〉笔记本》,引用了普佐的小说原著

安东尼

给我个橘子。

柯里昂切开一个橘子,然后背过身藏起脸,将橘子瓣塞入嘴中,看上去像长了毒牙。他像怪兽一样发出低吼。孩子被吓哭。柯里昂站起身,抱住安东尼。

唐·柯里昂

(笑了出来)

哎呀,别这样!

柯里昂把他放回去,两人在西红柿果园里面打闹。

唐·柯里昂

这是我的新把戏。

安东尼

看啊……你在哪儿?……趴下!

他们笑着。突然柯里昂开始咳嗽。他倒在果园里。安东尼觉得爷爷还在逗他玩,于是用喷壶喷他。

安东尼

啊、啊、啊、啊、啊、啊、啊、啊!

远景镜头中,安东尼跑开。

镜头溶至:

幕后

据科波拉说,派拉蒙曾指示他删掉柯里昂之死这场戏以节约经费。派拉蒙认为柯里昂之死无关大局,葬礼戏本身就交代了柯里昂的去世。

科波拉在拍摄婚礼戏的小花园里种了不少西红柿藤茎——这一举动惹来不少非议,因为这些植物都要从芝加哥移植过来,花费不小。有一天,剧组正在拍摄婚礼场景的戏,科波拉突然指示剧组,"我们用特别快的速度拍场戏,让白兰度坐在西红柿藤蔓边上,让他跟一个小孩玩"。科波拉想用两个镜头就拍完柯里昂之死,但那时已经快到午饭时间了,如果他们不尽快休息,就要面临高额的误用餐罚单。科波拉说,杰克·巴拉德(派拉蒙派来负责控制预算的代表)发现苗头有些不对,他对剧组大吼,让他们赶紧就地休息用餐——而且他们要拍的这场戏剧本里还没有。一边是巴拉德在装腔作势,而另一边跟白兰度演对手戏的小男孩也很不合作,这使现场剧组的压力越来越大。

掌机的迈克尔·查普曼事后回忆:"我记得白兰度想了一个主意,他用橘子皮做成毒牙的样子。"科波拉也认同这一说法,他回忆称白兰度说自己有点小招数,他就是这么让自己的孩子变得听话的。现场情况紧迫,科波拉甚至不知道白兰度有什么招,就同意开拍。"白兰度切了点橘子皮,把它放进嘴里,然后我们喊'开拍'。因为孩子一开始不在现场,所以他也很好奇白兰度在干什么,然后孩子被白兰度的怪牙给吓到了,产生了自然的反应。白兰度把他抱起来笑了,于是孩子也跟着笑了。"这场戏一结束,科波拉刚喊"停",巴拉德立刻就吼道:"开饭!"

查普曼觉得白兰度"从一个和善的教父变成一个吓唬孩子的怪兽,然后死去"这场戏是全片中他最喜欢的段落,科波拉也声称"对很多人来讲,这是他们最喜欢的场景之一,但它差一点就无法拍摄了——如果巴拉德早来十分钟,看到我正在拍这场临时加的戏,或者白兰度没有想出哄孩子的办法。"

年轻的小演员看到白兰度搞怪而哭出来,是自然反应

"表演是一项空虚且无用的职业。"
——马龙·白兰度,《时代》杂志

演员与剧组：

伟大的马龙·白兰度

弗朗西斯·福特·科波拉和选角导演弗雷德·鲁斯为什么样充满魅力的人才演得了教父这个角色想破了脑袋。鲁斯回忆说："我们想尽了各种办法，想找一个意大利裔美国演员饰演柯里昂，可就是找不到。在那个年龄段，男演员数量其实不少，但柯里昂这个角色被人们讨论得太多了——他的权力，他的手腕，还有他的领导力——所以当我们想在银幕上呈现他时，他最好真的让人感觉很了不起。"所以很显然，柯里昂的饰演者不能是籍籍无名之辈——但话说回来，在50岁这个年龄段但凡不是瞎混混的演员也不太可能是无名之辈。他们在游移不定时，决定就选世界上最好的男演员——无论他看上去是否适合这个角色——并坚信，凭借自身的天赋，最好的演员肯定能把这个角色演好。在科波拉心中，这个人不是劳伦斯·奥利弗（Laurence Olivier）就是马龙·白兰度（鲁斯还跟科波拉提议了乔治·C·斯科特作为备选）。奥利弗本人虽然是英国人，但是年龄合适，长得也与黑手党头目维托·杰诺韦塞有几分相似，他刚刚转型出演了俄国总理首相，对这一角色塑造得非常成功，证明了他宝刀未老。不幸的是，奥利弗当时身体有恙。所以就剩下白兰度了，相比于柯里昂这个角色，47岁的白兰度看上去确实有点过于年轻和英俊了，虽然他无可置疑是最伟大的演员，但坊间也一直传闻说他是让各大制片厂最头疼的大腕儿。

他在演艺生涯伊始便在话剧和电影领域崭露头角——最有名的作品无疑就是《欲望号街车》和《码头风云》，但是在拍摄《教父》之前，白兰度遭受了一系列失败。他冒险执导的派拉蒙影片《独眼龙》（One-Eyed Jacks）虽然票房尚可，但是预算超支了一倍。他在拍摄《叛舰喋血记》（Mutiny on the Bounty）时干涉拍摄，也使得制作费用节节攀升。他最后一部电影《燃烧！》（Burn!）彻头彻尾地惨败。他本人被视作票房毒药，派拉蒙也根本不想与他有什么合作。

马里奥·普佐两年前就开始考虑由白兰度出演本片，他给白兰度寄了书，还附了一张便条："亲爱的白兰度先生，我写了一本叫作《教父》的书，书反响甚佳，我觉得您是世上唯一足以胜任教父这个角色的演员。我知道这么说有点冒昧，但照规矩来，我也只能尽量试试。我真的觉得您能将这个角色发挥得淋漓尽致。"一开始，白兰度对此并不感兴趣——有报道称他一点都不觉得自己像一个"黑手党教父"，事实上，在他的自传《妈妈教我的歌》中也是这么写的："我以前从没演过意大利人，也不觉得我能演得好。我一直觉得一个演员能犯的最大错误，就是演一个他并不适合的角色。"电影编剧，同时也是白兰度朋友的巴德·舒尔贝格（Budd Schulberg）说白兰度起先拒绝饰演这一角色，是因为他不愿意美化黑手党。白兰度的助理艾丽斯·马尔沙克（Alice Marchak）读了这本小说，于是试着劝说白兰度改变看法。白兰度给普佐打了电话，感谢他寄书过来，但考虑到他自己的业界地位，他建议普佐暂时别跟制片公司提他的名字，而是先找到一个强力的导演。

科波拉提议白兰度来饰演柯里昂一角时，遭到了派拉蒙高层的强烈反对。不仅是因为他们觉得白兰度饰演柯里昂有点太年轻了，而且他们也认为白兰度片酬太高。罗伯特·埃文斯在他的回忆录《流连片场的孩子》中说，他接到了来自纽约的命令："白兰度领衔主演则拒出资。勿回。就此打住。"科波拉还记得他被斯坦利·贾菲直接拒绝的原话："作为派拉蒙影业总裁，我向你保证马龙·白兰度将不可能出演本片，此外我命令你不要再挑起这个话题。"而拉迪回忆中贾菲的原话则更鲜活："只要我还是他妈的派拉蒙总裁一天，马龙·白兰度就不能演这个片子！"

然而，科波拉依旧坚持，派拉蒙最终高抬贵手。但好戏来了，派拉蒙提了三条近乎不合理的条件：

1. 白兰度要几乎免费出演，他没有预付片酬，只有一份尾款片酬，外加每日津贴和费用。

2. 他必须提供100万美元的保证金，以避免他自己行为不当给剧组带来额外的花销。

3. 他必须参加试镜——对于白兰度这种级别的大咖这简直闻所未闻。

科波拉立马同意了，因为他自己也觉得退无可退了，前两个条件科波拉觉得想要满足不难——白兰度可以先拿到5万美元的预付款，之后6周的工作派拉蒙每周将支付给他1万美元。他自己还能拿一些电影票房的分红。但可惜的是白兰度以区区10万美元现金的价格把他自己的分红权卖回给了派拉蒙——这一举动让他损失了数百万美元的收入。不用说，他为此解雇了自己的经纪人、律师和任何其他涉及这笔交易的人。

至于第三个条件，科波拉有点拿不准如何不动声色地让伟大如白兰度这样的演员试镜。最后他打电话给白兰度，说他们想试拍几场戏，好让白兰度感受一下演意大利人是否顺心。他带着几个人，扛着摄影机，带了些意大利风格的道具（干酪奶酪、意大利腊肠、熏火腿、茴香酒和雪茄），亲自去了白兰度在穆赫兰道的家。后来科波拉坦言，基本上"我的方法是给他提供一些东西，然后他自己就知道如何发挥了"。过了一会儿，白兰度从卧室里面走了出来，穿着一件漂亮的睡袍，开始让自己进入角色。他啃着带给他的食物，看着镜子里的自己，扎起长长的金发，然后在上面抹上黑色的发油。他把衬衫的领尖折了下去，在嘴里塞了餐巾纸让脸颊鼓出来——说他应该看起来像一条"斗牛犬"——他贴上了小胡子，还把眼睛周围涂黑了一点，然后用沙哑的声音咕哝着，并指出这个角色喉咙受伤了。他甚至还以角色的身份接了一个电话。科波拉非常谨慎地把试镜全过程拍了下来，大气都不敢出一下，因为他听说白兰度不喜欢太吵闹。之后，科波拉赶紧把试镜的样片带客回了纽约，直接给到了最高层：海湾与西部工业集团的总裁查理·布卢多恩。弗兰克·雅布兰斯曾经警告布卢多恩说，如果让白兰度来演的话，就没什么人会看这部电影，所以当布卢多恩认出样片中的白兰度之后，他大声抗议道："不，不，绝不！"但当他看到白兰度是如何一步步进入角色时，他的声音突然变了，话语中充满了惊叹："演得太精彩了！"

拍摄细节

葬礼的戏是在皇后区的受难公墓（Calvary Cemetery）拍摄的。这场戏总共动用了20辆豪华轿车和150名群众演员，光是鲜花就花费了1万美元。科波拉的笔记本显示，他希望这场葬礼办得声势浩大，极尽奢华之能。在他看来，这是与电影开场的豪奢婚礼进行"对位"。

室外白天：墓地

墓地。天色将晚。数百辆车，包括豪华轿车，装着花饰的车子行驶在皇后区村意大利天主教风格的墓地道路上。

无数花束被从车上卸下。一长排的<u>司机</u>为各自车上的<u>乘客</u>打开车门。通往墓碑的路上人们缓缓排队前行。镜头逐渐靠近维托·柯里昂的墓碑。

<u>迈克尔</u>和家人坐在一起——他的妈妈、<u>汤姆·黑根</u>坐在他两旁。<u>阿尔·内里</u>警觉地看着四周。

悼念者们一个个上前悼念，有些人在啜泣，有些人只是礼节性地致意；悼念的人们表达着哀思，队伍缓缓前行。<u>约翰尼·方坦</u>上前鲜花。<u>克莱门扎</u>对<u>兰波内</u>耳语着什么。<u>兰波内</u>立马安排五大家族的人上前悼念。<u>巴尔齐尼</u>站了很久，丢下一枝玫瑰在墓前，然后看了<u>迈克尔</u>一眼。

<u>迈克尔</u>看着所有前来的人。

<u>巴尔齐尼</u>要离开时，好像所有人都围着他转，想要巴结他。不用说，他即将成为纽约黑帮界新的龙头老大——这个位子之前一直是<u>维托·柯里昂</u>的。

<u>泰西欧</u>弯腰跟<u>迈克尔</u>说话。

穿帮

这里有一个非常著名的错误：在葬礼现场，迈克尔的西装上叠上了莫尔加纳·金（饰演柯里昂夫人）鬼魅般的橙色身影。很多年之后，影评人罗杰·伊伯特（Roger Ebert）向科波拉询问这一事故是怎么回事，后者又让《教父》DVD的制作人以及科波拉自己的电影后期技术副总裁金·奥布里（Kim Aubry）去调查是怎么回事。这个诡异的画面是因为现场的光线、扭曲、阴影和镜头的某些特质才偶然造成的，镜头的边缘正好捕捉到了画框之外的莫尔加纳·金。但更为诡异的是：柯里昂夫人居然在丈夫的葬礼上嚼着口香糖！演员本人很自然地认为镜头拍不到她。奥布里在伊伯特的专栏《答问者》（Answer Man）中说："我们收到过不少爆料，但都是假的，所以能核实到一个真的穿帮还是挺有趣的，这不是一个旨在追求艺术性的错视画，这就是实实在在的一个穿帮！我很喜欢！"

> 马龙·白兰度死后，他自己批注的《教父》剧本在纽约的拍卖中被拍到了令人震惊的312 800美元的天价——比预估价高了20倍，这也是史上被拍卖价格最高的电影手稿。

泰西欧

迈克，能借一步说话吗？

迈克尔点点头，他们走到一个没什么人的地方。

泰西欧

巴尔齐尼想安排一次会议。他说任何问题我们都可以摊开来说清楚。

迈克尔

你跟他谈了？

泰西欧

是的。我会负责你的安全。会议在我的地盘上。没问题吧？

迈克尔

没问题。

泰西欧

那就好。

他们走回葬礼现场。黑根斜身倾向迈克尔。

黑根

知道他们要怎么对付你了吗？

迈克尔

他们要在布鲁克林安排一场会议。泰西欧的地盘。说我在那里会比较安全。

泰西欧走向巴尔齐尼，跟他说着什么。他们握了握手。

黑根

我一直觉得会是克莱门扎，而不是泰西欧。

迈克尔

这招很聪明。泰西欧一直都更聪明。
但是，我会等。等孩子受洗之后再说。我决定做康妮小孩的教父了。之后，我会跟唐·巴尔齐尼会面，还有塔塔里亚——以及五大家族所有的头目。

蒙太奇：

拍摄细节

受洗场景的外景部分是在史坦顿岛的洛雷托山教堂（Mount Loretto Church）拍摄的。这座教堂后来于1973年被烧毁。

室内部分是在位于曼哈顿莫布里街（Mulberry Street）的圣帕特里克老主座教堂（Old St. Patrick's Cathedral）拍摄的。

幕后

刚刚出生的索菲亚·科波拉饰演了迈克尔·里奇（Michael Rizzi）。黛安·基顿看上去显然不是很有抱孩子的经验——以至于婴儿的头无法被稳稳托住。

幕后

普佐解决不了如何展开高潮段落的问题，但是科波拉想到了将集体刺杀和受洗场景交叉剪辑的办法，并将牧师的祷告词的声音叠到谋杀场景画面上。在后期制作过程中，这个段落仍然缺点东西。绝望之下，剪辑师彼得·津纳（Peter Zinner）又想出把管风琴音轨叠加在谋杀场景上，这一招确实让这场戏效果更好了。

室内白天：教堂

教堂内景的<u>全景镜头</u>。管风琴声响起，<u>一个婴儿在哭</u>。<u>中景镜头</u>中，<u>迈克尔</u>、<u>凯</u>和<u>牧师</u>走向祭坛。<u>凯怀抱着一个婴儿</u>。<u>观礼人群</u>从教堂长椅上看着仪式进行。

牧师

（说拉丁语）

<u>中特写</u>：牧师向婴儿哈三次气。<u>特写镜头</u>对准<u>迈克尔</u>。<u>婴儿头上的兜帽被掀起</u>。

牧师

（说拉丁语）

室内白天：汽车旅馆的房间中

在长岛的汽车旅馆里，<u>兰波内</u>小心翼翼地拆卸着一把枪，上油，检查，然后把它再组装好。

牧师的声音

（说拉丁语）

室外白天：克莱门扎家

<u>彼得·克莱门扎</u>拿着一个长长的盒子，正要坐进他的林肯车中。他犹豫一下，拿出一块布，擦擦车子翼子板上的灰。

牧师的声音

（说拉丁语）

室内白天：教堂

特写镜头中，迈克尔在领受祝福。特写镜头中，牧师用手蘸一点油，轻轻抹到婴儿的脸上。

牧师

（说拉丁语）

室内白天：理发店

威利·奇契在刮胡子。

牧师的声音

（说拉丁语）

室内白天：内里的公寓

阿尔伯特·内里在他小小的公寓中；他打开一个小衣箱，观众可以看见里面放着一套叠得整整齐齐的纽约警察制服。他几乎是以一种虔敬的态度把整套制服一件件拿出来。

牧师的声音

（说拉丁语）

室内白天：教堂

特写镜头中，牧师手指蘸上油，涂在孩子头顶作为祝福。

牧师

（说拉丁语）

室内白天：内里的公寓

特写镜头中，一只手从纸袋中取出一把手枪。枪和警徽落在床上。我们看见穿着警察制服的内里。他擦擦脸上的汗。

牧师的声音

（说拉丁语）

室内白天：酒店楼梯

克莱门扎从大酒店的后楼梯爬上去，手里依然拿着那个盒子。他跑过楼梯拐角，擦擦眉间的汗，然后继续往上爬。

牧师的声音

（说拉丁语）

室内白天：教堂

中景镜头中，牧师在为婴儿祈祷，接着是一个特写镜头。迈克尔的特写镜头。牧师继续为婴儿祈祷。

 幕后

理发店刺杀、旋转门刺杀和克莱门扎上楼刺杀的拍摄地点均为圣雷吉酒店。理查德·卡斯泰拉诺的太太说科波拉让卡斯泰拉诺（克莱门扎的饰演者）跑上楼这段戏一共演了38次。

 改编与删减

普佐的小说中还包括了对阿尔伯特·内里（即前文的阿尔·内里）的出场介绍，他的第一份职业是警察，这也解释了为什么他会有警徽和警服。

牧师

（说拉丁语）

迈克尔的特写镜头。

牧师

迈克尔，你笃信那个全能的天父、天地的造物主、我们的上帝吗？

迈克尔

我笃信。

室内白天：走廊

巴尔齐尼从一座装饰华丽的建筑的走廊中走过。他踩熄一个烟头，然后继续走。

牧师的声音

你笃信我主，他的独子，耶稣基督吗？

迈克尔

我笃信。

牧师的声音

你笃信神圣的天主教会，以及圣灵吗？

迈克尔

我笃信。

室外白天：市政厅大楼的台阶

内里在市政厅大楼的台阶前。在街边，他看到一辆直接横在市政厅门口等人的豪华轿车。他用警棍敲敲车子的翼子板。司机向他摆摆。内里又敲敲，示意司机不能停在这里。

牧师的声音

（说拉丁语）

<u>室内白天：酒店楼梯</u>

<u>克莱门扎</u>还在酒店楼梯上爬。

牧师的声音

（说拉丁语）

<u>室内白天：房间里</u>

<u>罗科·兰波内</u>和<u>另一个人</u>拿着枪，走出房间。

牧师的声音

（说拉丁语）

<u>室内白天：理发店</u>

<u>奇契</u>走出理发店。

牧师的声音

（说拉丁语）

<u>室内白天：教堂</u>

<u>婴儿的特写镜头</u>。教堂内部的<u>全景镜头</u>。观众能听见<u>婴儿的哭声</u>。

牧师

（说拉丁语）

<u>室外白天：市政厅大楼</u>

<u>巴尔齐尼</u>从市政厅外的楼梯走下来。他示意<u>保镖</u>去看看自己的司机和警察发生了什么事。在台阶下方，<u>内里</u>和<u>司机</u>站在车旁，<u>内里</u>在写罚单。<u>保镖</u>快步下楼。

牧师的声音

（说拉丁语）

婴儿的声音

（说拉丁语）

<u>室内白天：酒店</u>

<u>奇契</u>抽着烟，走上几级台阶。然后他停下。

牧师的声音

（说拉丁语）

婴儿的声音

（<u>哭声</u>）

拍摄细节

莫·格林在按摩室这场戏拍摄于曼哈顿西23号街麦克伯尼基督教青年会的蒸汽室中。

拍摄细节

莫·格林是基于美国犹太裔黑帮大佬布格西·西格尔设计出来的角色，他最先看到了拉斯维加斯赌场生意的商机，最后死于乱枪之下，其中一枪击穿了他的眼部。在电影中莫·格林这一非常特别的被刺杀方式，其实也致敬了谢尔盖·爱森斯坦（Sergei M. Eisenstein）的《战舰波将金号》（*Battleship Potemkin*）。在爱森斯坦这部电影著名的敖德萨阶梯段落中，一位老妇人的眼镜也是被子弹击穿。科波拉曾提到爱森斯坦是对他决定当导演影响最大的人。演员阿莱士·罗科说："科波拉在一部欧洲电影中看过这种特效，所以他也想尝试。"为了制造这种特效，工作人员给眼镜装上了塑料导管，顺着眼镜架延伸下来，贴在罗科身上，在桌下操纵。一根导管里面装有道具假血，另一根管中有连着空气泵的BB弹。BB弹受到气压的冲击会从眼睛这边向外射去，从而让眼镜片爆开，也会导致道具血喷射出来。知名的特效魔术师A. D. 弗劳尔斯（A. D. Flowers，也是《邦妮和克莱德》的特效师）整体设计了这场戏的特效。罗科也称赞了帮他制作眼镜的特效员乔·隆巴尔迪（Joe Lombardi）："他是行内最好的特效员之一。"但是如果我们看原片足够仔细的话，我们还是可以看见罗科的右眼在遭到枪击之前就有些许抽搐——理所当然他会有点紧张，所以无可控制地有些抽搐反应。

室内白天：酒店

克莱门扎走到电梯前。他按下电梯按钮。

牧师的声音

（说拉丁语）

婴儿的声音

（哭声）

室内白天：按摩室

莫·格林躺在桌子上，正在享受按摩服务。

牧师的声音

（说拉丁语）

婴儿的声音

（哭声）

室内白天：教堂

特写镜头中，牧师的手在为婴儿祈祷。迈克尔的特写镜头。

牧师

迈克尔·弗朗西斯·里奇，你能弃绝撒旦吗？

室内白天：酒店电梯

电梯门打开，里面有三个人。斯特拉奇走出来。克莱门扎把这位当家的踹回电梯，从盒中拿出一把枪，向他们开火。

室内白天：教堂

迈克尔的特写镜头。

迈克尔

我誓将弃绝。

室内白天：按摩室

一个人走进按摩室。莫戴上眼镜想看看来者是谁，但被子弹射穿眼镜。鲜血涌出。

室内白天：教堂

迈克尔的特写镜头。

牧师

也会弃绝撒旦的所作所为吗？

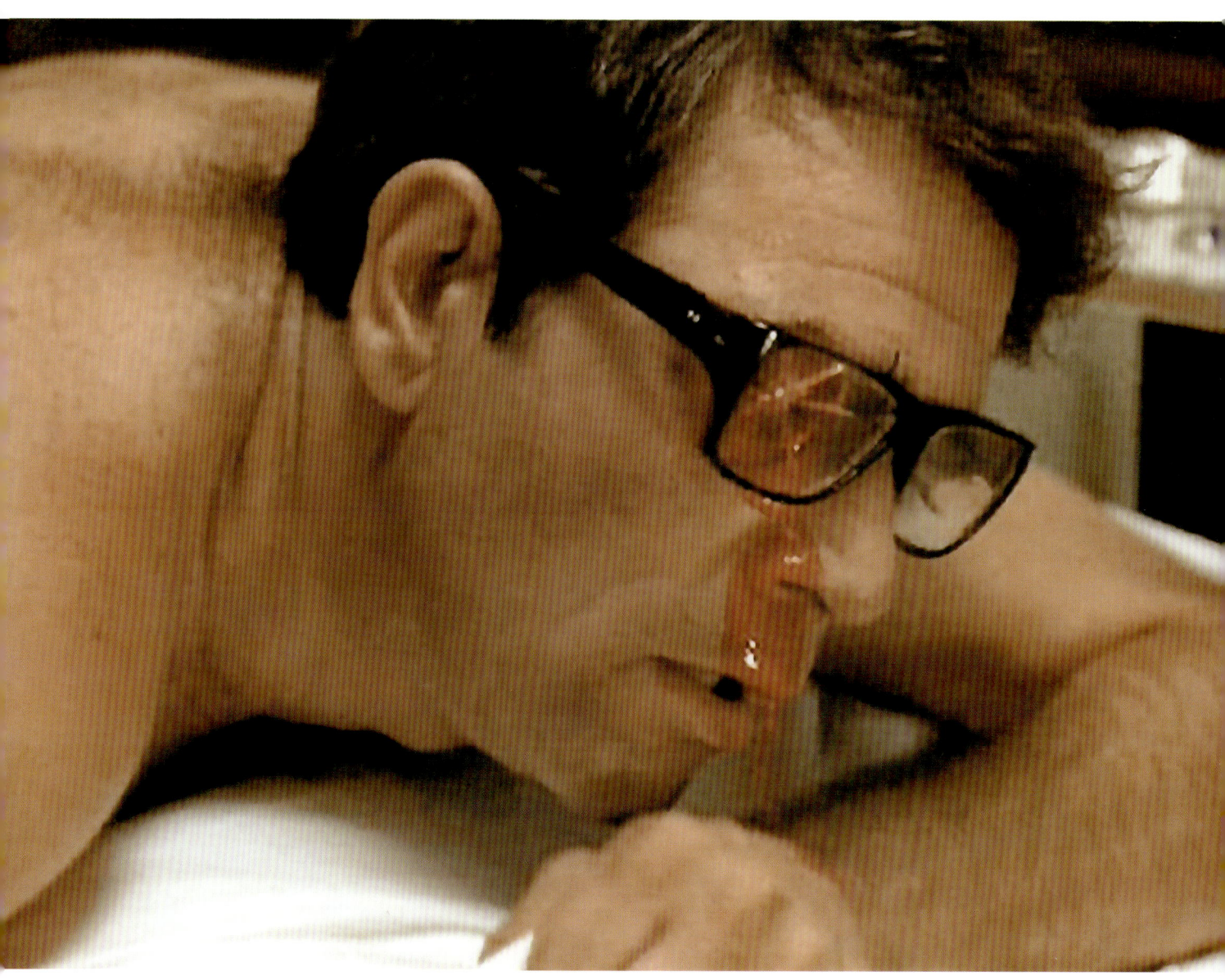

室内白天：酒店

奇契踩熄他的烟头，走上台阶。他走到旋转门旁，把库内奥锁在里面。库内奥转身就看见一把枪对着他——他的口形在说"不！"奇契隔着玻璃向他射击四枪。

室内白天：教堂

迈克尔的特写镜头。

      迈克尔

 我誓将弃绝。

室内白天：汽车旅馆

兰波内和另一个枪手破门而入，惊吓到床上的塔塔里亚和女人，无数子弹射到他们身上。

      女人

 （尖叫着）

 天啊！

室内白天：教堂

迈克尔的特写镜头。

      牧师

 也会弃绝撒旦的诱惑吗？

      迈克尔

 我誓将弃绝。

幕后

"这段戏是在早上9点的华尔街拍摄的……一共吸引了超过15 000名围观者,《纽约时报》评论这段重头戏是'纽约城最盛大的电影秀'。"

——《综艺》,1972年3月

在曼哈顿最高法院门口拍摄巴尔齐尼被射杀场景

室外白天：市政厅大楼

内里射杀了巴尔齐尼的保镖和司机，然后半跪下来，放稳胳膊瞄准后，射杀准备从台阶往上跑想逃命的巴尔齐尼。内里向他背部射击两枪，巴尔齐尼从台阶上跌下来，而与此同时，一辆车开过来，接走内里。

室内白天：教堂

迈克尔的特写镜头。

牧师

迈克尔·里奇……你愿意接受洗礼吗？

迈克尔

我愿意。

牧师用圣水给婴儿洗礼。

牧师

以父之名……（In Nomine Patris...）

室内白天：汽车旅馆

菲利普·塔塔里亚满身是血的特写镜头。

牧师

……以子之名……（...et Filii...）

室内白天：旋转门

库内奥满身是血的特写镜头。

牧师的声音

……以圣灵之名。（...et Spiritu Sanctu.）

室外白天：市政厅大楼

我们可以看见巴尔齐尼和司机的尸体，以及巴尔齐尼车后保镖的脚。

牧师的声音

迈克尔·里奇……

室内白天：教堂

迈克尔在一盏点亮的蜡烛后的特写镜头。

牧师

……祝你平安，愿主与你同在。阿门。

● 拍摄细节

拍摄中的这座法院大厦确实是位于曼哈顿中央大街的曼哈顿最高法院大厦。

🎬 **幕后**

在教堂台阶上亲吻康妮的是伊塔利亚·科波拉,也是饰演康妮的演员塔莉娅和导演科波拉的母亲。

室外白天:教堂

刚参加完受洗仪式的人群走出教堂。
四五辆豪华轿车等在教堂下面,准备接柯里昂夫人、康妮、康妮的宝宝和其他所有人。大家都喜气洋洋,只有迈克尔显得一脸冷漠、沉重。康妮把婴儿交到迈克尔手上。

迈克尔

凯,快啊。

康妮

亲一下你的教父。

迈克尔亲吻一下婴儿。正在众人闹作一团时,一辆车停下来。兰波内走下车,径直走向迈克尔。他对迈克尔耳语些什么。这是迈克尔等候多时的消息。迈克尔转向卡洛。

迈克尔

卡洛,我们去不了拉斯维加斯了。出了些事。大家都去,但我们不去。

康妮

哦,迈克,这是我们第一次一起度假。

卡洛

(同时说话)
康妮,别闹。
　　(对迈克尔说)
要我做什么?

迈克尔

(跟卡洛同时说话)
先回家,等我电话。有要事。

卡洛

好的。

迈克尔

（对凯说）

我就晚去几天。

迈克尔亲吻一下凯，拍拍安东尼的头，然后又上前亲吻一下柯里昂夫人。

柯里昂夫人

（说意大利语）

全景镜头中，牧师和主教上楼梯走回教堂，众人各自上车。

室内白天：柯里昂家的厨房

泰西欧在庄园主楼的厨房里打电话。黑根站在他身旁。

泰西欧

（对着电话说）

我们这就来布鲁克林。

（挂掉电话）

我希望迈克今晚能成交一笔好买卖。

黑根

我想他会的。

室外白天：庄园

两人走出庄园主楼，走向一辆车。走到一半，一名保镖拦住他们的去路。

奇契

萨尔、汤姆，老板说他坐另一辆车去。他说让你们俩先去。

泰西欧

该死，他不能这样。这把我的计划都给打乱了。

奇契

好吧，反正他是这么说的。

黑根

我也不能去了，萨尔。

又有两名保镖出现在泰西欧身边。他环视一下四周，有一刻他非常惊慌，但随即便接受了这个现实。

泰西欧

（停顿一下）

跟迈克说，这只是生意。我一直很喜欢他。

黑根

他懂的。

奇契

（对泰西欧搜身）

对不住了，萨尔。

泰西欧看看众人，犹豫一下。

泰西欧

汤姆，能放过我一马吗？看在老交情的分上？

黑根

恐怕不行，萨尔。

黑根示意手下人把他带走，自己跟众人分开，转身回屋。泰西欧被领走。黑根走进屋子。他转身看着窗外。泰西欧被领进一辆等候多时的车。黑根望向别处，离开窗旁。

室内白天：卡洛家的客厅

迈克尔依然穿着黑色的西装，走进房间。兰波内、内里、黑根跟在他身后。卡洛流着汗，转脸看着他们。他放下手里拨到一半的电话。

迈克尔

你得为桑蒂诺的死负责，卡洛。

卡洛愣住，站起身与他们对视。

卡洛

迈克尔，你搞错了。

迈克尔

你把桑尼出卖给了巴尔齐尼的人。哈，你在我姐那儿演的那一出闹剧。你觉得这能骗得过柯里昂家的人吗？

卡洛

迈克，我是无辜的。我用我孩子发誓……求你了，迈克，别对我动手。

迈克尔

（跟卡洛同时说话）

坐。

卡洛坐下来。迈克尔拉过一把椅子，坐到他身边。

演员与剧组：阿贝·维戈达

在舞台剧和电视剧行业混迹数年并且凭借《黑暗阴影》（*Dark Shadows*）有了些许名气之后，阿贝·维戈达（Abe Vigoda）接到了公开试镜的邀约电话，并且击败了数百位演员，拿到了泰西欧这一角色。《教父》是他的第一部电影。据说，片场周围的围观群众一直觉得个子高高、声音沙哑的维戈达就是黑手党分子，而不是剧组的一员。

🎬 **改编与删减**

在普佐的原著小说中，是黑根问迈克尔他能否放过泰西欧一马。在普佐自己的第一版剧本里，普佐改成了让泰西欧自己来求情——在电影里也是这么拍的。

"迈克尔·柯里昂站在门廊旁,他的脸就是卡洛经常在梦里见到的死神的脸。"

——马里奥·普佐,《教父》

卡洛

迈克，别对我动手，求你了。

迈克尔

巴尔齐尼已经死了。菲利普·塔塔里亚也死了。莫·格林、斯特拉奇、库内奥也都死了。

卡洛把脸埋在手里。

迈克尔

今天，我要把家族旧账全部算清楚，所以别跟我说你是无辜的，卡洛。你就承认吧。

卡洛在颤抖。

迈克尔

给他一杯酒。说吧。别怕，卡洛。说吧，你觉得我会让我姐姐成寡妇吗？我是你儿子的教父，卡洛。

旁人把酒递给卡洛，他喝下一大口，默默哭泣。

迈克尔

快，喝吧。不过卡洛，你之后不能参与家族事务了，这是对你的惩罚。你出局了。我会安排你坐飞机去拉斯维加斯。汤姆？

迈克尔递给卡洛一张机票。

迈克尔

我希望你留在那儿。懂吗?

卡洛

嗯。

迈克尔

只是别再跟我说,你是无辜的。因为这侮辱了我的智商,让我非常生气。

(长长的停顿)

现在,告诉我,是谁找的你?塔塔里亚,还是巴尔齐尼?

卡洛

(目光游离)

是巴尔齐尼。

迈克尔盯着卡洛看了好一会儿。

迈克尔

(温柔地说)

很好。

(起身把椅子放回去)

外面有辆车等着送你去机场。我会给你老婆打电话,告诉她你乘的是哪一趟航班。

卡洛

迈克……

迈克尔

走,别让我再看见你。

兰波内帮卡洛穿好外套。

室外白天: 庄园

卡洛走出庄园主楼,打手们把他的东西放进车子的后备厢。一个打手为他打开车前门。有人坐在后座上,但是我们看不见是谁。卡洛上车。他有点紧张,回头看看后座上坐的是谁。后座上是克莱门扎,他友好地冲卡洛点点头。

克莱门扎

你好啊,卡洛。

室外白天: 卡洛家门前

迈克尔和他的人看着这一切。

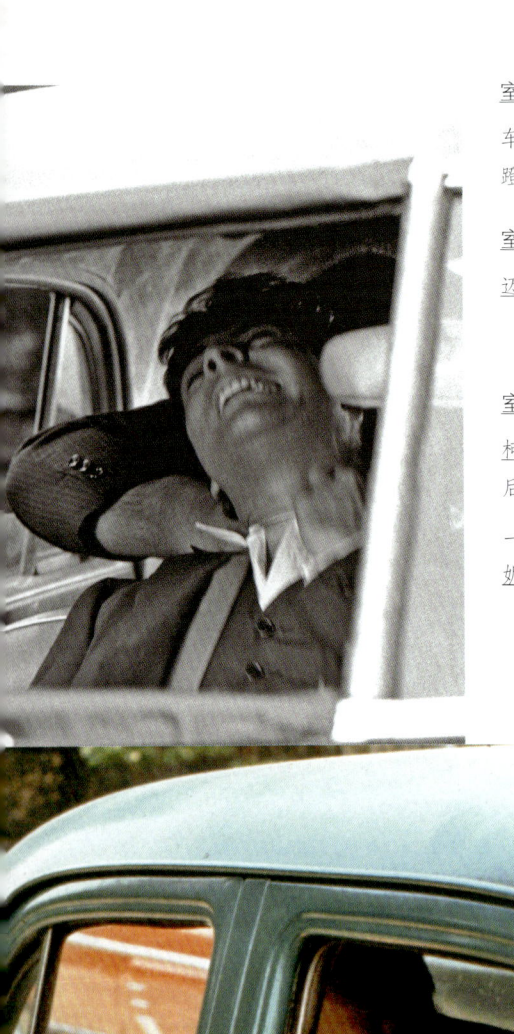

室内白天：车内

车子开动，车子刚开出去，克莱门扎就突然把绞绳绕在卡洛的脖子上。他喘不上气，向上挺身，蹬着腿，好像被鱼钩钓住的鱼一样。他挣扎的腿正好踹穿了挡风玻璃。他的身体也慢慢瘫软下来。

室外白天：卡洛家门前

迈克尔和他的人冷冷看着这一切。然后他转身，大家跟着离开，他们脚下的石子咯咯作响。

镜头溶至：

室外白天：庄园

柯里昂庄园的俯拍镜头：几辆搬家大货车停在庄园里；能感觉出来，柯里昂家也就在这里住最后几天了；全家都要搬出去；门口牌子上房产待售的标识清晰可见。

一辆黑色轿车开进来。车一停下，后门就突然打开，康妮想跑出来，但被柯里昂夫人拽住。康妮挣脱开，跑过庄园，冲进迈克尔所在的屋子。

柯里昂夫人

你能……在搬家呢……我想跟你说……

        康妮

  啊，妈妈，别拦我！

室内白天：柯里昂家的客厅

在柯里昂家的主楼里。随处都是正在打包的大箱子；家具都准备托运。康妮冲进客厅，正好遇上凯。

        康妮

  迈克尔！迈克尔！

        凯

  怎么了？

康妮避开她，直接冲进新教父的书房，寻找迈克尔。

        康妮

  他在哪儿？迈克尔！

室内白天：迈克尔的书房

康妮冲进来。内里表现得非常警觉。

        康妮

  迈克尔！迈克尔，你这个大混蛋，你杀了我丈夫。你就等爸死了，没人能管你了，然后你就杀了他。你把桑尼的死算在他头上，你一直都觉得是他的错。每个人都觉得是他的错。但你从来都没为我想想，你他妈从来都没考虑过我的感受。

    （大哭着）

  现在我怎么办？

        凯

    （安慰着她）

  康妮……

        康妮

  你觉得他为什么要把卡洛留在庄园？他一直都打算要杀了他。就这样你还做我们孩子的教父。你这个冷血的混蛋。

（对凯说）

你想知道他除了卡洛还杀了多少人吗？看看报纸吧，看看报纸！

她扔下一份报纸。

康妮

这就是你丈夫！这就是你丈夫！

她冲向迈克尔，内里拦住她，迈克尔摆手示意内里不用拦着。她想朝迈克尔脸上吐口水，但她情绪太过激动，连口水都吐不出。迈克尔抱住她，但她挣脱开。

迈克尔

别闹了……

康妮

不！不！不！

迈克尔

（对内里说）

把她带到楼上去。去找个大夫来。

内里和康妮离开房间。迈克尔叹一口气。

凯十分震惊，她惊愕的目光久久地停留在迈克尔的脸上。迈克尔感受到她的目光。

迈克尔

她疯了。完全疯了。

迈克尔点燃一根烟，但他还是无法避开凯的目光。

凯

迈克尔，是真的吗？

迈克尔

别过问我生意上的事，凯。

凯

是真的吗？

迈克尔

别过问我生意上的事。

凯

我要问……

迈克尔

够了！

迈克尔狠狠地拍一下桌子。凯终于把眼神从迈克尔身上挪开，望着地板。迈克尔又叹一口气，懊恼地推搡椅子一把。他走近凯，掏出烟。

演员与剧组：塔莉娅·希雷

在采访中，塔莉娅·"塔莉"·希雷说她的心理医生鼓励她强调自己在家族中的地位，这就是她最终出演《教父》的原因。可以理解，科波拉本人有点紧张，因为启用自己的妹妹来演戏很可能被指责为任人唯亲。他也说："我觉得她饰演这个角色有点太过漂亮了，因为我原来的想法，是让一个矮胖的姑娘来演康妮，这样在观众看来，卡洛娶她的唯一理由就只是因为她的家庭身份而不是她本人。"《加利福尼亚》杂志引用了塔莉娅的原话："他一开始非常生气，因为我问都不问他一声就接了这个角色。你是个天才，并不意味着你在情感上就完全成熟了。"后来科波拉觉得派拉蒙想解雇他时，他对妹妹让步了，因为他觉得家族里至少应该有个人能从这部电影里得到什么。

迈克尔

好吧。就这一次——就这一次,我让你过问生意上的事。

凯

(小声地问)

是真的吗?是吗?

她直视着迈克尔的眼睛,迈克尔也回望着她,迈克尔的眼神毫无闪避,以至于让人感觉他一定会说真话。

迈克尔

(长长的沉默之后)

不是。

凯一下如释重负,她张开双臂环抱迈克尔。

凯

我想我们都需要喝点东西,好吧?

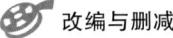

改编与删减

普佐原著小说结束的时间点是1955年初秋。在书里,在迈克尔为卡洛的事骗了凯后的第二天,凯就离开了迈克尔,但是汤姆·黑根最终成功劝说她回家。

改编与删减

在原著小说和拍摄剧本中,都包含了一场没有台词的戏,凯在教堂里,看上去是为了拯救迈克尔的灵魂,在烛光中参加了圣餐仪式。这一场戏也拍了,但是在最终成片时被删去了,后被收录在《教父1902—1959:完全史诗》。

室内白天:柯里昂家厨房

凯走到厨房开始准备饮料。与此同时,凯从她站的位置看到克莱门扎、内里和罗科·兰波内还有保镖们走进房间。

她有点好奇地看着,迈克尔站着迎接他们的到来。迈克尔傲慢但却随意地站着,略微斜倚着身子,一只手像古罗马帝王那样放在腰间。他面前站着他手下的几名黑手党重将。

克莱门扎抓住迈克尔的手,躬身亲吻他的手。

克莱门扎

柯里昂阁下。

兰波内也亲吻迈克尔的手。迈克尔抬起手摸摸他的脸。内里走向办公室的门。

凯看到她丈夫在办公室里的这一幕,此时镜头对准凯的脸。房门缓缓关上。

剧终

余　波

幕后

"我还记得我们在贝弗利山剪片子时,只能免费借住在吉米·卡安家女佣住的房间里,因为我根本没钱。那时我们有个很不错的剪辑助理,是个年轻人,总是干完活儿骑车回家。这个大个子小鬼推着自行车,也刚刚看过《法国贩毒网》。《法国贩毒网》当时真是令人激动,非常带劲——在当时的好莱坞也是一石激起千层浪,而那时我在剪《教父》。当你正在搞一部电影时,你总是缺乏安全感的——你很难对自己的片子有一个公允的估计,因为你深陷其中,以至于毫无新视角来评估,于是我就问那孩子:'我想大家看完《法国贩毒网》,回头再看《教父》肯定觉得它又臭又长,还黑黢黢的。'结果这孩子说:'是呀,你说得对。'

"我感觉糟糕透了,等他走了以后,我回到了我所住的女佣房间,开始胡思乱想,一个魔鬼突然从胡子里钻出来对我说:'弗朗西斯,你到底多想让这部电影成为史上最成功的电影?'那些烦恼突然烟消云散了,因为突然我觉得,这部灾难般的电影,或许真能成为一部成功的电影,一部能被人们所记住的电影,一部能载入史册的电影,一部可以跟那些伟大杰作并驾齐驱的电影——一想到这个我突然满是惊喜。"

——科波拉,2007

在拍摄过程中,科波拉一直抱怨接送他的旅行房车,于是他和埃文斯打了个赌,如果电影票房超过5 000万美元,派拉蒙就掏腰包给他们购置一辆新车。随着《教父》票房的增长,科波拉和乔治·卢卡斯去了一家车行,相中一辆梅赛德斯奔驰加长型豪华轿车——并让销售员把账单寄给派拉蒙。这辆车后来出现在了卢卡斯的电影《美国风情画》(American Graffiti)的开场中。

票房火爆

1972年3月15日,纽约的五家电影院面向公众上映《教父》。是夜,该片创下了5.7万美元的首映日票房纪录。电影首周则进账46.5万美元,同样也创了纪录。在纽约城,仅仅5天时间,总计56家影院就让人瞠目结舌地斩获了190万美元的票房,这也彻底掀起了《教父》在全美的热映,很多影院门口的队伍都排过了街角拐弯。电影从早上9点到午夜马不停蹄地连轴放映。在开映日,过多的入场观众导致电影的放映时间不得不一推再推——最后一场放映完已然凌晨4点了,而就在两小时之后,来看早场的队伍又开始排起来了。走后门的人排在队伍最前面;夫妻俩轮流倒班排队;《洛杉矶时报》印发了题为《排队看〈教父〉的生活方式》(Life-styles for Waiting in Line to See Godfather)的指导手册。当然一票难求的场景也并非总是温文尔雅:一名抢匪试图偷走影院的当日营收时,枪击了洛威电影院的经理,经理胳膊负伤,而抢匪总计劫走了1.3万美元。

围绕电影的传闻在电影首映前就已满城风雨。派拉蒙一反常态,他们异常迅猛地为观众翘首以待的《教父》提前预订了350家影院。这部电影总共花费620万美元制作,但在开映前就已经售出1 380万美元的票房。

派拉蒙影业总裁弗兰克·雅布兰斯借《教父》引领了一种新式发行模式。同时在多家影院一齐开映,而不是一家影院接一家影院地上映,从而使他们最大限度地提高了广告收入。他们还强行要求付现。这些新举措使得派拉蒙日进斗金。

1972年,美国的电影票价平均在1.6美元上下。而随着《教父》场次的供不应求,派拉蒙也趁势涨价,把票价定成3.5美元一张,而周末场次更是贵到了4美元。《教父》上映后,海湾与西部工业集团的股价市值在一月间狂涨了9 700万美元。

电影首轮放映时,派拉蒙就入账了8 570万美元。这也是银幕史上第一部单日平均总票房超过100万美元的电影。它也成了电影史上的票房冠军,直到1975年《大白鲨》(Jaws)超过了它。直到今天,它在美国国内的总票房高达1.35亿美元,在全球范围票房估计为2.5亿美元。《教父》不仅缔造了电影制作的新历史,也创造了电影观影的新历史。

关于《教父》的各方评论

《教父》公映一个月前,伦敦《每日快报》(Daily Express)的艾弗·戴维斯(Ivor Davis)潜入了派拉蒙为客户举办的私下放映场。他对于这部万众期待的电影的影评两天之后就登载在了《纽约邮报》(New York Post)上,标题是《偷潜〈教父〉试映场》。他对白兰度转型饰演柯里昂的演技赞不绝口,同时还说帕西诺"有着阿兰·德龙(Alain Delon)的外形,以及罗德·斯泰格尔(Rod Steiger)年轻时的张力"。

左图：演员吉尔·克莱布格（Jill Clayburgh）和阿尔·帕西诺在《教父》的首映礼上

下图：派拉蒙副总裁罗伯特·埃文斯和太太阿里·麦格劳以及詹姆斯·卡安在首映礼上

虽然电影获得了广泛的赞誉，但也遭到了一些颇为冷淡的回应。《综艺》没有给一句赞美，说这部电影"过长"了，而且对他们所谓的"影片的某种调色效果"表示困惑。《新共和》（*The New Republic*）受人尊敬的影评人斯坦利·考夫曼（Stanley Kauffman）狂骂了白兰度一通，并说罗塔的电影配乐"烂透了"，还指出本片的胶片冲印把胶片都"洗旧"了。但是基本上还是好评一统天下，除了提到影片的票房成功外，大多数评论都在强调影片高超的艺术水准：

"弗朗西斯·福特·科波拉拍摄了一部充满残忍和感伤的美国生活编年史，它在这门大众娱乐艺术的种种限制之下游刃有余。"——文森特·坎比（Vincent Canby），《纽约时报》

"甫一公映，已成经典。"——查尔斯·钱普林（Charles Champlin），《洛杉矶时报》

"科波拉为《教父》中的一切都找到了独特的形式和视觉风格，正因如此，这部电影成为某种稀缺品——从一本畅销书脱胎为一部真正的经典佳片。"——罗杰·伊伯特，《芝加哥太阳报》（*Chicago Sun-Times*）

"如果有一部大众电影可以作为将商业与艺术完美融合的例证的话，那么《教父》无疑就是这样的电影……黑暗与光明的对比宛如歌剧，剧中有着无限开放的象征性，完美地诠释了影片的本质……《教父》把那么多丰富的内涵置于我们面前，我们永远不会对它感到乏味。"——宝琳·凯尔（Pauline Kael），《纽约客》（*The New Yorker*）

奥斯卡

在第45届美国电影艺术与科学学院奖（即奥斯卡奖），《教父》一举赢得了10项提名。在此之前，只有21部电影所获提名超过《教父》（如果算上尼诺·罗塔的配乐奖提名的话，就只有13部提名超过《教父》）。其收获的提名包括最佳影片、最佳导演、最佳男配角（罗伯特·杜瓦尔、詹姆斯·卡安，诡异的是阿尔·帕西诺也提名了最佳男配角——考虑到他出场的时间，提名最佳男主角或许更为合适）、最佳改编剧本、最佳音效剪辑、最佳服装设计，以及马龙·白兰度也因为饰演维托·柯里昂一角而提名的最佳男主角。

一位身穿全套印第安人服装的女士登上了奥斯卡的舞台，声称自己是阿帕奇的印第安人萨琴·小羽（Sacheen Littlefeather），拿了白兰度的颁奖礼入场券。颁奖礼的制作人害怕小羽会做出极富煽动性的获奖感言，一度考虑是否要找人逮捕她，但是小羽只是念了一封白兰度提前写好为印第安人鸣不平的5页讲稿。小羽简洁明了地解释白兰度"因电影行业、电视重播节目丑化印第安人的做法，以及他们如今对伤膝河大屠杀的态度"而拒绝领奖。颁奖现场掌声和嘘声夹杂在一处。白兰度对奖项浑不在意，但却觉得这是一个让印第安人向超过6000万观众发声的好机会。但奇怪的是，小羽根本不是一个印第安人，她原名玛丽亚·科鲁茨（Maria Cruz），是一位心系社会公平的女演员。①

克林特·伊斯特伍德（Clint Eastwood）接替身体不适的查尔顿·赫斯顿（Charlton Heston）为最佳影片颁奖。伊斯特伍德和《教父》制片人阿尔伯特·S·拉迪是好朋友，拉迪事先跟伊斯特伍德开玩笑，说他上台时应该如此宣布："最佳影片的获奖者是……阿尔·拉迪，及其《教父》！"然后还让伊斯特伍德念完之后，把获奖信封直接撕了吞掉——这样就没人知道获奖信封里究竟写了什么了。《教父》在颁奖日当晚并没有众望所归的一帆风顺——除了白兰度的缺席外，《歌厅》（Cabaret）夺走了不少奖项，包括最佳导演。当伊斯特伍德上台揭晓大奖归属时，他打开信封，然后宣布获奖者："阿尔伯特·S·拉迪，及其《教父》！"拉迪愣了一下，他没想到伊斯特伍德真的按照他的玩笑话来揭晓最佳影片。拉迪后来回忆，伊斯特伍德叫他"傻瓜"，然后给他看了获奖信封。《教父》确实最终抱得大奖。故事还没完，32年之后，拉迪拿到了他人生的第二座奥斯卡最佳影片奖，获奖影片的导演非是旁人，正是克林特·伊斯特伍德和他的《百万美元宝贝》（Million Dollar Baby）。"对我来说，这犹如一个轮回。"他对采访他的笔者如是说。

科波拉当晚颇为失意，他没能拿到最佳导演奖。在他自己的日记中，他这样表达他的失利："奥斯卡失利：当然，有点失望——这可能是因为我想用它来标志我人生一个阶段的结束；一段坐拥事业、成功和金钱的美满生活的结束——如此我就可以开

制片人阿尔伯特·S·拉迪获得他的第一座奥斯卡最佳影片奖

---

① 根据维基百科的相关条目，萨琴·小羽的母亲有法国、德国、荷兰的血统，而父亲则是来自印第安人阿帕奇（Apache）、雅基（Yaqui）和普韦布洛（Pueblo）群落的人，她自己声称其原名Cruz也是来自父亲的部落名。——译注

始人生的新阶段。这种感觉就像你在期待着你银行账户上存款达到7位数。我想要以一个完全胜利者的姿态离开；这样《教父2》就成了锦上添花的作品。可如今它成了我最后的机会。但是，不——别想了，都结束了。就随它去吧——无论如何，我都得拍好《教父2》。"（参见附录Ⅲ：主要获奖荣誉记录）

备战电视黄金档

随着《教父》的成功，它在电视平台上播出也只是一个时间问题。NBC花费了在当时创纪录的1000万美元购买电视播出权，并在1974年11月的两个晚间播放全片。总数约4240万家庭用户收看了这一轻微删节版的《教父》。

3年之后，NBC播出了《教父传奇》。四集的迷你剧内容是《教父》和《教父2》的结合体，但大致按照时间顺序重剪了柯里昂家族的故事。全剧共9个小时，还包括60分钟的修复戏。高达一亿的观众人数使得《教父》成了电视史上收看量最高的电影。

教子：从《辛普森一家》到《黑道家族》

《教父》后续的广泛影响一直在书籍、电影、电视剧等多领域延续。根据IMDb的数据，超过300部电影、电视剧参考过《教父》，从弗朗索瓦·特吕弗（François Truffaut）的《日以作夜》（Day for Night）到《电子情书》（You've Got Mail），还有近百个节目戏仿过《教父》，从《粉红豹的报复》（Revenge of the Pink Panther）到《恶搞一家》（Family Guy）。从喜剧片《单身男子俱乐部》（Old School）到悲剧片《梦之安魂曲》（Requiem for a Dream），也都借鉴了《教父》里经典的"暗示死亡"的橘子。

有些戏仿则更有名一些，比如约翰·贝卢西（John Belushi）在《周六夜现场》（Saturday Night Live）的一个名为"教父参加心理互助小组"（Godfather Therapy）的恶搞短剧中扮成了维托·柯里昂；哈里·贝拉方特（Harry Belafonte）在《周六奇妙夜》（Uptown Saturday Night）中扮演了一位黑人黑帮老大；《宋飞传》（Seinfeld）里有一集叫《割礼》（The Bris），剧中杰瑞的新生儿教父资格被剥夺，给了克雷默，接下来的一幕模仿了《教父》的结局：杰瑞看着婴儿的父母，亲吻克雷默的手，此时公寓的门慢慢关上。马龙·白兰度则在《新鲜人》中直接以《教父》为摹本重现了教父这一角色。

一些演员开始享受对《教父》的恶搞。比利·克里斯特尔（Billy Crystal）在《老大靠边闪》（Analyze This）中有一场梦见被枪击的戏，噩梦中的情形跟维托·柯里昂被枪击的场景一模一样，梦中比利成了教父，而弗雷多的扮演者则是罗伯特·德尼罗（他也参演了《教父2》）。在电影《安妮·霍尔》（Annie Hall）中，伍迪·艾伦（Woody Allen）所饰演的角色与霍尔（由黛安·基顿扮演）在电影院门

"我并不认为（那时的）人们能意识到这部电影是多么杰出的创造：一个走向老年的巨星，一个年轻的新人……片中很多人都处在他们职业生涯中恰当的时刻。这一让人惊叹的、凝聚了众人才华结晶的作品，就这样产生了。拍电影是一个艰苦的过程，拍这部电影更是难上加难。这是电影业伟大的时刻——或曰伟大的时代——它是如此璀璨夺目。身在电影的一线战场让人生畏，但也绝对刺激。我们那时有点年轻，虽然日复一日深陷在那个时代，却未曾好好体会。现在回头看看，那真是一个令人激动的时代，被历史裹挟，身处其中。那种激情澎湃，绝非老套的'开心就好'。那是一段令人激动的旅程——而在彼时，你根本无法意识到你所做之事的重要性。"

——彼得·巴特，2007

口排队时，念叨着"我与《教父》的主演站在一起"。在电视剧《赌城风云》(*Las Vegas*)中，詹姆斯·卡安所饰演的艾德被人拉到一边，然后被告知要去跟当局谈判，"就用《教父》里面桑尼对他弟弟说话的方式去谈判"。卡安回应："我从没看过那部电影。"因为这他还被教训了一通："开什么玩笑？那电影可是经典名片。"

有两部美剧系列靠引用《教父》，开创了属于各自的伟业，一部是《辛普森一家》，另一部是《黑道家族》。《辛普森一家》的电视制作人甚至开玩笑说，光是他们戏仿《教父》的段落就能拼接重剪成一部完整的电影了。在某集中，巴特与演员詹姆斯·卡安一起把他的酒吧屋改成了一个花花公子豪宅式的单身公寓。卡安最后在路过一个公路收费站时被开枪打死了，死前悔恨地说道："好吧！下次，我坐飞机。"割下马头那场戏在《丽萨的小马》(*Lisa's Pony*)一集也被戏仿。酒吧招待莫（Mo）讲了《教父》里的内容作为睡前故事［饰演莫·格林的演员阿莱士·罗科为剧中的罗杰·迈耶（Roger Meyer）配音］。剧中的黑帮角色胖托尼［Fat Tony，由乔·曼泰尼亚（Joe Mantegna）配音，他也出演了《教父3》］用迈克尔·柯里昂的名字给自己的儿子取名。此外"标志性"的橘子桥段更俯拾即是，影片终场戏当然也不例外。

《黑道家族》同样在很多地方影射《教父》，比如当黑帮老大托尼·索普拉诺（Tony Soprano）停下去买橘子汁时差点被人杀害，但是它以更微妙的方式使用了《教父》桥段——它会给角色以故事语境（而非仅仅为模仿而模仿）。托尼作为保守势力的一员，非常爱看前两部《教父》，并哀叹他进入这"行当"的时候《教父》中所表现出的那种尊重已不复存在，"最好的时候已经过去了"。剧中黑帮的年轻后进克里斯托弗·莫尔迪桑蒂（Christopher Moltisanti）偏爱更当代的黑帮片《疤面煞星》(*Scarface*)。为了融入同党中，克里斯托弗也会从《教父》中引经据典——但总是引用不当："卢易斯·布拉西已然与鱼一起长眠。""大㞞哥"波潘西亚洛（"Big Pussy" Bonpensiero）恼火地纠正他："卢卡·布拉西，是卢卡！"但《黑道家族》与其所引用的《教父》还是有某种内在冲突：虽然《黑道家族》中的角色们都非常崇敬这部影史巨作，但他们对其中隐含的刻板印象也很敏感；托尼感慨意裔美国人都是"去意大利化"了，也哀叹向他请教《教父》为何的新一代人都太过无知。

附录 I 演职员表

演员表（Cast）

维托·柯里昂（Vito Corleone）	马龙·白兰度（Marlon Brando）
迈克尔（Michael）	阿尔·帕西诺（Al Pacino）
桑尼（Sonny）	詹姆斯·卡安（James Caan）
克莱门扎（Clemenza）	理查德·卡斯泰拉诺（Richard Castellano）
汤姆·黑根（Tom Hagen）	罗伯特·杜瓦尔（Robert Duvall）
麦克拉斯基警长（Capt. McCluskey）	斯特林·海登（Sterling Hayden）
杰克·沃尔兹（Jack Woltz）	约翰·马利（John Marley）
巴尔齐尼（Barzini）	理查德·康特（Richard Conte）
索洛佐（Sollozzo）	阿尔·莱蒂耶利（Al Lettieri）
凯·亚当斯（Kay Adams）	黛安·基顿（Diane Keaton）
萨尔·泰西欧（Sal Tessio）	阿贝·维戈达（Abe Vigoda）
康妮（Connie）	塔莉娅·希雷（Talia Shire）
卡洛·里齐（Carlo Rizzi）	詹尼·鲁索（Gianni Russo）
弗雷多（Fredo）	约翰·凯泽尔（John Cazale）
库内奥（Cuneo）	拉迪·邦德（Rudy Bond）
约翰尼·方坦（Johnny Fontane）	阿尔·马蒂诺（Al Martino）
柯里昂夫人（Mama Corleone）	莫尔加纳·金（Morgana King）
卢卡·布拉西（Luca Brasi）	伦尼·蒙塔纳（Lenny Montana）
波利·加托（Paulie Gatto）	约翰·马蒂诺（John Martino）
博纳塞拉（Bonasera）	萨尔瓦托雷·科西托（Salvatore Corsitto）
内里（Neri）	理查德·布莱特（Richard Bright）
莫·格林（Moe Greene）	阿莱士·罗科（Alex Rocco）
布鲁诺·塔塔里亚（Bruno Tattaglia）	托尼·乔治（Tony Giorgio）
纳佐林（Nazorine）	维托·斯科蒂（Vito Scotti）
特蕾莎·黑根（Theresa Hagen）	泰雷·利夫拉诺（Tere Livrano）
菲利普·塔塔里亚（Philip Tattaglia）	维克托·伦迪纳（Victor Rendina）
露西·曼奇尼（Lucy Mancini）	珍妮·利内罗（Jeannie Linero）
桑德拉·柯里昂（Sandra Corleone）	朱莉·格雷格（Julie Gregg）
克莱门扎太太（Mrs. Clemenza）	阿德尔·谢里登（Ardell Sheridan）

（西西里部分）

阿波罗妮亚（Apollonia）	西莫内塔·斯特凡内里（Simonetta Stefanelli）
法布里奇奥（Fabrizio）	安杰洛·因凡蒂（Angelo Infanti）
唐·托马西诺（Don Tommasino）	科拉多·盖帕（Corrado Graipa）
加洛（Calo）	佛朗哥·奇蒂（Franco Citti）
维泰利（Vitelli）	萨罗·乌尔齐（Saro Urzí）

导演	弗朗西斯·福特·科波拉（Francis Ford Coppola）
编剧	马里奥·普佐（Mario Puzo）、弗朗西斯·福特·科波拉
制片	阿尔伯特·S·拉迪（Albert S. Ruddy）
摄影	戈登·威利斯（Gordon Willis）
美术师	迪恩·塔沃拉里斯（Dean Tavoularis）
服装	安娜·希尔·约翰斯通（Anna Hill Johnstone）
剪辑	威廉·雷诺兹（William Reynolds）、彼得·津纳（Peter Zinner）
协同制片人	格雷·弗雷德里克森（Gray Frederickson）

配乐	尼诺·罗塔（Nino Rota）
	卡洛·萨维纳（Carlo Savina）指挥
（其他音乐）	
庄园婚礼音乐	卡尔米内·科波拉（Carmine Coppola）
歌曲	
"I Have But One Heart"	约翰尼·法罗（Johnny Farrow）、马蒂·赛姆斯（Marty Symes）
"Luna Mezz'O Mare"	保罗·奇塔雷拉（Paolo Citarella）
"Manhattan Serenade"	路易斯·奥尔特（Louis Alter）
"Have Yourself a Merry Little Christmas"	休·马丁（Hugh Martin）、拉尔夫·布兰（Ralph Blane）
"Santa Claus is Coming to Town"	黑文·希列斯彼（Haven Gillespie）、J.弗雷德·库茨（J. Fred Coots）
"The Bells of St. Mary's"	A. E. 亚当斯（A. E. Adams）、道格拉斯·弗伯（Douglas Furber）
"All of My Life"	欧文·伯林（Irving Berlin）
"Mona Lisa"	杰伊·利文斯顿（Jay Livingston）、雷伊·埃文斯（Ray Evans）
受洗段落音乐	巴赫（J. S. Bach）
录音	克里斯托弗·纽曼（Christopher Newman）
混音	巴德·哥伦兹巴赫（Bud Grenzbach），理查德·波特曼（Richard Portman）
美术指导	沃伦·克莱默（Warren Clymer）
布景	菲利普·史密斯（Philip Smith）
选角	弗雷德·鲁斯（Fred Roos）、安德烈亚·伊斯特曼（Andrea Eastman）、路易斯·迪吉亚莫（Louis DiGiamo）
后期制作顾问	沃尔特·默奇（Walter Murch）
化装	迪克·史密斯（Dick Smith）、菲利普·罗兹（Philip Rhodes）
发型	菲尔·莱托（Phil Leto）
服装总监	乔治·纽曼（George Newman）
女性服装	玛丽莲·普特南（Marilyn Putnam）
掌机	迈克尔·查普曼（Michael Chapman）
场记	南希·托纳利（Nancy Tonery）
制片人助理	加里·查赞（Gary Chazan）
行政助理	罗伯特·S·门德尔松（Robert S. Mendelsohn）
场场统筹	迈克尔·布里格斯（Michael Briggs）、托尼·鲍尔斯（Tony Bowers）
海外后期制作	彼得·津纳（Peter Zinner）

橡树制作公司

小组制片经理	弗雷德·卡鲁索（Fred Caruso）
助理导演	弗雷德·加洛（Fred Gallo）
小组统筹	罗伯特·巴思（Robert Barth）
特效	A. D. 弗劳尔斯（A.D. Flowers）、乔·隆巴尔迪（Joe Lombardi）、萨斯·贝迪哥（Sass Bedig）
场地服务	辛莫拜系统服务公司（Cinemobile Systems, Inc.）
制作团队	阿尔弗兰制作公司（Alfran Productions, Inc.）

西西里团队

制片经理	瓦莱里奥·德鲍里斯（Valerio De Paolis）
助理导演	托尼·勃兰特（Tony Brandt）
助理美术指导	萨缪尔·韦尔茨（Samuel Verts）

附录 Ⅱ
大事记时间表

日期	事件
1967年3月5日	派拉蒙影业向马里奥·普佐购买《黑手党》（后更名为《教父》）版权，《纽约时报》报道。
1969年9月17日	派拉蒙影业将拍摄本片列上议事日程。"派拉蒙影业最多花8万美元便拿下了马里奥·普佐的畅销小说《教父》，这很可能是当代电影史上购买畅销小说改编权的最佳交易。"——《综艺》
1969年11月26日	《综艺》头条："《教父》将进入制作环节""制片厂现在正在讨论这部电影的制片和导演人选，电影明年计划投拍。"——《综艺》
1970年3月23日	《好莱坞报道》和《综艺》发布阿尔伯特·S·拉迪将会成为本片的制片人。
1970年4月14日	《好莱坞报道》和《综艺》发布马里奥·普佐将会成为本片编剧。
1970年7月	意裔美国人公民权利联盟在麦迪逊花园广场集会抗议《教父》拍摄。
1970年8月10日	普佐完成了第一稿剧本（并将副本寄给了马龙·白兰度）。
1970年9月2日	《综艺》报道派拉蒙影业将不会在纽约拍摄本片，预算则控制在300万美元，制作将会遭到意大利社群"成员和伪成员"虎视眈眈的围困。"如果一切顺利的话"，将会于11月中旬开机。
1970年9月28日	《综艺》发布科波拉将成为本片导演。
1970年11月	拍摄工作原计划此时开始。但一直拖延到1971年1月2日圣诞档放映结束后才开始。
1971年1月27日	《综艺》报道马龙·白兰度（饰演维托·柯里昂）签约。
1971年2月	科波拉前往伦敦与马龙·白兰度会面，之后去意大利为西西里部分选角。制作人员开始入驻Filmways摄影棚。开机时间改为3月29日。
1971年2月15日	罗伯特·杜瓦尔（饰演汤姆·黑根）和黛安·基顿（饰演凯·亚当斯）签约。
1971年2月18日	理查德·卡斯泰拉诺（饰演彼得·克莱门扎）和约翰·马利（饰演杰克·沃尔兹）签约。两人都刚刚提名当年的奥斯卡最佳男配角。
1971年2月22日	科波拉在罗马为演员试镜。与著名导演维托里奥·德西卡（Vittorio De Sica）一起午餐。塔莉娅·希雷（饰演康妮·柯里昂）签约。
1971年2月25日	科波拉回到美国。原计划的取景地曼哈赛特社区（Manhasset）出现问题。
1971年3月1日	普佐和科波拉完成第二稿剧本。
1971年3月4日	阿尔·帕西诺（饰演迈克尔·柯里昂）和斯特林·海登（饰演麦克拉斯基警长）试镜。
1971年3月8日	拍摄前的排练本来安排在这一天，但因为帕西诺与米高梅公司的法律纠纷，被迫取消。
1971年3月10日	造雪机测试。安排白兰度进行第一次试妆和试装。
1971年3月12日	帕西诺解决了法律纠纷，确定出演本片。
1971年3月16日	第三稿剧本完成（但标记为1971年3月29日完成）。
1971年3月17日	白兰度第一次彩排。主要演员在帕齐饭店举行非正式的"排练"家宴。
1971年3月18日	《好莱坞报道》发布阿莱士·罗科（饰演莫·格林）签约。
1971年3月19日	拉迪与意裔美国人公民权利联盟达成协议并公布。
1971年3月23日	非官方摄制第一天（第二摄制组）——因预测会有大雪天气，所以为利用天气，拍摄比预计的提前一周。拍摄场景：迈克尔和凯在Best & Co.百货商店门口，黑根在玩具商店门口被劫持，迈克尔发现父亲被枪击了。
1971年3月29日	主拍摄期第一天。拍摄场景：迈克尔和索洛佐、麦克拉斯基在车中。
1971年3月31日	摄制组移师布朗克斯区。拍摄场景：路易餐厅。
1971年4月2日	《综艺》发布消息，派拉蒙影业CEO斯坦利·贾菲辞职，于1971年8月1日生效。
1971年4月12日	白兰度计划早上8点开始拍摄，但他错过了去纽约的飞机。
1971年4月13日	拍摄场景：柯里昂从医院被送回家的外景。
1971年4月15日	第43届奥斯卡金像奖颁奖典礼。科波拉因他的剧本《巴顿将军》获奖，但他并没有出席。
1971年4月19日	拍摄场景：针对柯里昂的未遂刺杀。
1971年4月21日	拍摄场景：真科·阿班曼多之死（未出现在公映版中）。
1971年4月26日	拍摄场景：博纳塞拉的殡仪馆（贝利弗医院太平间）。
1971年4月27日	在汤普森和布里克大街处（Thompson and Bleecker Streets），重拍在洗印厂中损毁的段落：桑尼离开露西的公寓，以及"黑手党众'藏匿在床垫聚集所备战'"。
1971年4月28日	拍摄场景：五大家族会面（地点：纽约中央火车站）。

1971年4月29日	柯里昂与博纳塞拉对手戏排练。片场第一次发生"露屁股"恶作剧。
1971年4月30日	拍摄场景：电影开场，柯里昂家里的第一场戏（"庄园场景"）。
1971年5月3日	拍摄场景：卢卡·布拉西将礼金信封给柯里昂，以及其他婚礼场景。
1971年5月5日	拍摄场景：约翰尼·方坦的戏份。
1971年5月7日	拍摄场景：白兰度在担架上被抬到楼上的卧室。
1971年5月12日	拍摄场景：露西与桑尼做爱场景。
1971年5月13日	摄制组回到史坦顿岛拍摄外景，但是大雨打乱了这一计划。
1971年5月14日	白兰度告假一周，他计划要去塔希提岛（Tahiti）。
1971年5月21日	摄制组移师长岛。拍摄场景：沃尔兹的戏份。
1971年5月22日	拍摄场景：马头。
1971年5月24日	摄制组回到史坦顿岛拍摄康妮的婚礼——但大雨依然延迟了这一拍摄计划。
1971年5月26日	拍摄场景：婚礼派对。
1971年6月1日	拍摄场景：婚礼派对。
1971年6月7日	拍摄场景：受洗场景的外景。
1971年6月8日	拍摄场景：卡洛之死。
1971年6月9日	拍摄场景：柯里昂庄园拍摄计划完成（地点：史坦顿岛）。
1971年6月16日	拍摄场景：柯里昂的葬礼（地点：皇后区受难公墓）。
1971年6月21日	拍摄场景：受洗场景的内景。
1971年6月20—22日	拍摄场景：桑尼被刺。
1971年6月23日	拍摄场景：桑尼痛打卡洛。
1971年6月24日	拍摄场景：酒店戏内景。帕西诺整晚待在圣雷吉酒店拍摄。
1971年6月28日	拍摄场景：凯和迈克尔一起躺在酒店床上（未出现在公映版中）。意裔美国人公民权利联盟领袖约瑟夫·科隆博在海湾与西部工业集团大楼附近被枪击致死。
1971年6月29日	拍摄场景：继续拍摄酒店戏，包括克莱门扎向电梯内开枪的段落。
1971年7月1日	拍摄场景：唐·巴尔齐尼之死，莫·格林之死。剧组在基督教青年会（拍摄莫·格林被刺一场戏地点）所在街道另一头的Cornish Arms酒店举行杀青宴。
1971年7月2日	拍摄场景：迈克尔在杰克·登普西餐厅门口被车接走。纽约主拍摄阶段的最后一组镜头。
1971年7月15日	《综艺》发布消息，说《教父》有50%的可能会在圣诞档上映。
1971年7月17日	科波拉前往意大利。
1971年7月20日	"《教父》还没有完成制作，最快也要到明年3月至6月间。"弗兰克·雅布兰斯接受《综艺》采访时如是说，他很快将成为派拉蒙影业的总裁。谈及预算问题时，他说："会略微超过500万美元。"
1971年7月22日	主要工作人员前往西西里岛。
1971年7月24日	演员和剧组成员前往西西里岛。
1971年8月	后期制作开始。
1971年9月	科波拉内部放映了第一版粗剪版，包含音效。派拉蒙预定了12月中旬的800家影院。
1971年11月	半成品版完成。
1971年11月15日	派拉蒙CEO弗兰克·雅布兰斯看了电影。科波拉在日记中写道："埃文斯是如此乐观，以至于我也满含希望——再过几个小时我就知道答案了。" "几小时后……老板很喜欢。"
1971年12月	向派拉蒙影业的员工和业内人士放映本片。
1972年2月23日	在日落大道的美国导演工会影院向500名顶级业内人士预映本片。
1972年2月25日	第一轮影评（影评人潜入预映现场）：《纽约邮报》疯狂赞美本片。
1972年3月14日	暴风雪中，《教父》在位于百老汇时代广场的洛威电影院（Loews Theatre）举行了首映。
1972年3月23日	在派拉蒙影业电影院举行了制片人的私人放映。
1972年3月29日	全国公映——《教父》在纽约五家影院同时开画。

附录 Ⅲ
主要获奖荣誉记录

上映当年		
1973年美国电影艺术与科学学院奖（奥斯卡）：	最佳男主角	马龙·白兰度（拒绝领奖）
	最佳改编剧本	马里奥·普佐、弗朗西斯·福特·科波拉
	最佳影片	阿尔伯特·S·拉迪
	提名：	
	最佳男配角	罗伯特·杜瓦尔
	最佳音响	查尔斯·哥伦兹巴赫、理查德·波特曼、克里斯托弗·纽曼
	最佳服装设计	安娜·希·约翰斯通
	最佳男配角	阿尔·帕西诺
	最佳男配角	詹姆斯·卡安
	最佳剪辑	威廉·雷诺兹、彼得·津纳
	最佳导演	弗朗西斯·福特·科波拉
	最佳原创电影配乐	尼诺·罗塔
美国导演工会奖：	最佳导演	弗朗西斯·福特·科波拉
金球奖：	最佳电影（剧情片）	
	最佳男主角（剧情片）	马龙·白兰度
	最佳剧本	马里奥·普佐、弗朗西斯·福特·科波拉
	最佳导演	弗朗西斯·福特·科波拉
	最佳原创电影配乐	尼诺·罗塔
	提名：	
	最佳男主角（剧情片）	阿尔·帕西诺
	最佳男配角（剧情片）	詹姆斯·卡安
格莱美奖：	最佳电影/电视原创配乐	尼诺·罗塔
美国国家评论协会奖：	最佳男配角	阿尔·帕西诺［与《歌厅》的乔尔·格雷（Joel Grey）并列］
	最佳影片（提名）	
全国影评人协会奖：	最佳男主角	阿尔·帕西诺
纽约影评人协会奖：	最佳男配角	罗伯特·杜瓦尔
美国编剧工会奖：	最佳改编剧本	马里奥·普佐，弗朗西斯·福特·科波拉

如今		
美国编剧工会：	历史最伟大编剧剧本第二名（位于《卡萨布兰卡》之后）	
美国国家电影名录：	1990年收录（收录工作开始后第二年即收入）	
美国电影学会：	历史最伟大电影配乐第二名	
所有伟大电影历史排名榜单：	美国电影学会（历史百部伟大电影，第二名）	
	《娱乐周刊》（第一名）	
	互联网电影资料库（第一名）[①]	
	《视与听》（国际影评人评议，第四名）	

[①] 2008年因与《蝙蝠侠：黑暗骑士》的刷低分风波成为历史第二。——译注

附录 IV
参考文献

访谈

Peter Bart: March 8, 2007

Francis Ford Coppola: February 12, 2007

Sonny Grosso: November 20, 2006

Alex Rocco: January 15, 2007

Fred Roos: March 29, 2007

Albert S. Ruddy: January 8, 2007

Dick Smith: November 15, 2006

Robert Towne: March 11, 2007

参考书籍

Bart, Peter. *Boffo!: How I Learned to Love the Blockbuster and Fear the Bomb*. New York: Miramax Books, 2006.

Biskind, Peter. *Easy Riders, Raging Bulls: How the Sex-Drugs-and-Rock'n'Roll Generation Saved Hollywood*. New York: Simon and Schuster, 1998

Biskind, Peter. *The Godfather Companion*. New York: Harper Collins Publishers, 1990

Brando, Marlon. *Songs My Mother Taught Me*. New York: Random House, 1994

Cowie, Peter. *The Godfather Book*. London: Faber and Faber Limited, 1997

Evans, Robert. *The Kid Stays in the Picture*. Beverly Hills: New Millennium Press, 2002

Gardner, Gerald and Gardner, Harriet Modell. *The Godfather Movies: A Pictorial History*. New Jersey: Wings Books, 1993

Grobel, Lawrence. *Al Pacino: In Conversation with Lawrence Grobel*. New York: Simon Spotlight Entertainment, 2006

Gross, Terry. *All I Did Was Ask: Conversations with Writers, Actors, Musicians, and Artists*. New York: Hyperion, 2005

Harlan, Lebo. *The Godfather Legacy*. New York: Fireside, 2005

Lavery, David. *This Thing of Ours: Investigating The Sopranos*. Darby, PA: Diane Pub Co., 2004

Malyszko, William. *Ultimate Film Guide: The Godfather*. London: York Press, 2001

Puzo, Mario. *The Godfather Papers: and Other Confessions*. Greenwich, CT: Fawcett Crest Publications, 1972

Puzo, Mario. *The Godfather*. New York: Signet, 1978

Sheridan-Castellano, Ardell. *Divine Intervention and a Dash of Magic: Unraveling the Mystery of "The Method": Behind the Scenes of the Original Godfather Film*. Victoria BC: Trafford Publishing, 2002

Zuckerman, Ira. *The Godfather Journal*. New York: Manor Books Inc., 1972

参考文章

Bacon, James. "'The Godfather' Casting Game Continues." *LA Herald Examiner*, October 6, 1970.

Brando, Marlon. "'The Godfather': That Unfinished Oscar Speech." *New York Times*, March 30, 1973

Cameron, Sue. "'Godfather' Biggest Thing Since GWTW, Al Ruddy Says." *Hollywood Reporter*, November 6, 1970.

Cameron, Sue. "Mario Puzo Says 'Godfather' Experience Was Frustrating." *Hollywood Reporter*, February 25, 1972

Canby, Vincent. "Bravo, Brando's 'Godfather.'" *New York Times*, March 12, 1972.

Canby, Vincent. "A Moving and Brutal 'Godfather.'" *New York Times*, March 16, 1972.

Champlin, Charles. "'Godfather': The Gangster Film Moves Uptown." *Los Angeles Times*, March 19, 1972.

Davis, Ivor. "Smuggled into 'Godfather' Screening." *LA Herald Examiner*, March 3, 1972.

Faber, Stephen and Green, Marc. "Dynasty, Italian Style." *California Magazine*, April, 1984s

Gage, Nicholas. "A Few Family Murders, But That's Show Biz." *New York Times*, March 19, 1972.

Heller, Wendy and Willens, Michele. "Life-styles for Waiting in Line to See 'Godfather.'" *Los Angeles Times*, April 16, 1972.

Kael, Pauline. "Alchemy." *The New Yorker*, March 18, 1972.

Kauffmann, Stanley. "On Films: 'The Godfather.'" *The New Republic*, April 1, 1972.

Knapp, Dan. "Coppola 'Godfather' Director." *Los Angeles Times*, October 1, 1970.

Maslin, Janet. "Hollywood Wunderkind's Fall and Rise," *New York Times*, August 25, 1994.

Penn, Stanley. "Colombo's Crusade: Alleged Mafia Chief Runs Aggressive Drive Against Saying 'Mafia.'" *Wall Street Journal*, March 23, 1971.

Pileggi, Nicholas. "How Hollywood Wooed and Won the Mafia." *Los Angeles Times*, August 15, 1971.

Pileggi, Nicholas. "The Making of 'The Godfather'—Sort of a Home Movie." *The New York Times Magazine*, August 15, 1971.

Scott, Tony. "Ruddy Raps Extras Guild, Won't Shoot in Its Jurisdiction." *Variety*, September 2, 1970.

Setlowe, Rick. "Paramount's Gamble Four Years Ago on Mario Puzo Has Really Paid Off." *Variety*, September 30, 1970.

Setlowe, Rick. "Italo American Thesps Picket Par Studio, Protest 'Godfather' Casting." *Variety*, February 11, 1971.

Shanken, Marvin R. "The Godfather Speaks." *Cigar Aficionado*, October, 2003.

Toy, Steve. "Another Sour Note for Acad: Governors Mulling Possible 'Godfather' Music Rub-Out As Not Being Original Score." *Variety*, February 28, 1973.

Wayne, Fredd. "'Godfather' Casting: An Italian Uprising." *Los Angeles Times*, February 28, 1971.

Weiler, G. N. "Source Material." *New York Times*, March 5, 1967.

参考文章（作者未具名）

"Para Buys Puzo's 'Godfather' Tome." *Hollywood Reporter*, January 24, 1969.

"One Man's Family." *Time*, March 14, 1969.

"Par's Bargain Price (80G) For 'Godfather' Rights." *Variety*, September 17, 1969.

"Par to Produce 'Godfather' Film." *Variety*, November 26, 1969.

"Hollywood: Will There Ever Be a 21st Century-Fox?" *Time*, February 9, 1970.

"How Does Coppola Par Deal Affect His WB Status?" *Variety*, September 28, 1970.

"Paramount Paid Puzo $80 Thou For 'Godfather' Plus Two." *Hollywood Reporter*, September 30, 1970.

"Coppola Says Para Deal 'On Leave' From Warners." *Hollywood Reporter*, October 1, 1970.

"'Godfather' Director Coppola Unhappy Producer Ruddy Has Nixed N.Y. Locale." *Variety*, October 9, 1970

"Fredrickson Aide on Par's 'Godfather.'" *Variety*, October 15, 1970.

"No Stars for 'Godfather' Cast—Just Someone Named Brando." *Variety*, January 28, 1971.

"Brando to Play 'The Godfather,' Evans Announces." *Hollywood Reporter*, January 28, 1971.

"Marley Firmed for 'Godfather.'" *Hollywood Reporter*, February 19, 1971.

"Injunction in Pacino Suit on 'The Godfather.'" *Hollywood Reporter*, March 11, 1971.

"Puzo, Ruddy Deny Friction on 'Godfather.'" *Hollywood Reporter*, March 11, 1971.

"The Making of 'The Godfather.'" *Time*, March 13, 1972.

"Suit Settlement Clears 'Godfather' Role for Pacino." *Variety*, March 17, 1971.

"Rocco for 'Godfather.'" *Hollywood Reporter*, March 18, 1971.

"Par Burns Over 'Godfather' Deal, But Will Rub Out Mafia." *Variety*, March 23, 1971.

"Par Repudiates Italo-Am. Group Vs. 'Godfather.'" *Variety*, March 24, 1971.

"Robert Duvall In 'Godfather.'" *Hollywood Reporter*, March 24, 1971.

"'Godfather' Rolls Today." *Hollywood Reporter*, March 29, 1971.

"Damone Quits Role in Picture 'The Godfather.'" *L. A. Herald Examiner*, April 5, 1971.

"Damone Vacates Role in 'Godfather.'" *Variety*, April 5, 1971.

"A Night for Colombo." *Time*, April 5, 1971.

"Italo Service Club Slaps 'Godfather.'" *Variety*, April 7, 1971.

"Shooting 'The Godfather.'" *Newsweek*, June 28, 1971.

"The Mafia: Back to the Bad Old Days?" *Time*, July 12, 1971.

"Puzo Book Tells About 'Godfather' Experiences Mute Paramount Mafia." *Variety*, December 25, 1971.

"How Gianni Russo Muscled His Way into 'The Godfather.'" *Hollywood Reporter*, February 1, 1972.

"Par's 'Godfather' Date Is Scuttled By London Daily." *Variety*, March 1, 1972.

"Brando's Mute 'Test' Copped Role; 'Godfather' Funnier Than Mafia Picnic." *Variety*, March 8, 1972

"'Godfather' Godsend for Gunmen." *Variety*, March 20, 1972.

"It's Everybody's 'Godfather.'" *Variety*, March 22, 1972.

"'Godfather' Sets Industry Record." *Hollywood Reporter*, March 23, 1972.

"City Troublemaker..." *Seventeen*, April 1972.

"The Godsons." *Time*, April 3, 1972.

"'Godfather' Sparks Queue Gimmicks." *Variety*, April 5, 1972.

"Five More Versions of 'Godfather' Planned." *The Hollywood Reporter*, April 7, 1972.

"The Story Behind The Godfather By The Men Who Lived It." *Ladies Home Journal*, June, 1972.

"Coppola Kicks Back at His Pic-Fest Critics." *Variety*, October 19, 1972.

"Not So Says Al Martino." *LA Herald Examiner*, January 2, 1973.

"Mafia Insisted on Its Own Preview of 'Godfather,' Producer Reveals." Box Office, December 17, 1973.

"The Promoter: Frank Yablans." *Time*, March 18, 1974.

"The Producer: Robert Evans." *Time*, March 18, 1974.

美国西洋镜电影公司研究图书馆：档案文献

The Godfather Notebook, Francis Ford Coppola

Francis Ford Coppola Journal

The Godfather Screenplay by Mario Puzo, First Draft, August 10, 1970

Francis Coppola Memo, Subject: Special Effects, January 22, 1971

Transcript, preproduction meeting between Francis Ford Coppola, Gordon Willis, Johnny Johnstone, Dean Tavoularis, January 25, 1971

Transcript, preproduction meeting between Francis Ford Coppola, Richard Castellano, Al Lettieri

The Godfather Screenplay by Mario Puzo and Francis Ford Coppola, Second Draft, March 1, 1971

派拉蒙：档案文献

The Godfather Screenplay by Mario Puzo and Francis Ford Coppola, Third Draft, March 29, 1971

The Godfather Dialogue Continuity Screenplay

视频与网站

Gangland: Bullets Over Hollywood. Image Entertainment, 2006

The Godfather: DVD Collection. Paramount Pictures, 2001

thegodfathertrilogy.com [creator: J. Geoff Malta]

gangsterbb.net

附录 V

经典台词

我相信美国。（I believe in America.） 24页

搞不好有一天，或许这天永远不会来，我会求你帮点忙。
（Some day, and that day may never come, I'll call upon you to do a service for me.） 28页

厉害啊，你当你是跳舞评委？（What are ya, a dance judge or something?） 31页

西西里人在女儿的婚礼当天不会拒绝任何人的请求。
（No Sicilian can refuse any request on his daughter's wedding day.） 32页

我谨希望他们的第一个孩子……会是一个壮小伙。
（And I hope that their first child... will be a masculine child.） 39页

我父亲给他提了一个他无法拒绝的条件。（My father made him an offer he couldn't refuse.） 46页

一个人不能花时间好好陪家人，他就不是一个真正的男人。
（A man who doesn't spend time with his family can never be a real man.） 50页

我会给他提一个他无法拒绝的条件。（I'm gonna make him an offer he can't refuse.） 50页

约翰尼·方坦永远不可能出演这部电影！我可不管有什么拉丁佬、意大利货、南欧仔、油头粉面的家伙突然冒出来。（Johnny Fontane will never get that movie! I don't care how many dago, guinea, wop, greaseball goombahs come out of the woodwork.） 59页

我这种有头有脸的人可受不了这样的难堪！
（A man in my position can't afford to be made to look ridiculous!） 63页

柯里昂先生是那种有坏消息要第一时间知道的人。
（Mr. Corleone is a man who insists on hearing bad news immediately.） 63页

永远不要再跟家族之外的人暴露你的想法。
（Never tell anybody outside the Family what you're thinking again.） 69页

我不喜欢暴力，汤姆。我是一个生意人。流血的代价太高了。
（I don't like violence, Tom. I'm a businessman. Blood is a big expense.） 87页

卢卡·布拉西与鱼一起长眠了。（Luca Brasi sleeps with the fishes.） 94页

睡床垫吧。（Goin' to the mattresses.） 95页

把枪留这儿，带上奶油馅煎饼卷。（Leave the gun. Take the cannolis.） 98页

我现在陪着你。和你在一起。（I'm with you now. I'm with you.） 105页

这小子没犯过事，警长。他是个服役荣归的英雄。
（The kid's clean, Captain. He's a war hero.） 108页

这是生意，不是私人恩怨。（This is business, not personal.） 111页

这绝对是生意。（It's strictly business.） 114页

我可不希望我弟弟从厕所出来后,唯一的枪是他裆里那把,听到了?
(I don't want my brother comin' out of that toilet with just his dick in his hands, all right?) 119页

我搜过了,他身上没武器。(I frisked 'im; he's clean.) 126页

那么您的女儿将失去一位父亲……而不是得到一位丈夫。
(But then your daughter would lose a father…instead of gaining a husband.) 152页

再敢动我妹妹一下,我就宰了你。(Touch my sister again, I'll kill ya.) 159页

好啊,好啊,来啊,来杀我啊。跟你爸一样,做个杀人犯啊。来啊,反正你们柯里昂家都是杀人犯。(Yeah, yeah, come on now, kill me. Be a murderer like your father. Come on, all you Corleones are murderers anyway.) 166页

他们在海滩公路上向桑尼开了枪。他死了。(They shot Sonny on the Causeway. He's dead.) 173页

当然他可以为此跟大家收取一些费用;毕竟,我们也不是苏联人。
(Certainly, he can present a bill for such services; after all, we're not Communists.) 184页

——你知道你这话听上去有多天真?参议员和总统可不会杀人。——凯,到底是谁天真了?(You know how naive you sound…senators and presidents don't have men killed. Oh, who's being naive, Kay?) 188页

你得退出,汤姆。(You're out, Tom.) 194页

我会给他开一个他无法拒绝的价。(I'll make him an offer he can't refuse.) 199页

你知道我是谁吗?我是莫·格林。你在还跟啦啦队约会的时候我就已经混出头了!
(Do you know who I am? I'm Moe Greene. I made my bones when you were goin' out with cheerleaders!) 201页

千万别再站在与我们家族作对的人那边。(Don't ever take sides with anyone against the Family again.) 202页

女人和孩子都可以马虎大意,但是男人不行。(Women and children can be careless, but not men.) 203页

我拒绝当"提线木偶",当被大人物操纵着翩翩起舞的傻子。
(I refused to be a fool, dancing on a string, held by all those big shots.) 206页

汤姆,能放过我一马吗?看在老交情的分上?(Tom, can you get me off the hook? For old time's sake?) 233页

今天,我要把家族旧账全部算清楚。(Today, I settle all Family business.) 236页

别过问我生意上的事,凯。(Don't ask me about my business, Kay.) 241页

致 谢

本书得以完成，需要感谢很多人的倾力支持：感谢 J. P. Leventhal给了我这次机会；我的编辑Becky Koh总是能冷静地提出很多洞见；Madeline，我的生命之光；当然还有Josh，他从头到尾都异常耐心和乐于助人。

派拉蒙影业的Risa Kessler的支持使本书策划在开始时便得以成立，在需要调用派拉蒙制片厂和其他机构的资源时，她是我无价的盟友。派拉蒙影业的Christina Hahni为本书遍寻照片。非常感谢她们的帮助。这本书能够写完不能没有她们。同时，还要感谢派拉蒙的Chris Horton。

美国西洋镜研究图书馆的Anahid Nazarian热情友善且出力良多，他帮我搜罗了导演弗朗西斯·福特·科波拉关于《教父》的很多档案材料，并且不吝让我检索这些宝藏。我还要感谢美国电影艺术与科学学院玛格丽特·海里克图书馆（Margaret Herrick Library）的Kristine Krueger允许我出借相关材料，图书馆员们也总能及时回应我的诉求。

感谢无比睿智的影评人肯尼思·图兰与我分享了他对本片的很多思考。还有另外一些参与本片制作的人，也都留下了他们对于本片的意见，在此一一鸣谢：迈克尔·查普曼、罗伯特·杜瓦尔和斯坦利·贾菲。同时还要特别感谢：彼得·巴特、桑尼·格罗索、阿莱士·罗科、弗雷德·鲁斯、阿尔伯特·S·拉迪、迪克·史密斯和罗伯特·唐尼，他们无比慷慨地接受了我的采访，与我分享了他们的拍摄故事以及对于这部电影的真知灼见。

最后，千言万语道不尽的感谢要献给弗朗西斯·福特·科波拉，他无比大度地花费数小时回忆本片的制作经过。能与创作出如此精彩杰作的大师共叙这部影片的种种，是我莫大的荣幸。

译后记

关于《教父》，我们说得不是太少，而是太多。

所以，无论如何别出心裁地发表新见，也不过是在前人评论的基础上蹈事增华。不过无论如何，对于这样一部经典之作，有些重点仍值得反复强调。

《教父》黑帮片的外衣下，包含了两重核心母题：家庭观、美国梦——当然，还有主人公对它们孜孜以求之后的失败，或曰惨败。

《教父》对于家庭的珍视，是将黑帮世界浪漫化的落脚点。在家庭观念的掩护下，那些不见阳光的勾当也开始具备了合法性。老教父第一次见明星教子时，就问他"有没有陪伴家人"，并告诫他"如果一个人不能花时间好好陪家人，他也不是一个真正的男人。"而在将权力交给小儿子迈克后，老教父也在那场重要的权力交接戏中对儿子剖白心迹："我操劳了一辈子，我没什么可抱歉的，我一直在照顾这个家……"到了《教父2》中，迈克也试图努力维系整个家庭，甚至在与二哥弗雷多恩断义绝之后，仍然为了照顾母亲的情感，允许二哥定期探望母亲；而虽然影片对罗伯特·德尼罗所扮演的青年教父的家庭生活着墨不多，但仍能看出他对家庭的珍视和呵护。

但最终，守护家庭的希望全都破碎了：老教父失去了大儿子桑尼，迈克远走他乡；而迈克主事之后，被自己的二哥背叛，最后杀死了二哥，老婆凯宁愿堕胎也不愿生下第三个孩子……直到《教父3》中，迈克失去了自己最喜爱的女儿。对于柯里昂家这个移民家庭来说，警察（暴力机构）、司法机构（法律）、政客（权力）都是靠不住的，只有本族人（西西里人），甚至只有本家庭的人，才是可以依靠和信赖的。所以当柯里昂家三兄弟在饭桌上讨论逃避兵役的问题时，兄长桑尼完全不理解迈克参军"为国而战"的念头，他让妹妹将他未来的妹夫（家庭之外的人）请出餐厅，然后在这个可以肆无忌惮的"家庭"内部大发雷霆——因为，有，且只有家，才是值得他们为之奋斗的。

《教父》对家庭观的强调，也延续到了之后那些受其影响的影视作品中。美剧《火线》（*The Wire*）里，迪安吉洛（D'angelo）在母亲和舅舅的家庭攻势之下，最终宁愿承受20年的刑期，也不愿当污点证人。而在通篇致敬《教父》的《无间道2》中，吴镇宇饰演的倪永孝也一直将"爸爸做什么，都是为了这个家"挂在嘴边，而他全片中唯一一次失态，也是在得知家人已经陷入危险之后。家庭，成为了地下黑帮最温暖、也最安全的壳。作为一个在刀口舔血、要躲避警察同行的明枪暗箭的危险行业，家庭是黑帮们最后还能感觉到安心的一块领地，同样也是少数能让观众对他们产生认同的切入点。《教父》对于内向性家庭的执念，既来源于传统观念的根深蒂固，也源自对外部世界极强的不信任感。

这种不信任感长期处于美国移民群体的悖论之中——到底是融入美国社会、追逐美国梦，还是固守原有封闭、原生和自足传统价值。《教父》的这一核心命题就在全片的第一句话中：I believe in America。事实上在家庭母题之上，《教父》更为外露、也更为犀利的主题，也就是一个美国梦破碎的故事。

同样是在花园权力交接的重头戏中，老教父表达了希望后代可以洗白，可以成为"柯里昂参议员""柯里昂州长"的想法，而迈克始终也希望家族生意能够合法化，他可以以现代生意人的处世之道，走出黑帮见不得光的阴影，可以正大光明地让参议员、法官们来参加自己子女的婚礼，而非仅仅私下送上一份礼物，然后礼物的字条上写着：不能到场，敬请谅解。但到了《教父2》《教父3》中，饶是迈克已经成为了呼风唤雨的富豪，他仍旧不得不用意大利（黑手党）式、而非美国式的解决问题的办法求得生存：在第二部电影中，当污点证人法兰基（Frankie Pentangeli）仅仅是看到自己的哥哥也来到了国会听证会上，并且坐在了迈克身边，就在嬉笑怒骂间将彻底翻供。在这一刻，西西里黑手党、家庭血脉的力量，远远胜过一句"这都是生意"（it's business）的美式资本主义说辞。

而迈克的妻子凯——这个金发的、非意大利裔的阳光女孩——则象征了彻底的美国化（梦）。所以当迈克决定（违逆父亲和哥哥的意志）去参军，并在妹妹婚礼上将这个非意大利裔的姑娘带回家时，他也对美国梦充满了遐想。在提及家族秘史时，迈克甚至对一脸震惊的女友说："这是我的家庭，但不是我。"而当他最终决定成为教父后，他所放弃的不再仅仅是美国梦，而且也背弃了决定信任他的美国梦化身——凯。《教父2》中，代表了重返西西里传统的迈克和代表了美国理想象征的凯之间彻底决裂，这同样也是一个老式资本主义与新式资本主义分裂的隐晦寓言。

新老教父看似取得了世俗意义上的人生成功，但他们最为珍视的事情，其实却完全失败了——《教父》的史诗气质和悲剧感正来源于此。支离破碎的家庭，无法融入的美国社会，构筑了柯里昂家族的最终悲剧。从某种意义上讲，意大利移民群体跟爱尔兰人、犹太人、华人一样，都是漂泊在美利坚大陆的流散族群，而《教父》就是属于意大利（西西里）族裔的流民文化（diaspora culture）。只不过因为缺乏纳博科夫（Vladimir Nabokov）、布罗茨基（Joseph Brodsky）这样旗舰型的流民作家，加之战后意大利族群的美国化相对成功，才使人往往感觉不到包括《教父》在内的意裔文学和电影，其实也同样是流民文化中的一种。于是乎，《教父》全片都有着一种毫无故乡之感的异域乡愁，当迈克为了躲避追杀逃到西西里乡间的时候，这就是属于意大利人的寻根。

在权力交接的那场戏中，迈克顺着老教父"参议员""州长"的话头，说未来也要成为pezzonovante（大人物，见本书181页）。Pezzonovante一词在西西里方言中，不仅有"大人物"的意思，也有"蠢货"的义项。在这个多义词背后，隐藏着《教父》（乃至三部曲）的核心张力：对体制的暗羡和追逐，以及对体制深深的怀疑与不屑——在这种矛盾心态的两端，正是触手可得的家庭和不切实际的美国梦。

本书之译就，得以感谢好友陈草心女士的信任和宽容，正是她的大度允许我数次拖稿。同时也要感谢后浪出版公司的徐小棠、梁媛、黄尤达在编辑、策划本书时的建议、耐心与努力。正是后浪诸君的理解与支持，本书才得以顺利译完。

《教父》涉及很多意大利语（乃至西西里语）的问题，好友Edoardo Gagliardi先生核对了所有意大利语和西西里语的译文；好友赵雯婧女士长年从事翻译和编辑工作，经验丰富，此次她拨冗为译文进行编辑校对工作。正是他们的鼎力相助，拙译中的误译和错讹得以大大降低，在此，对他们表示最诚挚的感谢。当然，译文中仍存在的错漏之处，还应由译者本人负责。

是为跋。

高远致

2017年7月7日于淞虹路

出版后记

半个世纪前，背着赌债的失意作家马里奥·普佐为养家糊口，开始创作一部关于黑手党的小说，并将改编权卖给了派拉蒙；心高气傲的年轻导演弗朗西斯·科波拉与乔治·卢卡斯合伙开电影公司出师不利，欠下巨额债务，不情愿地接下了执导《教父》的工作。有强烈赌徒性格的两人由此开始了一段冒险的合作历程。

剧本的改写过程也是一波三折，科波拉本就觉得小说流于低俗，看完派拉蒙授意普佐写的第一稿剧本更是不满，于是重新分析小说，大刀阔斧地理出了一条新的故事大纲。先有小说中扎实的情节和精彩的台词作基础，再有科波拉从导演思维出发对故事结构进行精简与重塑，修改过程中两人互相批注对方的草稿，反复锤炼剧本，合作无间，这部伟大的作品初显雏形。

与此同时，科波拉还有一个秘密武器——他的《教父》笔记本。他将小说按场进行拆分、图解、批注，列出每场戏的要点和处理方式。拍摄时，这本笔记才科波拉最重要的依据。有一些情节并没有出现在小说或拍摄剧本中，比如芦苇滩杀人这场重头戏中，奶油馅煎饼卷来自科波拉的个人经验——他爸爸下班后总会带回用白盒子装着的奶油馅煎饼卷；这里那句将杀戮与家庭生活戏剧化地并置在一起的经典台词"把枪留这儿，带上奶油馅煎饼卷"，则是饰演克莱门扎的演员即兴发挥的。

综上所述，本书并没有单独局限于某一版剧本，而是以最终公映的影片为基础，综合了小说、诸多版本剧本及影片的其他版本，最大限度地呈现了作品完整面貌。剧本中的场景描述遵循了普佐与科波拉剧本中的措辞；剧本对小说的改编、与成片的差异，以及后期剪掉了哪些戏，悉数收录在边栏"改编与删减"中；而被删掉的几场戏在本书中也借由原始材料得以还原出来。

本书对《教父》的"双声轨"立体式呈现，为读者提供了多样打开方式：你可以顺着剧本，在脑海中复现画面，细细咀嚼每一句台词；也可以一边观看影碟，享受影片自身艺术魅力的同时，将本书当成花絮中的评论音轨，听科波拉、普佐等主创亲自为你讲解创作灵感，了解精彩的幕后"罗生门"及其诞生的传奇故事；如果你想更深入挖掘这部结构精妙、细节丰富、没有废笔的影片，本书也很适合作为剧作范本、拉片向导，甚至研究入口。即便你已经看过几十遍《教父》，也定会有新的发现。

面对这样一部重量级著作，我们在策划出版过程中树立了严格的要求，在版式设计上力求完美依照原书的呈现方式，实现剧本与边栏的精确对应，在编校过程中对照原书逐字核对，参考原著小说和影片反复确认。在此也要特别感谢黄尤达先生对台词与边栏进行了细致的信息核实与校订。

为了开拓一个与读者朋友们进行更多交流的空间，分享关于后浪剧场、后浪电影学院系列图书的"衍生内容""番外故事"，我们推出了"后浪剧场"这个播客节目，邀请业内嘉宾畅聊与书本有关的话题，以及他们的创作与生活。敬请关注该节目的微信公众号（参见本书后勒口的二维码），或者在微信搜索栏搜索"houlangjuchang"来获取收听途径。

服务热线：133-6631-2326 188-1142-1266

服务信箱：reader@hinabook.com

"电影学院"编辑部
拍电影网（www.pmovie.com）
后浪出版公司
2019年10月